KASSANDRA KLOMBERG

Das letzte Jahr meines Lebens

AF138672

Roman

FÜR AZRAEL

All our times have come
Here and now they're gone
Seasons don't fear the reaper
Nor do the wind the sun or the rain

(Blue Öyster Cult)

Herstellung und Verlag:
BoD - Books on Demand, Norderstedt
ISBN 978-3-7386-2812-8

Mittwoch, 1. Januar 2014

Ein neues Jahr. Es wird mein letztes sein. So hat es mir Azrael heute Nacht verkündet. Es sei denn, er hat gelogen. Ich bin mir nicht sicher, ob Todesengel lügen dürfen. Ob ich das Jahr mit diesem Wissen jetzt anders verbringen werde, hat er mich gefragt. Ich weiß nicht, werde ich das? Ein Jahr ist nicht allzu lang, aber immerhin länger als ein Tag, eine Woche oder ein Monat. Das Glas ist vielleicht noch halb voll statt schon halb leer. Was mache ich jetzt bloß mit dieser Zeit? Ich kann darüber heute nicht nachdenken. Zu verblüfft bin ich noch über den Besuch des Engels. So etwas passiert einem schließlich nicht alle Tage. Und glauben würde mir ohnehin niemand. Also, verschieben wir es doch auf morgen... Nachtrag: Eines kann ich jedoch zum jetzigen Zeitpunkt schon sagen: wenn es tatsächlich so sein sollte, dass ich vorzeitig den Löffel abgeben muss, möchte ich mein letztes Jahr, unabhängig davon, wie ich es verbringen werde, wenigstens so bewusst wie irgend möglich erleben. Das allabendliche Gläschen Wein, was mir Nacht für Nacht süße Träume bescherte, ist also von nun an passé. Soviel ist sicher: mein letztes Jahr werde ich nicht verträumen. „Vergiss nicht Kassandra", hallen Azraels Worte noch nach in meinem Kopf, „ein Jahr ist nicht allzu lang!"

Donnerstag, 2. Januar 2014

Irgendwie glaube ich dem Engel nicht so recht. Ich weiß nicht genau, was mich an seinen Worten zweifeln lässt. Vielleicht die Tatsache, dass ich doch erst 37 Jahre alt und gerade zum zweiten Mal Mutter geworden bin. Oder dass ich im letzten Jahr endlich der Liebe meines Lebens und nun besseren Hälfte über den Weg lief. Eine neue Liebe ist wie ein neues Leben, so sagt man doch immer. Also, warum sollte gerade meines vorzeitig enden? Ich suche meinen Hausarzt auf. Da sich der Engel kein Sterbenswörtchen darüber entlocken ließ, wie ich abtreten werde sondern mir lediglich versicherte, mich in der nächsten Silvesternacht holen zu kommen, möchte ich mir selber Klarheit verschaffen. Ich muss wissen, ob ich für den Rest dieses Jahres leiden muss. „Sie sind quietschgesund", versichert mir Herr Dr. Zahn, der jedoch kein Zahnarzt ist, „Sie sind das blühende Leben sozusagen." Krankheit hätten wir damit also schon einmal ausgeschlossen. Was sich der Engel wohl für mich überlegt hat? Einen Unfall vielleicht oder sogar Mord? Da ich aber offensichtlich nicht ans Bett gefesselt sein werde, habe ich nun keine Entschuldigung mehr, mein letztes Jahr nicht in vollen Zügen zu genießen.

1

Freitag, 3. Januar 2014

Jetzt ist schon der dritte Tag meines, laut Azrael, letzten Jahres angebrochen und ich habe immer noch keinen blassen Schimmer, wie ich es verbringen soll. Dass ich es genießen werde, ist beschlossene Sache. Bloß: wie geht genießen? Ich lege erst einmal einen Saunatag ein. Sauna könnte man wohl als Genuss pur bezeichnen, also kann ich damit schon einmal nichts falsch machen. Außerdem kommen mir in der Sauna immer die besten Ideen. Gesagt. Getan. Die Wärme wirkt wundervoll wohltuend, der Orangenaufguss berieselt meine Sinne. Orangen, wohin ich auch schaue, ich bade in einem Meer voller Orangen. Plötzlich fällt mir eine auf den Kopf und ich wache auf. Ob ich lebensmüde sei, will der Bademeister von mir wissen. Wie ein Sack sei ich von der Saunabank geplumpst, zum Glück nur auf den Holzboden. „Sie sind mir aber ein kleiner Scherzkeks, Herr Bademeister." Lachend stimmt er mir zu. „Ja selbstverständlich, junge Frau. Ohne Humor macht das Leben schließlich nur halb so viel Spaß!" Die Worte des Bademeisters gehen mir nicht mehr aus dem Kopf. Humor braucht es also auch. Ist ja noch schwieriger als Genuss. „Herr Bademeister, wie nimmt man das Leben mit Humor?" Lachend lässt er mich stehen.

Samstag und Sonntag, 4. und 5. Januar 2014

Ich fahre zu meinem Herzallerliebsten, auch Karsten genannt, der nun schon seit einem knappen Jahr mein Leben bereichert. Da findet Frau endlich den Mann ihrer Träume und dann soll sie abtreten, schon ein bisschen unfair. „Schatz, lass uns heute Abend mal so richtig zusammen abrocken", schlage ich vor. Karsten hat keine Einwände. Und da stehen wir nun, eng umschlungen auf der Tanzfläche unserer Stammdiskothek, den Klängen von Journey's „Don't stop believing" lauschend. Ich gebe mein Bestes. Aber wenn ich mir vorstelle, dass er nächstes Jahr um diese Zeit womöglich bereits mit einer anderen ebenso verschmelzend zu selbigem Song hier stehen wird, womöglich am Abend meiner Beerdigung, fällt das schwer. Andererseits, soll er etwa vor Kummer über meinen Tod vergehen und für den Rest seines Lebens allein bleiben? Nein, das ist ganz sicher das Letzte, was ich mir für ihn wünsche. „Karsten, was würdest Du tun, wenn Du nur noch ein Jahr zu leben hättest?" „Was ist das denn für eine Frage?" Beharrlich schaue ich ihm in die Augen. Lächelnd zieht er mich noch enger an sich heran. „Die Frage ist leicht zu beantworten, ich würde es mit Dir verbringen wollen." Seufzend schmiege ich mich an.

Montag, 6. Januar 2014

Rauch aus meiner Waschmaschine, dazu Schleudergeräusche, die an ein altes getretenes Maultier erinnern, dem man zusätzlich am Schwanz zieht. „Was kann das bedeuten?", will ich von dem freundlichen Mann vom Kundenservice wissen. „Den Tod Ihrer Waschmaschine", erwidert er mir Anteil nehmend. „Du Mistviech, musstest Du mir das in meinem letzten Lebensjahr noch antun? Wie egoistisch von Dir!"

Die Frau im Fachgeschäft zeigt mir verschiedene Modelle. Keines kann mich so wirklich beeindrucken. „Ach, wissen Sie was", entgegne ich ihr, „ich kaufe mir lieber eine gebrauchte Billigmaschine aus Polen oder so." „So eine können wir Ihnen auch anbieten", erwidert sie leicht irritiert, „jedoch wird diese kaum länger als ein Jahr mehr halten." „Ist doch perfekt", versichere ich ihr, „ich hatte bislang den Mercedes Benz unter den Waschmaschinen und er hat auch nicht das gehalten, was er verspricht. Ich möchte der alten Gebrauchtmaschine eine Chance geben. Die fühlt sich ja auch sicherlich einsam da so allein in die Ecke gestellt mit dem Gefühl, dass niemand sie mehr will. Übernehmen Sie denn auch die Beerdigung, ich meine Entsorgung meiner alten Maschine?" „Sicher", stammelt die Verkäuferin verdutzt. „Bestens."

Dienstag, 7. Januar 2014

Zahnarzttermin. Leider vergaß ich, ihn abzusagen. Dieser Engel hat mich wirklich ganz schön aus dem Konzept gebracht. Ich beschließe, einfach nicht hinzugehen. Die haben so viele Patienten, das merken die bestimmt gar nicht. Mein Telefon belehrt mich eines Besseren. Klingelingeling. „Frau Klomberg, kommen Sie denn noch?" will die freundliche Dame am anderen Ende der Leitung von mir wissen. „Ja selbstverständlich, war ja schon fast unterwegs", lüge ich.

Der Zahnarzt ist wie jedes Jahr begeistert von meinen Zähnen. „Sie haben immer noch die Zähne eines jungen Mädchens", schmeichelt er mir. „Wenn Sie diese weiter so gut pflegen, halten sie ein Leben lang." Das beruhigt mich ja. Die Zahnarzthelferin versucht wie, jedes Mal, mich für Zahnschmuck zu begeistern. Bei so schönen Zähnen sei das das I-Tüpfelchen, meint sie. Diesmal hat sie Erfolg. Warum eigentlich nicht? Ich gönne mir das Glitzersteinchen. Ich muss zugeben, es sieht gar nicht mal schlecht aus. Schade, dass es bei meiner Beerdigung vermutlich niemand sehen können wird. Ob ich das Bestattungsunternehmen im Vorfeld mal frage, ob man die Oberlippe irgendwie fest klemmen könnte? Ich verwerfe diesen Gedanken.

Mittwoch, 8. Januar 2014

Vorsorgeuntersuchung bei meiner Frauenärztin. Warum musste ich eigentlich sämtliche Arzttermine in die erste Woche des Jahres quetschen? Das erscheint mir angesichts der Umstände nun ziemlich absurd. Ob ich die kinderfeindlichen Hormonbomben denn nicht ausnahmsweise ohne vorherige Untersuchung bekommen könne, will ich von der Sprechstundenhilfe wissen. Sie fragt mich, ob Schweine fliegen könnten. Ich frage sie, ob ihr auch manchmal Engel erscheinen würden. Sie wirft mir einen Blick zu, der keine Frage offen lässt, dass die Diskussion an dieser Stelle beendet ist.

So liege ich nun mit weit gespreizten Beinen in Frau Zwetschges Folterstuhl. Diese versichert mir, das alles da sei, wo es hingehöre und dass meine beiden Eierstöcke immer noch sehr fleißig seien. Wenn ich also noch ein weiteres Kind haben wollen würde, so sei jetzt genau der richtige Zeitpunkt dafür. Um dann drei kleine Würmchen mutterlos zurück zu lassen? Entgegen jeder Logik, dennoch tief in mir wissend, das Richtige zu tun, stimme ich zu, die Pille abzusetzen. Ich habe nicht vor, mir das letzte Jahr meines Lebens durch Hormonschwankungen vermiesen zu lassen.

Donnerstag, 9. Januar 2014

Besuch vom Vater meiner beiden Kinder. Donnerstags holt er meine Tochter zum Kinderturnen ab. Für Kelly das absolute Highlight der Woche. Ich bin binnen Sekunden bei ihr abgeschrieben. „Viel Spaß Euch beiden", rufe ich noch hinterher, doch die hören mich schon gar nicht mehr. Nachdem sich Tochter und auch Sohn auf den Weg ins Land der Träume gemacht haben, nehme ich Stefan beiseite. „Kannst Du mir noch rasch ein Dreirad für Kellys dritten Geburtstag zusammenbauen, Herr Ingenieur?" „Habe ich eine Wahl?" „Nein", erwidere ich lachend. Eine Weile schaue ich ihm schweigend beim Zusammenbau des Dreirads zu, mich erneut fragend, ob ich irgendetwas hätte tun können, um diese Ehe zu retten. Doch ich habe keine Zeit mehr für rhetorische Fragen. Ich nehme mir ein Herz. „Stefan, wenn mir irgendetwas passieren sollte, versprich mir, dass Du die Beiden zu Dir nimmst." Schmunzelnd schaut er mich an. „Kassandra, Dir passiert nichts. Du passierst Deiner Umwelt." Ich bleibe beharrlich. „Ich meine es ernst, Stefan. Versprich es mir bitte." Jetzt schaut er mich skeptisch an, verspricht es mir jedoch. „Ich fand Dich schon während unserer Ehe immer sonderbar, Kassandra. Aber Du wirst mir ehrlich gesagt immer unheimlicher, ich bin dann mal wieder weg."

4

Freitag, 10. Januar 2014

Zitronenaufguss in der Sauna. Bevor ich mich dieses Mal womöglich in einem Zitronenfeld oder Ähnlichem wiederfinde, beschließe ich, es heute nicht wieder zu übertreiben. Ich gönne mir einen großen Becher Kaffee an der Tankstelle meines Vertrauens und fahre ziellos durch die Gegend. „Was soll ich jetzt mit dem angebrochenen Vormittag tun?", frage ich ins Nichts. „Halt hier an", antwortet die Stimme in meinem Kopf. Ich tue es. Mein Blick fällt auf einen Tattoo-Shop neben einem Handarbeitsladen. „Geht es auch etwas konkreter?", frage ich. Stille. Ich steuere direkt auf den Tattoo-Shop zu. Der Handarbeitsladen kann bei meinem kreativen Geschick ja kaum gemeint sein. „Ach was soll es", denke ich mir, „gönne ich mir jetzt halt das Tattoo, was ich mich mit sechzehn nicht getraut habe." Kurzerhand vereinbare ich einen Termin für Ende Januar. Sterben fängt an, mir Spaß zu machen. Beim Hinausgehen fällt mein Blick erneut auf das Handarbeitsgeschäft. Was soll ich denn hier? Eine Strickliesel lacht mich keck aus dem Schaufenster an. Im Ernst? Diesem Blick kann ich nicht widerstehen. Ohne groß zu überlegen, kaufe ich die Strickliesel.

Samstag und Sonntag, 11. und 12. Januar 2014

Wochenende. Mein Herzallerliebster kommt. Ein typischer trüber nasskalter Januar-Samstag. „Schatz, lass uns heute Nachmittag die beiden Kiddies dick einpacken und ein bisschen spazieren gehen", schlage ich vor. „Hast Du mal raus geschaut, Zuckerschnute?" „Ja, habe ich." „Ist Dir da nichts aufgefallen?" Ich spiele die Ahnungslose. „Was soll mir denn aufgefallen sein?" „Es regnet und es ist windig und saukalt." Ich bleibe gelassen. „Und?" „Wie Du meinst Schatz, gehen wir spazieren."
Kris und Kelly in dicke Jacken, Schals, Mützen und Handschuhe vermummt, machen wir uns auf den Weg. Es dauert nicht lange, da geht es auch schon los. „Mama, ich habe Durst, Hunger, mir ist kalt, ich muss Pipi, ich kann nicht mehr laufen, ich habe keine Lust mehr, ich will auf den Arm." Unterbrochen lediglich durch Krissys kraftvolle „Bähs". Doch ich bin fest entschlossen. „Schatz, müssen wir denn alle Spaziergänge, die wir letztes Jahr versäumt haben, heute nachholen?", will Karsten wissen. „Nur noch bis zum Steinkreis, so weit war ich noch nie", antworte ich. Ich stelle mich in die Mitte des besagten Kreises. Die Steine strahlen eine alles durchdringende Ruhe aus, sie scheinen zu flüstern: „Alles wird gut." Voller Zuversicht mache ich mich auf den Heimweg.

Montag, 13. Januar 2014

Depression. Als wenn ich für Dich jetzt noch Zeit hätte. Du nimmst wohl auf gar nichts Rücksicht, was? Findest Du es nicht ein wenig geschmacklos, mich in dieser Situation heimzusuchen? Ob es daran liegt, dass heute mein erster Arbeitstag nach dem Urlaub ist? Vielleicht rede ich ja mal mit meinem Chef. Ich bin einfach ehrlich und erzähle ihm von Azrael und was dieser mir mitgeteilt hat. Vielleicht hat er ja Verständnis für mich und beurlaubt mich für den Rest des Jahres. „Ach so Frau Klomberg, ja warum haben Sie das denn nicht gleich gesagt? Also in dem Fall bekommen Sie selbstverständlich für das ganze Jahr frei. Wir zahlen Ihnen außerdem das doppelte Gehalt. Fahren Sie doch noch mal in die Karibik oder so. Hauen Sie nochmal richtig auf den Putz." Geraldine reißt mich aus meinen Gedanken. „Kassandra, träumst Du schon wieder?" „Geraldine, was würdest Du tun, wenn Du nur noch ein Jahr zu leben hättest?" „Also, Du kannst vielleicht Fragen stellen. Auf jeden Fall würde ich hier nicht mehr sitzen." Ich jedoch bleibe sitzen. Widerwillig starre ich den Stapel Kassetten an, der in Briefform umgewandelt werden will. Seufzend mache ich mich an die Arbeit.

Dienstag, 14. Januar 2014

Verursacherin der Stimmungsschwankungen auf frischer Tat ertappt. Auch unter dem Namen Menstruation bekannt. Wieder einmal überschwemmt sie mich in Form eines heftigen Tsunami. Ich vermute, sie wird auch für den Rest des Jahres keine Ausnahme von der Regel machen. Jedoch etwas ist anders als sonst. Heute freue ich mich merkwürdigerweise über ihren Besuch, verdeutlicht sie mir doch auf zwar schmerzliche Weise, dass mein Körper noch sehr lebendig ist.
Nachmittags Physiotherapie mit meinem Einjährigen. „Nicht zu fassen. Der robbt ja immer noch", beschwert sich seine Therapeutin kopfschüttelnd. „Super. Ist doch klasse", erwidere ich. „Kris soll aber nicht robben, sondern krabbeln." Wie immer lässt sie nicht locker. Wer sich noch an die „Walter" aus dem „Frauenknast" erinnern kann, bekommt eine ungefähre Vorstellung von dieser Frau. Wäre ich Kris, ich würde um mein Leben krabbeln. Doch Kris liefert uns wie üblich souverän seine sechzig-minütige „Bäh-Sonate". Ich werde still. „Ich verspreche Ihnen, noch vor Ablauf dieses Jahres wird er laufen." Walter, ich meine, die Therapeutin starrt mich ungläubig an. „Frau Klomberg, Sie glauben wohl noch an Wunder?" „An manche schon", entgegne ich.

6

Mittwoch, 15. Januar 2014

Besuch von meiner kleinen Schwester. Ihr Nachwuchs nimmt innerhalb von Minuten das Zimmer meiner Kinder auseinander, abzulenken lediglich durch Kekse oder Donuts. „Komm Kischan komm, Tante Kassandra hat was Leckeres für Dich." „Du sollst den nicht immer so voll stopfen", schimpft meine Schwester, „der sieht sowieso schon aus wie ein kleiner Mops." Ich gebe auf. Seufzend lasse ich mich ins Sofa plumpsen und dem Blitzkrieg seinen Lauf. Meine Kinder sind hellauf begeistert. Jauchzend und quiekend beteiligen sie sich an der Verwüstung. Ich nehme es kaum wahr. Ich überlege, meiner Schwester von der Begegnung mit dem Engel zu erzählen. Würde sie mir glauben? Vorsichtig frage ich: „Du Katrin, glaubst Du eigentlich an Engel?" Katrin lacht. „Nein." „Und was würdest Du sagen, wenn ich Dir erzählen würde, dass mir in der letzten Silvesternacht einer erschienen ist?" Katrin hält merklich die Luft an. „Was hat der Engel denn zu Dir gesagt?" „Genau genommen ist es ein Todesengel und er hat gesagt, dass er mich in der kommenden Silvesternacht mitnimmt." Jetzt prustet Katrin los. „Kassandra, hast Du Dich eigentlich schon mal auf Schizophrenie untersuchen lassen?" „War nur ein Witz", lüge ich.

Donnerstag, 16. Januar 2014

Teammeeting auf der Arbeit. Zu uns kommen Leute, die schwindeln bzw. denen schwindelig ist. Mehr Leute, die schwindeln, sollen zu uns kommen. Soviel bekomme ich noch mit. Dann tauche ich in einer meiner Südseephantasien ab, in denen Karsten liebevoll mit einem Palmblatt über mir fächelt. „Frau Klomberg, träumen Sie schon wieder? Haben Sie das notiert?" „Was?" Mein Chef ist sichtlich verärgert. „Ich würde vorschlagen, Sie gehen jetzt erst mal in die Cafeteria und holen sich einen großen Becher Kaffee und werden erst mal wach. Der geht auf meine Kosten." Missmutig schlurfe ich in die Cafeteria der Klinik und tue, wie mir befohlen, als mein Blick auf etwas Buntes an der Kasse fällt. Sieht aus wie ein Bild von einem Kind gemalt. Tatsächlich ist es ein Kalender mit zahlreichen Bildern von Kindern aus unserer Kinderstation. Ich nehme ihn zur Hand und schaue hinein. Auf der letzten Seite ist eine der kleinen Künstlerinnen abgebildet, vielleicht zehn Jahre alt, kahlköpfig in ihrem Krankenbettchen sitzend, jedoch lächelnd über ihr Kunstwerk gebeugt mit einem Pinsel in der Hand. Nein, nicht lächelnd, freudestrahlend. Mir kommen die Tränen. Ich kaufe den Kalender. Zutiefst beschämt mache ich mich auf den Weg zurück in die Teamsitzung, jedoch jetzt völlig wach.

7

Freitag, 17. Januar 2014

Termin bei meiner Bank. Vor geraumer Zeit hatte ich die Änderung meines Vornamens von Sandra in Kassandra beantragt. Dieses wurde mir nun seitens des Standesamtes genehmigt und ich benötige unter anderem eine neue Bankkarte. Die Frau hinter dem Schalter guckt mich verdutzt an. In dreißig Jahren sei ihr so etwas noch nicht untergekommen. „Warum macht man so was?", fragt sie mich. „Mochten Sie Ihren alten Namen nicht?" „Doch schon", erwidere ich, „jedoch heißt gefühlt jede zweite Frau meiner Generation Sandra in unserem Land. Außerdem passt der Vorname jetzt auch besser zum Nachnamen." Die Frau hinter dem Schalter versteht nicht, jedenfalls schaut sie wie ein Auto. „Wegen KK", erkläre ich. „Sie meinen, so wie zum Beispiel Karla Kolumna?", fragt sie verunsichert. „So etwas in der Art", erwidere ich lachend. „Außerdem verspüre ich eine Affinität zu Namen mit K, meine kleine Schwester heißt zum Beispiel Katrin, mein großer Bruder heißt Kirk, meine Mutter Karola, mein Vater Klaus, nur mir haben sie einen Namen mit S aufgedrückt. Das passt doch überhaupt nicht." Die Frau hinter dem Schalter versteht immer noch nicht, ringt sich jedoch ein unsicheres Lächeln ab. „Das müssen Sie nicht verstehen", rufe ich lachend.

Samstag und Sonntag, 18. und 19. Januar 2014

Streit mit meinem Herzallerliebsten. „Trouble in Paradise". Wir schauen eine DVD, nicht ungewöhnlich für einen trüben Samstagnachmittag. Karsten kann dem Handlungsverlauf nicht folgen. Auch nicht weiter ungewöhnlich. Wohl aber meine Reaktion darauf. Noch bevor er A sagen kann, schieße ich ihn ab. „Sag mal, bist Du eigentlich wirklich so blöd? Muss man Dir wirklich ständig alles erklären?" Das sitzt. Sekunden später meldet sich die Stimme in meinem Kopf, jedoch leider einige Sekunden zu spät. „Kassandra, bist Du eigentlich wirklich so blöd, oder tust Du bloß so? Falls Du nämlich wirklich so blöd bist, ist Dir leider nicht mehr zu helfen."
Funkstille für den Rest des Nachmittags. Meine Pfeile haben ihr Ziel erreicht. Karsten ist verletzt. Wenn Sie Tipps möchten, wie Sie Ihre Beziehung in jedem Falle schnell und zuverlässig zerstören können, fragen Sie Kassandra. Ich helfe gern. Nun ist mein Karsten einer von den Guten, das heißt ein zähneknirschendes „Sorry" nimmt er an und er ist auch der letzte Mensch, der nachtragend wäre. Dennoch, ein bitterer Beigeschmack bleibt. Einen Nachmittag meines letzten Jahres habe ich für Streit um eine Nichtigkeit vergeudet. Ich antworte der Stimme in meinem Kopf: „Ja, ich bin ganz offensichtlich wirklich so blöd!"

Montag, 20. Januar 2014

Anfang der Woche. Motivation tendiert gegen Null. Meine Gedanken sind woanders. Immer häufiger flüstert mir eine Stimme den Wunsch ins Ohr, den nächsten Schritt zu wagen, mit Karsten zusammen zu ziehen. Aus dem anfänglichen Flüstern ist inzwischen ein lautes Rufen geworden, das sich mit einem hysterischen Kreischen abwechselt, jedenfalls selbst für mich nicht länger zu überhören. Aber wäre das fair? In dem Wissen, dass es nur noch für fast ein Jahr wäre? Andererseits, hat er nicht gesagt, er würde so viel Zeit wie möglich noch mit mir verbringen wollen? Ja. Wenn ER sterben würde. Er hat nichts davon gesagt, was wäre, wenn ICH sterben würde. Vielleicht würde er mich dann überhaupt nicht mehr wollen. Vielleicht sollte ich es ihm sagen. Jedoch habe ich nach der Reaktion meiner Schwester jegliche Gedanken in diese Richtung komplett fallen gelassen. Es bringt einfach nichts. Niemand kann so etwas glauben. Ich würde es selbst nicht tun. Auch jetzt erscheint mir die ganze Situation noch äußerst surrealistisch, fast grotesk. Auch hätte ich mir einen wirklichen Engel niemals so vorgestellt, so real, fast menschlich. Irgendwie gewöhnlich. Könnte auch beim Einwohnermeldeamt arbeiten, der Typ. Ob die Engel wohl wissen, dass wir eine gänzlich andere Vorstellung von ihnen haben?

Dienstag, 21. Januar 2014

Impftermin mit meinem Sohn. „Ihr Kris ist ja ein ziemlicher Wonneproppen geworden. Sein Kopf ist ja ganz schön groß. Komisch, Ihrer ist ja eher klein", klärt die Kinderärztin mich auf. „Sein Vater hat auch einen sehr großen Kopf", erkläre ich der Ärztin. „Daran wird es liegen." Sie zuckt die Achseln. „Manche Kinder haben halt so große Köpfe. Da kann man nichts machen." Ein Bild taucht vor mir auf. Kris, wie er vor einer Herde Mitschülern davon rennt und alle rufen im Chor: „Melonenkopf, Melonenkopf." Und ich kann ihnen noch nicht einmal androhen, dass sie sich wünschten, sie wären Melonen, sollte ich das noch einmal mitbekommen, weil ich dann nicht mehr da sein werde. Ich werde vermutlich auf irgendeiner Wolke sitzen und von oben aus tatenlos zusehen müssen. „Frau Klomberg, hören Sie mich? Sie müssen Ihren Sohn schon festhalten, während ich ihm die Spritze verpasse." Kris schaut Frau Dr. Dobermann an, als wäre sie tatsächlich einer und bricht dann in lautstarkes Gebrüll aus. „Zack Zack. So, Ihr Sohn hat jetzt den kompletten Impfschutz." Ja, aber wer impft Dich vor den wirklichen Krankheiten des Lebens? Vor dem ersten Liebeskummer zum Beispiel? Dagegen gibt es keinen Schutz. Wer nimmt Dich dann in den Arm?

Mittwoch, 22. Januar 2014

Falls Sie auch mit dem Gedanken spielen, Ihren Namen ändern zu lassen, überlegen Sie sich das gut. Nicht wenige Ihrer Mitmenschen wird das überfordern. Nun arbeite ich ja in einem gigantisch großen Krankenhaus. Ein neuer Name erfordert unter anderem zum Beispiel das Einrichten einer neuen E-Mail-Adresse, was noch das geringste Problem darstellt. Wenn Sie also damit leben können, dass der für Sie zuständige IT-Fachmann erst fünf Minuten den Hörer weglegen muss, um nicht ins Telefon zu prusten, kein Problem. Schwieriger wird es allerdings, wenn Sie auch einen neuen Dienstausweis benötigen. „Wie, Sie haben einen neuen Namen? Sandra Kassandra? Hört sich ja komisch an. Ach, Kassandra Klomberg? Hört sich ja noch merkwürdiger an. Wie ein Künstlername. Sind sie denn Künstlerin? Hier steht aber, Sie wären medizinische Schreibkraft. Gut, müssen Sie ja wissen." Das sind nur einige der Kommentare, mit denen Sie rechnen müssen. Also, überlegen Sie es sich gut, ob aus Tina Schulze wirklich unbedingt eine Tana Schanzara werden muss.

Donnerstag, 23. Januar 2014

Wintereinbruch. Klirrende Kälte. Glatte Straßen. Wird mir das fehlen. Oder auch nicht. Jedoch bin ich zurzeit noch sehr uninspiriert, was den weiteren Verlauf meines letzten Jahres betrifft. Sollte ich nicht schon eifrig Pläne schmieden, einmal den Kilimandscharo oder zumindest den Eiffelturm zu besteigen? Sollte ich nicht gewisse Vorkehrungen treffen? Meine Kinder absichern? Ein Testament verfassen? Andererseits, was will ich ihnen denn vererben? Meine Harry Potter Sammlung und meine drei Guns n' Roses CDs? „Oder Du hinterlässt ihnen etwas, was sie an Dich erinnert!" Wer hat das gesagt? Stille. Die Strickliesel, die mir vor wenigen Wochen noch nett zulächelte, schaut mich nun ernst an, fast vorwurfsvoll. Zögernd nehme ich sie zur Hand. Irgendetwas bringt mich dazu, einen Faden hindurch zu fädeln und los zu stricken. Und dann bin ich nicht mehr zu bremsen. Zwar habe ich zuletzt als Kind eine Strickliesel in der Hand gehalten, aber anscheinend habe ich es nicht vergessen. Ich stricke ganz in mich versunken und erfahre dabei eine ähnliche Ruhe wie kürzlich bei dem Steinkreis. Ich höre nicht auf, bevor ich eine etwa 30 cm lange Strickwurst vor mir habe, fädele einen mit Blumenmotiv bemalten Holzanhänger hindurch und vernähe die Wurst, die nun eine Kette ist. Ja, ich hinterlasse ihnen etwas, was sie an mich erinnert.

Freitag, 24. Januar 2014

Kirschblütenaufguss in der Sauna. Duftet so der Himmel? Reihen sich dort endlose Alleen von Kirschblütenbäumen aneinander? Werden Karsten und ich dort eines Tages Hand in Hand zusammen laufen? Und was mache ich dort, bis er kommt? Vielleicht warten ja auch schon Jim Morrison oder Kurt Cobain dort auf mich. Vielleicht aber auch nicht. Vermutlich werde ich mich eher an einer Endlosschlange anderer dahin geschiedener Groupies hinten anstellen müssen. Ich kann es mir bildlich vorstellen. „Alle, die zu Jim wollen, links anstellen. Alle, die zu Kurt wollen, rechts anstellen. Und Ruhe bitte und nicht vor drängeln sonst machen wir hier gleich Feierabend für heute." Der Bademeister erweckt mich erneut aus meinen Träumen. „Junge Frau, Sie werden mir doch nicht schon wieder umkippen?" „Mussten Sie mich aufwecken? Es war gerade so schön. Er ist nicht zu überzeugen. „Also, bei Ihnen weiß man wirklich nie, ob Sie gerade schlummern oder einem im nächsten Moment wieder von der Bank hopsen. Wenigstens hat sich Ihre Stimmung geändert." Ich verstehe nicht. „Wie meinen Sie?" „Ich habe Sie eben zum allerersten Mal lächeln sehen. Sonst schauten Sie immer zu Tode betrübt." „Ist mir gar nicht aufgefallen." „Was? Das Lächeln oder die Trübsal?" „Weder noch."

Samstag und Sonntag, 25. und 26. Januar 2014

Kellys dritter Geburtstag. Das ganze Matriarchat läuft auf, an der Spitze Oma Henny. Verstärkt von Mama Karola und Tante Jutta sowie meinen Geschwistern Katrin und Kirk samt ehelichem Anhang Volker und Birte. „Hast Du schon wieder einen Braten im Ofen oder hast Du etwa so eine Plauze? Zu meiner Zeit hätte man da aber ein Korsett getragen", werde ich gewohnt herzlich von Oma Henny begrüßt. Nun ist die Gute bereits über neunzig und jeder, der sie kennt weiß, dass hier jegliche Widerrede zwecklos wäre. Mama Karola kritelt gewohnt souverän an mir herum, Katrin und Kirk nicken stumm und ich wünsche mich wie üblich in eine weit entfernte Galaxie. Jedoch holt mich die Geräuschkulisse von Kischans angeführter Polonaise durch mein Wohnzimmer, gefolgt von den Zwillingen Hanni und Nanni sowie Kelly und Kris alle paar Sekunden auf die Erde zurück. Am Ende des Tages die übliche Verwüstung, die gewohnte Erschöpfung, die bekannten tauben Ohren und ein Karsten, der mich mit großen Augen anschaut: „Ist doch nett, Deine Familie." „Meine Familie ist wie ein Wirbelsturm." Karsten ist nicht zu belehren. „Ich bleibe dabei. Ist nett, Deine Familie!"

Montag, 27. Januar 2014

Der erste Monat meines letzten Jahres neigt sich dem Ende zu und ich bin noch kein Deut schlauer. Machen die Leute denn nicht immer irgendwelche großartigen Sachen, wenn sie wissen, dass sie sterben müssen? Machen nochmal eine Weltreise, verlieben sich noch ein letztes Mal oder krempeln ihr bisheriges Leben noch einmal komplett um? Zumindest sieht man das immer so in den Hollywood-Filmen. Ich habe mal ein sehr gutes Buch von Paulo Coelho gelesen. In dem Buch „Veronika beschließt zu sterben" fängt die Hauptprotagonistin erst in dem Moment wirklich an zu leben, als sie denkt, dass sie bald sterben müsse. Warum klappt das bei mir nicht? Mein Leben scheint weiter dahin zu plätschern wie bisher. Könnte es vielleicht daran liegen, dass ich gar nicht so unglücklich mit diesem Leben war, wie ich immer dachte? Das wäre fatal denn in baldiger Kürze heißt es Abschied nehmen. Warum habe ich bloß nicht früher gemerkt, dass ich eigentlich ganz gerne hier bin? Bestimmt hat man mir Azrael auf die Fersen gehetzt weil man mich für undankbar hält. So nach dem Motto: „Das hast Du jetzt davon, Kassandra. Du darfst jetzt nicht mehr mitspielen." Wie häufig in der letzten Zeit steigen mir Tränen in die Augen. Und wenn ich es mir anders überlegt habe?

Dienstag, 28. Januar 2014

Jetzt hat es mich doch noch erwischt. „Sie haben eine Magen-Darm-Grippe, die ist zurzeit im Umlauf", klärt mein Hausarzt Herr Dr. Zahn mich auf. Darauf wäre ich, in Anbetracht der Häufigkeit, mit der ich heute aus verschiedenen Öffnungen meine Kloschüssel beglückte, auch allein gekommen. „Da brauchen Sie aber kein Gesicht zu machen, als hätte ich Ihnen gerade eine unheilbare Krankheit diagnostiziert. An so etwas stirbt man nicht. Das ist in drei Tagen wieder vorbei." Ich finde es zwar äußerst ungerecht, dass mir das in meinem letzten Jahr auch nicht erspart bleibt. Aber mir ist zu übel, um mich darüber zu ärgern. Drei Tage, die ich nun vermutlich zwischen Bett und Pott verplempern darf. Aber vielleicht gibt mir das auch Gelegenheit, mal darüber nachzudenken, was ich denn nun wirklich mit meiner mir noch verbleibenden Zeit anfangen möchte. Vielleicht ist es gar nicht so schlecht, mal zur Ruhe zu kommen. Vielleicht finde ich dann die Antworten, die ich suche. Von Ruhe kann heute bloß noch nicht einmal im Entferntesten die Rede sein. Mein Magen hat einfach etwas dagegen. Zwecklos. Ich gebe nach. Heute brauche ich keine Antworten mehr. Nur noch die Antwort auf die Frage: „Wo ist das nächste Klo?"

Mittwoch, 29. Januar 2014

Kinder in der Kita. Ich bin krankgeschrieben. Muss nicht arbeiten. Kontakte mit meinem Klo halten sich in Grenzen. Ruhe. Zeit. Theoretisch. Was mache ich jetzt damit? Stille. „Hinterlasse ihnen etwas, was sie an Dich erinnert." „Du schon wieder. Kannst Du mich nicht einmal in Ruhe lassen? Ich bin krank. Außerdem habe ich Kellys Kette längst fertig gestrickt." Stille. Mein Blick fällt auf einen Zeichenblock, den ich mir vor einiger Zeit aus einem Impuls heraus scheinbar grundlos gekauft hatte. Vielleicht doch nicht ohne Grund. Ich schaue mich weiter im Zimmer um. Jetzt bleibt mein Blick auf meinem guten Kaffee-Service in meiner Glasvitrine haften, das erst kürzlich auf Kellys Geburtstag im Einsatz war. Eigentlich schade. So ein schönes Geschirr und wird nur zweimal jährlich benutzt. Plötzlich kommt mir eine Idee. Ich nehme Untertassen sowie Kuchenteller, Zuckerdöschen und Kaffeekanne sowie einen Bleistift zur Hand, trenne vorsichtig ein Din-A3-Blatt von dem Zeichenblock ab und male Kreise mit Hilfe des Geschirrs. Große Kreise, mittelgroße und kleine und auf einmal voller Inspiration winzige Kreise mit Hilfe verschiedenster Formen, die ich in meiner Wohnung entdecke. Ich höre erst auf, als das Blatt voller Kreise ist. Bin tatsächlich zufrieden mit meinem Werk. Fehlen nur noch die Farben.

Donnerstag, 30. Januar 2014

Kabarett-Vormittag in der Sauna. Darsteller: zu meiner Linken Rosi. Ihr fehlt die linke Hand. Zu meiner Rechten Wolfgang. Ihm fehlt der rechte Arm. Nun könnte man ja meinen, die beiden Senioren wären ziemlich arm dran. Im Gesprächsverlauf stellt sich heraus, dass beide aktive Mitglieder im selben Wanderverein sind. „Bist am Samstag wieder da, Rosi?" „Kannst Deinen linken Arm drauf wetten, Wolfgang." Ich traue meinen Ohren nicht. Haben die das jetzt gerade wirklich gesagt? Zwei Rentner, die sich, obwohl ihnen das ein oder andere Körperglied fehlt, nicht gegenseitig mit Mitleid überschütten und ihre Krankengeschichten austauschen? Gibt es das? Anscheinend. Die Sauna füllt sich. „Ist eng hier, Rosi. Darf ich auf Deinen Schoß?" „Ich habe zwar nur noch eine Hand, Wolfgang. Aber die reicht immer noch, um Dich an den Eiern zu packen." Allgemeines Gelächter. Ich will von den Beiden wissen, warum sie so fröhlich sind. Wolfgang lacht. „Ach weißt Du, Mädel. Das Leben würde keinen Spaß machen, wenn Dir überall immer nur Sahnetrüffel zugeworfen würden." Rosi nickt. „Es kommt darauf an, aus dem WAS einem zugeworfen wird, was Lustiges zu machen. Woll, Wolfgang?" „Da kann ich Dir wie immer nicht widersprechen, Rosi!"

13

Freitag, 31. Januar 2014

Termin im Tattoo-Shop. Die Tätowiererin stellt sich mir als Anais Nin vor, erwähnt aber im gleichen Atemzug, ich solle sie nicht mit gleichnamiger französischer Schriftstellerin und auch nicht mit dem Parfüm verwechseln. Ihre Mutter hätte das bloß witzig gefunden. „Was soll es denn sein?", fragt sie mich. „Wie bitte?" „Das Tattoo. Hast Du Dir ein Motiv überlegt?" „Evil Spirits travel in straight Lines". „Das kann ja sein. Aber was soll ich Dir tätowieren?" „Eben genau diesen Schriftzug. Linkes Handgelenk." „Aha. Und was heißt das?" „Böses ist geradlinig." Sie versteht nicht. „Häh?" „Das heißt, dass ich nur noch auf den Tag genau elf Monate zu leben habe und meine mir verbleibende Zeit nicht mit unsinnigem Perfektionismus vergeuden möchte, der mich von wirklichem Leben abhält und den andere mir aufgedrückt haben oder von mir erwarten." Die Tätowiererin namens Anais Nin lacht. „Ich mag das, wenn meine Kunden Sinn für Humor haben." Ich seufze und lehne mich entspannt zurück. Das Brennen der Nadel könnte man fast als angenehm bezeichnen. Etwa eine Stunde später bin ich wieder aus dem Laden raus. „Evil travels in straight Lines". Nun denn.

Samstag und Sonntag, 1. und 2. Februar 2014

Rocknacht in unserer Stammdiskothek. Zu meiner Linken: Sven, Mittvierziger, der zwar nicht aus Schweden kommt, dafür aber Lehrer ist. Ich kenne ihn seit gut zwanzig Jahren. Zu meiner Rechten: Katar, weiblich, Mitte zwanzig, äußerst hübsch. Sven ist sichtlich interessiert an Katar. Katar ist sichtlich interessiert an Sven. Wo ist das Problem, könnte man meinen. „Kassandra, Du weißt doch ganz genau, dass ich Pauker bin", entrüstet sich Sven. „Ja. Und das nicht erst seit gestern. Und?" „Wie, und? Ich hätte das Gefühl, ich würde eine meiner Schülerinnen daten." Ich kann mir ein Grinsen nicht verkneifen. „Da haben Deine Schülerinnen aber die ein oder andere Ehrenrunde zu viel gedreht, wenn sie mit Mitte zwanzig immer noch bei Dir sitzen." „Ha ha. Wohl sehr zu Späßen heute aufgelegt, die Frau Kassandra!" Sven wirkt nicht belustigt. „Ach Sven. Muss man im Laufe seiner Laufbahn als Lehrer den Humor eigentlich vor dem Klassenzimmer abgeben?" Sven verzieht keine Miene. „Ich kann Dir nur eines sagen, Sven. Egal, ob Mitte zwanzig oder Mitte vierzig, keiner von uns lebt ewig. Und das Leben ist auch keine unendliche Aneinanderreihung von Chancen. Für jede Chance, die Du jetzt nicht ergreifst, kriegst Du hinterher oben einen auf den Deckel. Das weiß ich aus zuverlässiger Quelle." „Ah ja. Ich hole mir lieber noch ein Bier."

Montag, 3. Februar 2014

Und wieder eine neue Woche. Und immer noch keinen Plan. Außentemperaturen frostig. Stimmung neutral. Die Hälfte meiner Kolleginnen ist erkrankt, der Jahreszeit entsprechend. Ich nehme es gelassen. Der Vormittag plätschert wie üblich vor sich hin. Keine besonderen Vorkommnisse. Mein Chef merkt an, dass ich meine Träume aus tausend und einer Nacht verschieben müsse, bis wir wieder vollbesetzt wären. Ansonsten ein Vormittag wie jeder andere.
Nach der Arbeit fahre ich wie üblich noch kurz in meinen Lieblingsdrogeriemarkt. Ich treffe ein mir bekanntes Gesicht. Eine Verkäuferin, die eine Zeit lang wie vom Erdboden verschluckt schien und nun plötzlich wieder da war. Ich erinnere mich noch gut an sie. Ihre Ruhe- und Rastlosigkeit waren mir stets aufgefallen. Auch heute wirkt sie angespannt. Ich frage sie, ob sie krank gewesen sei. Krank gewesen sei sie, stimmt sie mir zu. „Burnout, wissen Sie." Ich weiß. Ich habe diese Frau noch niemals zuvor ungeschminkt gesehen. Sie sieht müde aus. Ich gehe auf sie zu. „Wissen Sie, kein Job der Welt ist es wert, dass Sie sich dafür kaputt machen. Auch dafür ist das Leben zu kurz." Sie hat eine Träne im Auge. „Auch dafür?" „Wie für so vieles andere." Sie wischt sich die Tränen aus dem Gesicht. „Sie haben meinen Tag gerettet." „Keine Ursache."

Dienstag, 4. Februar 2014

Zunächst ein ereignisloser Vormittag. Patienten, denen schwindelig ist. Ärzte, die schwindeln. Sekretärinnen, die schwindeln. Wie üblich. Dann der Anruf. Geraldine nimmt ihn entgegen. Sie reicht mir den Hörer. Es wäre für mich, meint sie. Meine Schwester sei dran. Schluchzen. „Katrin? Was ist denn passiert?" Katrins Stimme zittert. Sie ist unter dem Schluchzen kaum zu verstehen. Aber dass der Notarzt da gewesen sei und dass unser Vater Klaus vermutlich einen Herzinfarkt hatte, das verstehe ich. Zumindest akustisch. Auch, dass er jetzt im Krankenhaus sei, auf der kardiologischen Station zur weiteren Abklärung. Bevor diese Worte jedoch auch inhaltlich zu mir durchsickern, hat Katrin das Gespräch auch schon beendet und lässt mich mit meinen Gedanken allein. Läuft hier etwas schief? Azrael war doch bei MIR. ICH soll doch Ende des Jahres das Zeitliche segnen. Was macht das denn jetzt alles für einen Sinn? „Das hat alles seinen Sinn." Wer war das denn jetzt bloß schon wieder? Stille. „Ich habe es langsam satt, dass Du ständig Sachen in den Raum wirfst und mich dann wieder mir selbst überlässt." „Ich werfe doch gar nichts", entrüstet sich Geraldine. „Doch nicht Du."

15

Mittwoch, 5. Februar 2014

Ein windiger Tag. Durchwachsenes nasskaltes Wetter. Passend zur Stimmung. Weiterhin nur die halbe Mannschaft an Bord. Mein Telefon klingelt im Minutentakt. Ein Patient, der mich darüber aufklärt, dass das HIV-Virus eigentlich gar nicht wirklich existiere, sondern nur in den Köpfen der Menschen. Dies wüssten allerdings nur die Wenigsten. Wie schön, eine von den Auserwählten zu sein. Muss ich wenigstens nicht dumm sterben. Wie kommen die Leute bloß immer wieder auf so abstruse Theorien? Und warum habe ich sie eigentlich ständig am Telefon? Ob er sich denn sicher sei, dass er einen Termin bei uns wolle, frage ich ihn. Deswegen rufe er ja schließlich an, raunzt er zurück. „Ich meine ja nur, können Sie sich denn wirklich sicher sein, dass Ihr Schwindel wirklich existiert und nicht auch bloß eingebildet ist?" frage ich ruhig. Also, das sei ja jetzt wirklich eine Unverschämtheit. Noch bevor ich etwas erwidern kann, hat er aufgelegt. Keinen Sinn für Humor, der Mann. Mist. Schon wieder einen vergrault. „Kassandra, was ist eigentlich los mit Dir?" will Geraldine wissen. „Was soll los sein?" „Ich kenne Dich so gar nicht." „Geraldine, wenn Dir jemand mit so einem Schwachsinn kommen würde... ." „Früher hättest Du es nicht so ernst genommen." „Geraldine, es gibt Dinge, die einen Menschen verändern."

Donnerstag, 6. Februar 2014

Der Zustand meines Vaters Klaus verschlechtert sich. Es stellt sich heraus, dass er zwar keinen Herzanfall hatte, dafür jedoch zwei nicht mehr funktionierende Herzklappen hat. Diese müsse man schnellstmöglich ersetzen, klärt der leitende Oberarzt der Intensivstation mich auf. „Das Problem ist, dass der Zustand Ihres Vaters dafür momentan zu schlecht ist. Seine Blutwerte haben sich weiter verschlechtert und sein Kreislauf ist instabil." Ich verstehe nicht. „Was wollen Sie mir damit sagen, Herr Doktor?" „Ihr Vater könnte sterben." „Wie, mein Vater könnte sterben?" „Ich möchte zu ihm." „Momentan kann ich Sie leider nicht zu ihm lassen. Ihr Vater braucht jetzt Ruhe. Kommen Sie morgen wieder." Paralysiert verlasse ich die Klinik. Ihr Vater könnte sterben. Kommen Sie doch morgen wieder. Der Mann hat vielleicht Nerven. Orientierungslos laufe ich durch die Gegend. Ich schlängele mich zwischen einem parkenden LKW und einer Ausfahrt hindurch. Gerade noch rechtzeitig bemerke ich, dass der LKW nicht parkt, sondern zurücksetzt und springe zur Seite. „Sind Sie von allen guten Geistern verlassen", fährt der Fahrer mich an, „ich sehe Sie doch nicht im toten Winkel." „Sorry", murmele ich die Tränen unterdrückend.

Freitag, 7. Februar 2014

Morgens auf der Intensivstation mit meiner Mutter Karola. Wir müssen warten. „Dein Kleid ist fleckig." Ich schaue meine Mutter an. „Dass Du in so einer Situation noch Augen für so etwas hast, Mama." „Für so etwas habe ich immer Augen." „Das ist Babymilch." „Das ist ganz egal, was das ist, ich wäre niemals so herumgelaufen. Ich hatte immer saubere Sachen an. Dein Vater übrigens auch." Ich widerstehe dem Impuls, mich zu rechtfertigen und unterdrücke eine Antwort. Wieder Warten. Niemand kommt. Auf Nachfragen heißt es, mein Vater Klaus werde noch weiter untersucht. „Kannst Du ihr sagen, dass mir ihre neue Frisur gefällt?" „Wem?" Meine Mutter schaut mich an. „Ich habe nichts gesagt!" „Meinem kleinen Mädchen, Geraldine. Du kennst sie doch." Ich schaue mich um. Doch außer meiner Mutter ist weit und breit niemand zu sehen. „Wer sind Sie?" „Sandra, hörst Du jetzt schon Stimmen?" „Kassandra." „Ja ja." Ist das ein Schatten, der neben meiner Mutter sitzt? Man könnte es fast für einen alten Mann halten, der mir zulächelt, doch dann ist da auf einmal nichts mehr. „Sie können jetzt zu ihm!" „Zu wem?" Die Schwester schaut mich an. Meine Mutter schaut mich an. „Sandra!" Wortlos folge ich der Schwester und meiner Mutter ins Krankenzimmer.

Samstag und Sonntag, 8. und 9. Februar 2014

Es regnet. Ich befinde mich auf dem Rückweg vom Krankenhaus nach Hause. Ich bin gerade dabei, mir ein Stück der beiden XXL-Schoko-Muffins in den Mund zu stopfen, die ich mir eilig in der Klinik-Cafeteria geholt hatte, um halbwegs die innere Anspannung abzubauen. Da macht mein Auto schlapp. Auf dem Supermarktparkplatz genau zwischen vier parkenden Autos säuft es mir ab. Einfach so. Ohne Vorwarnung. Dabei ist es gerade erst in die Pubertät gekommen. Aber das nützt mir jetzt auch nichts. Drei der vier parkenden Autos, die wegen mir jetzt nicht raus kommen, haben inzwischen ihr Hupkonzert begonnen. Dazu stimmt die sich langsam bildende Autoschlange hinter mir munter mit ein. Ich versuche den Motor zu starten. Einmal. Zweimal. Dreimal. Sinnlos. Zwei Männer haben Mitleid und schieben mich in eine Parkbox. Ich schenke ihnen den Rest meiner Muffins. Ich bleibe noch eine Weile in meinem Auto sitzen und höre dem Regen zu, der auf das Dach prasselt und denke über den Sinn des Lebens nach. Warum muss mein letztes Jahr eigentlich so beschissen verlaufen? Ich hatte es doch ganz anders geplant. Dann steige ich aus. In strömendem Regen laufe ich nach Hause.

Montag, 10. Februar 2014

„Ihr Kurbelwellensensor ist kaputt". Ich schaue den Mann in der Werkstatt mit großen Augen an. „Was heißt das?" „Ihr Wagen wird durchkommen." „Oh Gott sei Dank." „Also, der hat weniger damit zu tun." Er schüttelt den Kopf. Ich muss schmunzeln. „Haben Sie eine Ahnung." „Allerdings. Mit Autos kenne ich mich aus, Lady. Sonst wäre ich hier auch fehl am Platz." „Lady?" Er lacht. „Ich nenne alle Frauen Lady." Da muss selbst ich lachen. „Wie dem auch sei, wenn Sie den bis mittags wieder hinkriegen, haben Sie echt was bei mir gut." Der Mann, der Autos reparieren kann, grinst über beide Ohren und schenkt mir ein nahezu zahnloses Lächeln. „Darauf komme ich vielleicht zurück, Lady." Ich schlendere nach Hause. Mein Blick fällt auf ein Foto im Eingangsbereich. Ich bin vielleicht zwei Jahre alt und sitze im Sandkasten. Mein Vater Klaus sitzt neben mir in der Hocke und lacht mir zu. Was er wohl gedacht hat in diesem Moment? Was er wohl jetzt gerade denkt? Er kann es uns nicht mitteilen. Was würdest Du jetzt tun, Papa? Wenn Du ich wärst? Wie soll ich bloß mit all dem klarkommen? „Schalte das Radio ein." Stille. Mechanisch drücke ich den Knopf. WDR 4. Jürgen Marcus singt „Davon stirbt man nicht." „Ich hoffe so sehr, Du hast Recht, Jürgen."

Dienstag, 11. Februar 2014

Die rote Flut. Erbarmungslos schlägt sie auch dieses Mal wieder zu, ungeachtet der aktuellen Ereignisse. Bevor der Vormittag sich dem Ende zuneigt, habe ich bereits drei Exemplare des Tampons, dem die meisten Frauen in meinem Land vertrauen, in die Kanalisation befördert. Gedankenverloren spiele ich an meiner Kaffeetasse herum. „Ach Geraldine, Deine neue Frisur steht Dir übrigens gut." Geraldine lacht. „Seit wann fällt Dir denn auf, wie ich meine Haare trage?" Ich zucke mit den Schultern. „Ich weiß nicht. Ist mir halt gerade so aufgefallen." Geraldine schaut skeptisch. „Der Einzige, dem das immer aufgefallen ist, war mein Vater." Sie denkt nach. „Ist ja jetzt auch schon bald zwei Jahre tot." „Vermisst Du ihn?" Sie schweigt. „Manchmal schon." „Wenn Du ihm etwas ausrichten könntest, was wäre das?" Sie schaut mich an. „Willst Du mich jetzt veräppeln?" „Nein. Nur mal theoretisch." „Wie kommst Du auf einmal auf so etwas, Kassandra?" „Kein bestimmter Grund. Vermutlich aufgrund der Situation mit meinem eigenen Vater." Sie überlegt einen Moment. „Ich würde ihn vermutlich fragen, warum er beim Schach spielen eigentlich ständig schummeln musste. Seit ich ein Kind war, hat er das getan und konnte es bis zum Schluss nicht lassen."

18

Mittwoch, 12. Februar 2014

Anruf von meiner Freundin Melitta. Erschöpft sei sie zurzeit. Sie fühle sich teilweise weniger lebendig als die Leute, die sie betäube. Melitta ist das letzte Gesicht, dass Sie sehen, bevor an Ihnen aus irgendeinem Grund herumgeschnippelt wird beziehungsweise das erste Gesicht, dass Sie sehen, nachdem an Ihnen herumgeschnippelt wurde (falls). Ich erzähle ihr von meinem Vater Klaus. „Kassandra, so schnell stirbt man nicht", versichert sie mir. „Operationen an der Herzklappe verpacken die Patienten in der Regel gut." In der Regel. Ich bin mir nicht sicher, ob mich das beruhigt. „Glaube mir Kassandra, Dein Vater wird sich danach fühlen wie neu geboren." Ich will ihr so gerne glauben.
Mein eigenes Schicksal hatte ich in Anbetracht der Umstände fast vergessen. Jetzt muss ich plötzlich wieder an den Engel denken. Falls Melitta sich irren sollte, so wird mein Vater wenigstens nicht lange allein sein. „Warum sollte er allein sein?" „Gute Frage." Ich schaue mich um. „Ich vermute, wie immer gibst Du mir auch darauf wieder keine Antwort." Stille. Aber warum sollte er allein sein? Das macht wirklich keinen Sinn. Vielleicht bin ich ja auch diejenige, die nicht allein gehen will. „Kassandra, wir sind auf diesem letzten Weg alle allein. Und doch sind wir es nicht."

Donnerstag, 13. Februar 2014

Ein gewöhnlicher Arbeitstag. Wie üblich passiert nichts wirklich Aufregendes. Eine Patientin, die mir am Telefon erklärt, dass sie nun doch lieber erst einmal zu ihrem Hals-Nasen-Ohrenarzt wolle, weil zu uns zu kommen sei ja praktisch wie mit Kanonen auf Spatzen zu schießen. Den Zusammenhang verstehe ich zwar nicht wirklich, hake aber auch nicht weiter nach. Geraldine und ich belauschen ein Patientengespräch vor unserer Bürotür beziehungsweise einen Monolog eines schon etwas älteren Herrn. So habe er sich seinen Lebensabend ja auch nicht vorgestellt, erzählt er. Er hatte ja eigentlich vorgehabt, im Alter die Welt zu bereisen. Es folgt eine ausführliche Auflistung der Reiseziele. „Nach Mallorca zum Beispiel oder nach Gran Canaria, da soll es ja um diese Jahreszeit auch sehr schön sein. Nach Ibiza hätte man auch reisen können oder nach Rio de Janeiro. Tokio wäre bestimmt sehr interessant gewesen, wenn auch vielleicht ein bisschen voll wegen der ganzen Japaner. Von mir aus auch zur Chinesischen Mauer, obwohl ich natürlich kein Chinesisch spreche." Die junge Frau neben ihm lacht. Er seufzt. „Stattdessen sitze ich jetzt hier." „Ich auch", murmele ich zerknirscht. „Aber Du liegst auch nicht in einem Krankenbett!"

Freitag, 14. Februar 2014

Mein letzter Valentinstag wird mir zugleich als mein schönster in Erinnerung bleiben. Meinem Vater Klaus geht es sichtlich besser. Er spricht wieder, er hat seinen Appetit zurück gewonnen und vor allem: seinen Lebenswillen. Nun scheine also doch ich diejenige zu sein, die vorausgehen wird. Und dafür bin ich, wem auch immer, unendlich dankbar. In der nächsten Woche wird er aller Voraussicht nach an den Herzklappen operiert werden können. Ich frage ihn, ob er Angst habe. Angst habe er. Er nickt. Ich will wissen, ob er denn auch zusätzlich psychologisch betreut werde. Ob ich den Hampelmann mit seinem Rucksack meine, der allabendlich kurz rein schauen und „Alles gut?" fragen würde. Falls ich diesen meinen sollte, so werde er wohl psychologisch betreut, stimmt er mir zu. Seinen Humor hat er also auch nicht verloren. Ein gutes Zeichen. „Papa, glaubst Du eigentlich an Engel?", frage ich. „Mir ist noch keiner begegnet. Wieso?" „Ach, nur so." „Moment." Mein Vater denkt nach. „Das stimmt gar nicht. Als kleines Kind dachte ich tatsächlich einmal, dass mir einer begegnet sei." Er lacht. „Was man als Kind halt so denkt. Muss ich Dir nicht erzählen, Du hattest ja auch immer eine blühende Fantasie." Ich denke kurz nach. „Ich denke, die habe ich noch!"

Samstag und Sonntag, 15. und 16. Februar 2014

Wochenende bei meinem Herzallerliebsten. Ausgewogen. Harmonisch. Wir gehen einkaufen. Wir kochen zusammen. Wir kaufen eine Pflanze im Baumarkt. Was frisch verliebte Pärchen halt am Wochenende so machen. Hier und da ein zaghaftes „Ich liebe Dich". Wir schauen eine DVD zusammen. „Entscheidung aus Liebe" mit Julia Roberts. Nicht unbedingt einer ihrer größten Erfolge. Warum ich ausgerechnet diesen Film auswähle, weiß ich nicht. Der an Leukämie erkrankte Protagonist gaukelt seiner Krankenschwester, in die er sich zwischenzeitlich verliebt hat vor, seine Behandlung wäre abgeschlossen und er geheilt. Die beiden gehen eine Liebesbeziehung miteinander ein. Es kommt wie es kommen muss, die Lüge fliegt auf und stellt die liebende Julia Roberts vor eine schwere Entscheidung. Eine solche Lüge würde er nicht verzeihen, lässt Karsten mich wissen. Mir stockt der Atem. Gedanken, die ich Tag für Tag erfolgreich zu verdrängen versuche, schießen mit einem Mal erfolgreich wieder an die Oberfläche. Er wird es ja nicht erfahren, dass ich es wusste. Und falls doch? Dann kann es mir auch egal sein, denn das bekomme ich ja dann nicht mehr mit. Aber will ich ihm wirklich als Lügnerin in Erinnerung bleiben? Andererseits lüge ich ja auch nicht direkt …

Montag, 17. Februar 2014

Ein hektischer Vormittag. Pausenlos klingelt mein Telefon. Mein Chef hat wie üblich gute Laune. „Frau Klomberg, wenn Sie gedanklich aus Taka-Tuka-Land zurück sind, könnten Sie dann bitte ans Telefon gehen?" „Böh." Ein Patient, der mir erklärt, dass sein Schwindel nur zu fünfzig Prozent mit seinem Gehirn zu tun habe. Die anderen fünfzig Prozent seien psychisch bedingt. Irgendwer hatte ihm allerdings den Floh ins Ohr gesetzt, er könne auch Bakterien im Gehirn haben. Und dies wolle er nun in jedem Falle abgeklärt wissen, denn: „Wer Frau Klomberg, möchte denn schon Bakterien in seinem Gehirn haben? Stellen Sie sich mal vor, wie schnell sich diese dann auf die restliche Bevölkerung ausbreiten. Hinterher komme ich dann noch in Quarantäne oder so etwas. Alles schon gesehen." Quarantäne wäre bei Ihnen wohl durchaus das Mittel der Wahl, denke ich mir, spreche es jedoch natürlich nicht aus sondern bleibe wie üblich ruhig und vereinbare einen Termin. Vielleicht wird das ja meine Todesursache sein. Ich sehe meinen Chef direkt vor mir: „Es tut uns Leid, Frau Klombergs gesamtes Gehirn war mit Bakterien verseucht." Wahrscheinlicher ist allerdings, dass Anrufe wie dieser mich bei Ablauf des Jahres in den Wahnsinn getrieben haben werden.

Dienstag, 18. Februar 2014

Physiotherapie mit meinem Sohn. Seine Therapeutin, nennen wir sie der Einfachheit halber weiterhin Walter, ist hoch erfreut. „Hey, der Kris krabbelt ja endlich." Mein Sohn, der anscheinend endlich eine Möglichkeit für sich entdeckt hat, dieser Frau zu entkommen, tut dies nun auch bei jeder sich bietenden Gelegenheit. Vorrangig zurück in meine Richtung. Walter wirkt sichtlich verstimmt. „Das ist ja auch kein Wunder, dass Ihr Sohn die ganze Zeit zurück zu Ihnen krabbelt, Frau Klomberg. Sie sind ja auch angezogen wie ein Christbaum." Ich muss lachen. „Wie ziehen Christbäume sich denn an?" „Vermutlich genauso bunt wie Sie. Ihr Gebammel da an den Ohren könnte glatt als Weihnachtskugel durchgehen. Es lenkt Ihren Sohn ab." Grimmig verschränkt sie die Arme. Kris krabbelt völlig unbeeindruckt zurück in meinen Schoß. Ich bin ratlos. „Und was soll ich Ihrer Ansicht nach jetzt tun?" Sie schaut mich an. „Sie könnten sich zum Beispiel etwas unauffälliger kleiden. Etwas weniger wie ein Papagei vielleicht oder zumindest dieses komische Gebammel an den Ohren weglassen." Ich hole tief Luft. „Diesen Gefallen kann ich Ihnen leider nicht tun. Und wenn ich mir eines für meinen Sohn wünsche, dann dass er sich stets von den grauen Grummelschnuten dieser Welt abwendet."

Mittwoch, 19. Februar 2014

Meine kleine Schwester besucht mich mit Kischan, dem Zerstörer. Dieser macht seinem Namen wie üblich alle Ehre. Er braucht keine dreißig Minuten um mein wöchentliches Werk an Aufräumarbeiten zu zerstören. Tatkräftig dabei unterstützt wird er wie immer von Kelly und Kris, die selbstverständlich auch heute nicht schwächeln. „Kirk ist sauer auf Dich", wirft Katrin plötzlich ein. „Du warst im Büro und hast ihn nicht begrüßt." Katrin und mein großer Bruder Kirk arbeiten Hand in Hand. Sie helfen den Leuten, den Staat auf legale Art und Weise übers Ohr zu hauen, sprich sie sind Steuerberater. Ab und an bestelle ich diverse Pakete an ihre Büroadresse und hole diese in regelmäßigen Abständen dort ab. Nachdem mein Bruder mir schon mehrfach verdeutlicht hatte, kein Paketannahmeservice zu sein à la „Würde ich gerne Pakete verteilen, wäre ich Postbote geworden", hielt ich es für klüger, die Abholungen möglichst rasch und unauffällig zu erledigen. Offensichtlich nicht sehr erfolgreich. Hatte ich meinen Bruder tatsächlich mit so einer in meinen Augen Banalität getroffen? Das ist das Letzte, was ich mir für dieses Jahr wünsche. „Sage Kirk bitte, es täte mir Leid. Das mit den Paketen wird jetzt auch weniger werden. Katrin schaut mich an. „Wieso?" „Ich werde in der nächsten Zeit nicht mehr viel benötigen!"

Donnerstag, 20. Februar 2014

Der Tag beginnt wie jeder andere. Kinder in die Kita. Zur Arbeit brausen. Großen Becher Kaffee besorgen. Die Damentoilette aufsuchen. In genau der Reihenfolge. Geliebtes morgendliches Ritual, heute allerdings mit winzig kleinem Störfaktor, im Allgemeinen auch Mann genannt, in diesem Falle großer dicker alter Mann in Unterhosen auf unserem Damenklo. Zunächst bin ich so verblüfft, dass mir ein „Sorry" raus rutscht, was der große dicke alte Mann gnädig mit einem „Schon in Ordnung, Mädel" abwiegelt. Ich schließe die Tür. Ich öffne die Tür. Ich hole tief Luft. „Das geht so aber nicht, junger Mann." Weiter komme ich nicht. Der dickliche Kerl ist entrüstet. Was mir denn einfalle? Ob ich denn im Mittelalter lebe? Er müsse sich ja schließlich irgendwo umziehen und das Herrenklo sei so eng. Ich solle mich mal nicht so anstellen und ein bisschen lockerer machen. „Mein letztes Jahr. Du schickst mir einen halbnackten Mann und da konntest Du mir keinen besseren schicken als den? Hat der Nikolaus gerade zu wenig zu tun?" Der dicke Mann schaut mich an. „Häh? Mit wem sprechen Sie eigentlich, junge Frau?" Eilig zieht er sich seine Ballonseidenhose hoch. „Ich weiß ja nicht, Mädel. Irgendwie seid Ihr hier alle ein bisschen merkwürdig!"

Freitag, 21. Februar 2014

Peter macht den heutigen Aufguss in der Sauna. Peter ist ein äußerst attraktiver großer Mann Anfang dreißig, der vor ein paar Jahren zu Single-Zeiten meinen verzweifelten Annäherungsversuch mit der Frage, ob wir mal was zusammen trinken gingen, mit einem knappen „Nö" abwiegelte. Nur meiner ausgeprägten Sauna-Sucht ist es zu verdanken, dass ich die selbige seit diesem peinlichen Vorfall weiterhin trotzig aufsuche. Bis heute hat keiner von uns beiden mehr ein Wort darüber verloren. Bis heute. Der Tag, an dem mich wieder einmal der Hafer stach. „Morgen, Peter", setze ich an. Er lacht. „Morgen, Kassandra. Oder wie immer Du Dich jetzt gerade nennst." „Darf ich Dich mal etwas fragen?" Er grinst. „Immer." „Warum hast Du mir damals eigentlich eine Abfuhr erteilt?" Das Grinsen wird breiter. „Ehrliche Antwort? Du bist einfach nicht mein Typ." Ich bin selbstredend total eingeschnappt, lasse es mir jedoch nicht anmerken. „Und wenn ich nur noch ein Jahr zu leben hätte?" Peter kann sein Lachen offensichtlich nicht länger unterdrücken und versucht es auch nicht weiter. „Selbst dann nicht." Ich merke, wie ich rot werde, genau wie damals bei der ersten Abfuhr. „War ja sowieso nur theoretisch gefragt, ich habe nämlich jetzt wieder einen Freund." „Siehst Du Kassandra und genau deswegen bist Du nicht mein Typ."

Samstag und Sonntag, 22. und 23. Februar 2014

Mein Vater Klaus wird in ein anderes Krankenhaus verlegt. Es ist das älteste in der ganzen Stadt. Seine Grundbauten bestanden bereits kurze Zeit vor Ausbruch des Ersten Weltkrieges. Vorsichtig spähe ich aus dem Fahrstuhl, aber die Luft scheint rein zu sein, weder Gespenster noch andere gelangweilte Untote auf dem Gang. Mein Vater ist einigermaßen gut drauf. Sollten ihn in Anbetracht der in zwei Tagen anstehenden Herzklappenoperation jedwede Ängste quälen, so lässt er sich dies nicht anmerken. Das Telefon neben seinem Bett klingelt. Ich hebe ab. „Ich möchte bitte meinen Vater sprechen." Die Stimme ist mir gänzlich unbekannt aber sie klingt wie die einer jungen Frau. Ich schaue mich im Raum um. Mein Vater liegt allein auf dem Zimmer. Von weiteren Geschwistern weiß ich nichts. „Sie müssen sich geirrt haben", setze ich an, „hier liegt nur mein Vater Klaus." „Ich möchte bitte meinen Vater sprechen." Die Frau scheint sehr beharrlich. Ihre Stimme klingt irgendwie weinerlich, fast flehentlich. „Hören Sie, es tut mir Leid, außer MEINEM Vater liegt hier niemand." Stille. Mit wem ich da bloß spreche, will mein Vater wissen. Ich gebe zu, völlig ratlos zu sein, wer da angerufen habe. „Wie angerufen? Hat doch gar nicht geklingelt."

Montag, 24. Februar 2014

Ich bin krankgeschrieben. „Sie haben eine Blasenentzündung, auch 'Honeymoon-Zystitis' genannt", klärt mein Hausarzt Herr Dr. Zahn mich auf. Er lacht. „Sexuell sehr aktive Frauen leiden etwas häufiger darunter!" „Oh gut. Vielen Dank für den Hinweis!" „Keine Ursache, Frau Klomberg. Viel trinken, damit die Bakterien möglichst schnell wieder raus geschwemmt werden. Und treten Sie mal etwas kürzer!" „Also so oft habe ich jetzt auch keinen Geschlechtsverkehr, Herr Doktor. Ich führe schließlich eine Wochenendbeziehung", verteidige ich mich. Wieder schenkt er mir ein herzhaftes Lachen. „Das meine ich doch nicht, Frau Klomberg. Sie täten bloß gut daran, insgesamt etwas kürzer zu treten, habe ich den Eindruck. Etwas weniger Stress täte Ihnen gut!"
Beim Hinausgehen denke ich noch über seine letzten Worte nach. Der Mann hat wirklich gut reden. Wie soll das denn bitte schön gehen? Der hat keinen Plan von meiner Lebenssituation. Alleinerziehend mit zwei kleinen Kindern und berufstätig sein. Das kann manchmal ein ziemlicher Spagat sein. „Dann höre auf mit dem Spagat." Danke für den hilfreichen Tipp. Da wäre ich jetzt von alleine wohl nie drauf gekommen. Und verrätst Du mir auch wie?" Auch heute erhalte ich keine Antwort. Man gewöhnt sich daran.

Dienstag, 25. Februar 2014

Die Blasenerkältung legt mich völlig lahm. Ich verbringe den Tag zwischen Bett und Klosett. Verfolgt von wirren Träumen. Mein Chef, der mir den Flur entlang hinterherläuft und ruft: „Frau Klomberg, die Briefe müssen heute noch raus." Und ich laufe weiter und rufe: „Aber ich muss doch aufs Klo." Ein diabolisches Lachen hallt den Flur entlang. Es ist Herr Dr. Zahn. „Frau Klomberg ist eben sexuell sehr aktiv." „Und das wo Ihr Vater sterben könnte", spottet ein kleiner untersetzter kahlköpfiger Mann, den ich in meinem Leben noch nie gesehen habe. Und ich laufe weiter und rufe: „Aber ich muss doch aufs Klo." Am Ende des dunklen Flures kommt etwas auf mich zu. Nein, es fliegt. Es ist Azrael. „Vergiss nicht, Kassandra. Ende des Jahres ist Schicht im Schacht." Panisch drehe ich um, will in die entgegengesetzte Richtung laufen aber dort wartet schon Walter auf mich. Jedoch erscheint sie mir hier eher wie eine Figur von Stephen King. Bedrohlich kommt sie näher. „Weihnachten ist vorbei. Jetzt kommt der Christbaumschmuck ab, Frau Klomberg." Wieder drehe ich um. Inzwischen haben mich mein Chef, Herr Dr. Zahn, der dicke Mann, Azrael und Walter umzingelt. Sie tanzen um mich herum und singen „Ringel Rangel Rose". Schweißgebadet wache ich auf.

Mittwoch, 26. Februar 2014

Eine Sache haben der ehemalige Autorennfahrer Michael Schumacher und mein Vater Klaus zurzeit gemeinsam. Sie liegen beide momentan in einem künstlichen Koma. Mein Vater nach seiner Herzklappenoperation. Michael Schumacher ironischer Weise nicht, wie man vermuten könnte, nach einem Autorennen sondern aufgrund eines Ski-Unfalls. Jedoch sind die Umstände vermutlich irrelevant, wenn man im Koma liegt. Koma bleibt Koma. Ich frage mich, ob die Beiden wissen, dass sie im Koma liegen oder ob sie es auf einer tiefer liegenden Bewusstseinsebene spüren. Wie sehr man um sie bangt. Wie sehr man sie sich ins Leben zurückwünscht. Und ob sie sich das selber auch wünschen oder aber den Widerstand aufgeben und sich von der verlockenden Anziehungskraft des Lichts mitreißen lassen. Man möchte sie festhalten. Man möchte sie daran hindern. Bei Michael Schumacher vermutlich noch eine ganze Menge Leute mehr als bei meinem Vater Klaus. Und dennoch: sollten Sie sich dagegen entscheiden, werden wir sie nicht aufhalten können, so sehnlich wir es uns auch wünschen. Aber wir können sie spüren lassen, dass wir Ihre Entscheidung respektieren unabhängig davon, wie sie ausfällt und dass sie in jedem Falle von uns geliebt werden.

Donnerstag, 27. Februar 2014

Ein Anruf reißt mich aus dem Schlaf. Es ist mein Herzallerliebster. Nur, dass er dies jetzt nicht mehr sein möchte und ich jetzt auch nicht mehr die seine bin. Karsten macht mit mir Schluss. Ich habe ihn in letzter Zeit nicht gut behandelt, das rächt sich jetzt. Ich sei sogar äußerst fies zu ihm gewesen und hätte meine Launen und Stimmungsschwankungen an ihm ausgelassen. Er hat Recht. Im Grunde genommen untertreibt er sogar. Ich habe ihn teilweise als Sündenbock für alles missbraucht und ihn regelrecht scheiße behandelt. Das ist die Quittung. Einfach. Knapp. Kurz. Direkt. Längst überfällig. Es reißt mir den Boden unter den Füßen weg. Ehrlich gesagt: jetzt wäre ich bereit. Azrael könnte mich direkt mitnehmen. Aber Todesengel sind ja leider niemals da wenn man sie dringend braucht. „Dir bleiben noch zehn Monate." „Ja super. Vielen Dank auch mal wieder für die konstruktive Hilfestellung. Du musst auch immer Deinen Senf dazugeben, was? Deine zehn Monate kannst Du Dir sonst wohin schieben genauso wie Deine Gebote." Stille. Schluchzend schlurfe ich ins Zimmer meiner Kinder, welche zum Glück beide noch in der Kita sind. Ich schnappe mir Kellys XXL-Hello Kitty sowie Krissys Riesenschnecke aus Spongebob und lasse meinen Tränen freien Lauf.

Freitag, 28. Februar 2014

Eine schlaflose Nacht. Viele Tränen. Seite an Seite mit Karsten und doch meilenweit voneinander entfernt. Irgendwann falle ich in einen langen traumlosen Schlaf. Karsten ist früh wach, setzt sich in sein Wohnzimmer, macht sich Kaffee. Ich bleibe noch eine Weile im Bett, entscheide mich aber dann doch, mich dazu zu setzen. Die Distanz zwischen uns ist spürbar, ebenso wie eine gewisse Kühle, die ich in der Form an ihm bislang nicht kannte. Er fühle sich ausgeschlossen, sagt er, nicht wirklich teilhabend an mir und meiner Gefühlswelt. Wir hätten uns entfremdet. Auch würde er spüren, dass ich mit irgendetwas hinter dem Berg hielte. Mir wird heiß und kalt zugleich. Ich merke, wie meine Wangen hochrot werden und anfangen zu glühen. Die Situation ist mir regelrecht physisch unangenehm. Ich will mich irgendwie herausreden, stottere jedoch bloß irgendwelchen Kauderwelsch. Wie ein Aal drehe und winde ich mich, bildlich gesprochen natürlich, um der Situation irgendwie zu entkommen. Aber es gibt kein Entkommen. Karsten hat mich erwischt. Ich nehme all meinen Mut zusammen. „Karsten, ich habe nur noch etwa zehn Monate zu leben." Das erste Mal, dass ich Karsten wieder herzhaft lachen sehe. „Siehst Du Kassandra, genau das meine ich. Statt Dich zu öffnen, tischst Du mir diese Geschichte auf."

Samstag und Sonntag, 1. und 2. März 2014

Große Versöhnung in unserer Stammdiskothek. Hollywood hätte es nicht besser darstellen können. Ich bin sehr erleichtert, löste diese zwar verständliche, dennoch völlig unerwartete Anbahnung einer Trennung nackte Panik in mir aus. So einfach wollte ich meinen Herzallerliebsten ja nun doch nicht aus meinem Leben verschwinden lassen. Und zum Glück tat er das auch nicht, obwohl er dazu allen Grund gehabt hätte. Es ist anders gekommen und Azrael wird nun doch noch eine Weile auf mich warten müssen. Fest entschlossen, meine mir noch verbleibenden zehn Monate nun wirklich voll aus zu kosten, weiche ich meinem Karsten heute kaum von der Seite. Fast den ganzen Abend lang tanzen wir eng umschlungen. Axl Rose gibt mit „Sweet Child of mine" stimmlich sein Bestes und Karsten und ich auf der Tanzfläche. Gefühlt könnten wir heute durchaus mit John Travoltas und Olivia Newton-Johns Leistung in „Grease" konkurrieren. Ich kann mich sogar wieder den Kuppelversuchen in Sachen Sven und Katar widmen, die sich jedoch wie üblich als erfolglos heraus stellen. Ebenso scheitere ich mit meinen Bemühungen, seinen Blick für das weibliche Geschlecht im Allgemeinen wieder zu öffnen. Er sei nun einmal „Restästhet". Wie auch immer.

Montag, 3. März 2014

Karnevalsumzug mit meinen beiden Kindern. Kelly geht als indische Tänzerin, Kris als Pandabär, Kischan als Indianer, Katrin und Volker als Mata Hari und James Bond, also Katrin als Mata und Volker als James. Ich habe einen Punkt auf der Stirn. Das Wetter, wenngleich auch ziemlich windig, ist uns heute im Allgemeinen wohlgesonnen. Ich plaudere hier und da ein bisschen mit den anderen Eltern, relativ belanglos. Kellys Kindergärtnerin Klaudia kommt auf mich zu. Sie fragt mich, wo mein Mann denn sei. Sie habe ihn in der letzten Zeit seltener gesehen. Ich bin verwundert. Ich dachte eigentlich, dass alle über die Trennung Bescheid wüssten. Offensichtlich nicht. Ich erzähle ihr, dass wir bereits seit fast einem Jahr getrennt seien und die Scheidung für die nahe Zukunft geplant sei. Sie sieht betroffen aus. „Manchmal soll es wohl einfach nicht sein, Frau Klomberg." Ich lache. „Da haben Sie wohl Recht." Sie schaut mich an. „Frau Klomberg, wenn Sie das Gefühl haben, mal mit irgendjemandem reden zu wollen, egal wann und egal, um was es geht, ich kann gut zuhören. Ich bin selber Scheidungskind und kann mich noch gut erinnern. Ich wünschte, meine Eltern hätten sich auch eher schon dazu entschlossen." Ich denke kurz nach. „Vielen Dank für das liebe Angebot. Eventuell komme ich darauf zurück."

Dienstag, 4. März 2014

Mein letzter freier Tag. Ich beschließe, ihn in der Sauna zu verbringen und noch einmal die Seele baumeln zu lassen. Ich will gerade die Aufguss-Sauna betreten, in der heute mit aromatischem Sanddorn aufgegossen wird, da öffnet sich die Holztür und Wolfgang tritt heraus. „Überlege Dir das gut, Mädel. Die Vorbotin zur Hölle macht den Aufguss und den Begriff Sauna kannst Du heute wörtlich nehmen. Die sitzen in der Tat schon alle sau nah beieinander." Ich spähe durchs Fenster. Wolfgang hat Recht. Die Leute sitzen wie die Hühner auf der Stange nebeneinander. Eine große stämmige grimmige Frau macht den Aufguss beziehungsweise macht es den Eindruck, als wedele sie um ihr Leben. Ich entscheide mich für die Dampfsauna. Sie ist fast leer bis auf eine farbige junge Frau, die ich hinter dem Nebel fast übersehe. Sie lächelt. Ich frage, ob sie öfter da sei. Früher sei sie oft hier gewesen. Ich habe sie allerdings noch niemals hier gesehen. Eine Weile sitzen wir schweigend und genießen die aufsteigenden Dämpfe. Plötzlich schaut sie mich an und sagt: „Du machst alles richtig, Kassandra." Danach steht sie auf und geht. Ein paar Sekunden zu spät stürze ich hinterher. Ich will sie fragen, woher sie meinen Namen kennt. Aber sie ist weg.

Mittwoch, 5. März 2014

Ich muss wieder arbeiten. Berge von Briefen warten auf mich. Jedoch bin ich heute relativ motiviert. „Machen wir uns keinen Stress", schlägt Geraldine vor, wir trinken jetzt erst mal gemütlich zusammen einen Kaffee und hören, was das Radio so erzählt." „Da kann ich nicht nein sagen." Geraldine kramt das alte Transistorradio aus dem Schrank, dass die vorherigen Bewohner unseres Büros irgendwann einmal dort vergessen haben müssen. Jedenfalls kam niemals jemand, um es abzuholen. „Kassandra." Geraldine schaut mich vorwurfsvoll an. „Steht ja schon wieder auf WDR 4." Tom Astor lässt uns wissen „Irgendwie wird's schon gehen." Verschämt schaue ich zur Seite. „Ich dachte, Du wärst eine Metalbraut." Ich muss lachen. „Offensichtlich nicht nur. Lass doch mal an." Roger Cicero singt „Wenn es morgen schon zu Ende wäre." Wie passend. Wie viele Songs sich doch mit dem Tod befassen. Muss tatsächlich eine tief verwurzelte Angst in den Menschen sein. Rauschen. „Kassandra, schreibe einfach die Briefe." Ich starre das Radio an. „Hast Du das gehört, Geraldine?" „Ja, den blöden Cicero-Song, mag ich nicht." „Nein, das was die Stimme danach gesagt hat." Geraldine lacht. „Diese Stimme existiert vermutlich nur in Deinem Kopf!"

Donnerstag, 6. März 2014

Ein weiterer Arbeitstag. Menschen mit Lagerungsschwindel. Menschen mit Migräne und Menschen, die phobisch schwanken, von uns auch liebevoll „Psychos" genannt. Letzteren empfehlen wir ganz gerne, Angst auslösende Situationen nicht zu vermeiden, sondern bewusst aufzusuchen. In meinen Augen das Dümmste, was man einem an diffusen Ängsten leidenden Menschen nur vorschlagen kann. Jedoch werde ich lediglich fürs Briefe schreiben bezahlt, nicht dafür, mir über deren Inhalt den Kopf zu zerbrechen. Meine Gedanken schweifen ab. Ich frage mich, wie viele Menschen aufgrund irgendwelcher Ängste ihr Leben nicht wirklich leben? Dabei spielt es keine Rolle, in welche Richtung diese Ängste gehen. Ob es die Angst vor dem Verlust von Sicherheit, die Angst vor dem Fall oder die Angst vor Schwindel ist. Im Grunde genommen ist es alles die gleiche Angst. Es ist die zumeist von Kindheit an tief verinnerlichte Angst vor dem Tod, die die Menschen am Leben hindert. Reisen werden nicht angetreten, Flüsse nicht überquert, Vorurteile nicht abgebaut, ungute Beziehungen nicht aufgelöst, Glück verheißende nicht eingegangen. Und das alles aus Angst vor dem Unvermeidlichen, das seinen Schrecken nur dadurch verlieren kann, indem man sein Leben endlich bei den Eiern packt und lebt. Eigentlich ganz einfach.

Freitag, 7. März 2014

Eine weitere Jugendsünde, die nachgeholt werden will. Die Piercerin schaut mich an und schmunzelt. „Dein erstes Piercing? Wie süß." Ich unterdrücke den Wunsch zu schreien, als die Nadel durch meinen Nasenflügel stößt. Ein paar Sekunden lang sehe ich Sterne. Jedoch war es den Schmerz wert. Ein schönes Glitzersteinchen ziert jetzt meine Nase. „Wer schön sein will, muss leiden", bemerkt die Piercerin. Ich muss lachen. Ob es ihr Spaß mache, Leute zu quälen, frage ich sie. Das mache es ihr tatsächlich. Sie hätte ihre Leidenschaft in ihren Beruf umgewandelt. „Leute quälen?", frage ich sie. Sie wird ernst. „Das nicht direkt", setzt sie an, „obwohl es den Spaßfaktor zugegebenermaßen erhöht." Sie lacht. „Es ist aber eher so, dass ich den Leuten mit dem was ich tue eine Freude bereiten kann. Sowohl sechzehnjährigen Mädchen, die hier mit ihrem ersten Bauchnabelpiercing freudestrahlend wieder raus gehen als auch sechzigjährigen Damen, die sich noch einmal etwas gönnen wollen wenn sie sich nach dreißigjähriger überlebter Ehe doch noch vaginal verschönern lassen für ihren jungen Liebhaber." Ich würde gerne laut los lachen. Aber ich muss es verschieben, meine Nase tut weh.

Samstag und Sonntag, 8. und 9. März 2014

Abermals wird mein Vater Klaus in ein anderes Krankenhaus verlegt. Knapp anderthalb Wochen nach seiner schweren Herzklappenoperation solle ich mich auf einen deutlich geschwächten Mann vorbereiten, warnt meine Mutter Karola mich vor. Mit dem Gesundheitszustand meines Vaters komme ich klar. Jedoch hoffe ich inständig, heute von jeglichen gespenstig anmutenden Telefonanrufen oder sonstigen dergleichen Kontaktversuchen verschont zu bleiben. Ich hole tief Luft, klopfe kurz an und öffne die Tür zu seinem neuen Krankenzimmer. In der Tat hat die Operation ihre Spuren hinterlassen. Mein Vater kann noch nicht selbständig wieder aufstehen, ist auf Hilfe angewiesen. Das Sprechen fällt ihm sichtlich schwer. Er habe keinen Appetit. Er sei erst gerade aus der Dialyse zurück, die er seit der Operation dreimal wöchentlich für drei Stunden über sich ergehen lassen müsse. Seine Nieren haben ihre Funktion noch nicht wieder voll aufgenommen, eine Folge der Operation. Er sei erschöpft. Es sei so schönes Wetter heute, man rieche praktisch den Frühling in der Luft. Er fragt mich, warum er das früher bloß nie wahrgenommen habe. Ich weiß keine Antwort. Bevor ich gehe, muss ich ihm versprechen, hinauszugehen und den Frühling für ihn auf zu saugen, das wieder erwachende Leben darin zu entdecken. Ich verspreche es ihm.

Montag, 10. März 2014

Der Frühling ist da. Ich bin den ganzen Nachmittag damit beschäftigt, sowohl Zimmer- als auch Balkonpflanzen umzutopfen. Von jeher liebe ich es, mir die Hände schmutzig zu machen und in der Erde herum zu wühlen. Es gibt mir stets dieses Gefühl von Lebendigkeit. Meine beiden Kinder scheinen es von mir geerbt zu haben. Jedenfalls wühlen sie fleißig mit und ich muss Kris mehrfach erklären, dass es zwar ganz großen Spaß macht, in der Erde herum zu buddeln, wir uns diese aber dennoch nicht in den Mund stopfen. Er schaut mich an, als wäre ich der Mann im Mond und schiebt sich genüsslich die nächste Ladung Erde in den Mund. So geht das etliche Male, bis ich die Faxen dicke habe, ihn unter lautem Gebrüll in seinen Laufstall setze und in aller Ruhe weiter umtopfe. Ich frage mich, wer dies im nächsten Frühjahr für meine Pflanzen tun wird und hoffe zugleich, DASS es jemand macht. Es wäre einfach zu schade um die im Laufe der Jahre liebevoll heran gezüchteten Bäumchen und Blümchen, die immerhin schon mehrere Wohnungen und Umzüge überlebt haben, wenn mein vorzeitiges Ableben gleichbedeutend mit dem ihren wäre. Das haben sie nicht verdient. Meine Kinder werden bei ihrem Vater gut untergebracht sein aber aus Beobachtung weiß ich: einen grünen Daumen hat er nicht wirklich. Ich denke, ich werde meine kleine Schwester darum bitten müssen.

Dienstag, 11. März 2014

Meine Kollegin Geraldine ist erkrankt. Sehnenscheidenentzündung. Ich ahne bereits, was kommen wird und es lässt auch nicht lange auf sich warten. Mein Chef kommt auf mich zu. „Frau Klomberg, … ." „Nein." „Sie wissen doch noch gar nicht, was ich sagen will." Ich grinse. „Ich sage schon mal prophylaktisch nein." „Könnten Sie Ihren für die nächste Woche geplanten Urlaub bitte verschieben?" „Sehen Sie, gut dass ich direkt nein gesagt habe. Es geht nicht. Ich habe Termine." „Ja, kann man die denn nicht verlegen?" Ich schüttele den Kopf. „Kann man nicht so einfach. Mein Tattoo wird noch einmal nach gestochen, das Gesundheitsamt kommt und prüft unser Wasser auf Legionellen, was immer das ist und ich muss mit meinem Sohn zur Kinderärztin." „Also, den Tattootermin könnten Sie doch zumindest verschieben." „Kann ich nicht." Ich verschränke die Arme. „Aha. Und wieso nicht?" „Soll das ein Witz sein? Haben Sie eine Ahnung, wie lange man heutzutage auf einen Tattootermin bei einem guten Tätowierer wartet?" Er lacht. „Nein, keine Ahnung." „Außerdem habe ich nur noch zehn Monate zu leben." „Ich gebe es auf. Dann sehen Sie zu, dass die Briefe vorher noch raus gehen!"

Mittwoch, 12. März 2014

Die zwei Türme. Nein, nicht die aus dem „Herrn der Ringe", bloß Brieftürme meine ich. Aber die sind auch schon bedrohlich genug. Jedoch haben sie den Vorteil, dass man sich gut dahinter verstecken kann wenn Chef oder Kollegen reinkommen. Zwischendurch zahlreiche Anrufe von Patienten, die mich bitten, ihre Briefe vorzuziehen weil sie in jedem Falle von allen am Schlimmsten unter Schwindel leiden würden. Eine Patientin weist mich darauf hin, dass sie tot sein könne, bis sie den Brief erhalte. Ich verkneife mir die Frage, wozu sie den Brief dann überhaupt noch brauche. Ein Patient der mir erzählt, dass ihm jedes Mal so „blümerant" zumute sei wenn er seine Nachbarin sehe. Ich frage ihn, ob er mich veräppeln wolle aber er besteht darauf, dann heftigste Schwindelattacken zu erleiden und will wissen, ob er dagegen irgendwelche Medikamente einnehmen könne? Ich sage ihm, dass in diesem Falle leider keinerlei Medikation hilfreich wäre, eine Einladung zum Kaffee der betreffenden Dame aber eventuell Linderung verschaffen könne. Kichern am anderen Ende der Leitung. „Wissen Sie was, das mache ich, Frau Klomberg. Und falls mein Schwindel sich dadurch nicht bessert kann ich ja immer noch einen Termin bei Ihnen vereinbaren." Jetzt muss ich auch lachen. „Das halte ich für eine ausgezeichnete Idee. Aber nicht, dass Sie mir dabei noch ohnmächtig werden."

Donnerstag, 13. März 2014

Der Vater meiner beiden Kinder holt Kelly zum wöchentlichen Turnen ab. Er fragt mich, wann mein Anwalt eigentlich den Scheidungsantrag stellen wolle. Ich bin überrascht. Ich bin davon ausgegangen, sein Anwalt würde dies tun. Anfangs konnte ich die Scheidung nicht schnell genug in die Wege leiten. Ich sah mich schon ganz in Weiß Seite an Seite mit meinem Herzallerliebsten. Jedoch hat Azrael mir einen gründlichen Strich durch diese Rechnung gemacht. Momentan bin ich also eher die Schweiz, was den Verlauf des Scheidungsverfahrens betrifft. Es ist mir egal, ob ich nun als geschiedene Frau dahin scheide oder auch nicht. Der Tod scheidet ohnehin. Jedoch kann ich Stefan schlecht von dem Engel erzählen, hielt er mich doch während unserer Ehe schon für verrückt. Ich kann seine plötzliche Ungeduld verstehen. Er zeigt mir ein Foto von seiner neuen Freundin. Etwa fünf Jahre jünger als ich, schlank, blonde lange Haare. Optisch das Gegenteil von mir. Aber eine hübsche Frau. Ich hoffe, dass sie ihm das geben kann, was ich nicht konnte und dass die Beiden glücklich zusammen werden. Ich liebe Stefan nicht mehr. Das ist mir bei der Betrachtung des Fotos endgültig klar geworden.

Freitag, 14. März 2014

Maracuja-Aufguss in der Sauna. Ein neuer Bademeister. Er sei der Andi und mache heute den Aufguss, klärt er uns auf. Wolfgang kann sich wie üblich einen Kommentar nicht verkneifen. „Also, das ist ja mal ein Bild von einem Mann. Blond, groß, kräftig, stramm. Der hätte unserem Adolf bestimmt gefallen. Allgemeines Gekicher. „Wolfgang." „Rosi, wie lange kennen wir uns jetzt? Ich mache doch bloß Spaß." Rosi scheint nicht amüsiert. „Trotzdem, Wolfgang." Sie schüttelt den Kopf. „Ich muss mich für den frechen Kerl hier entschuldigen. Aber ich will nichts beschönigen, der ist leider immer so." Abermals allgemeines Gelächter. Andi scheint es mit Humor zu tragen. Jedenfalls lässt er sich nichts anmerken und wedelt lachend weiter. Bleibt ihm auch nichts anderes übrig. Später auf dem Weg ins Solarium fängt er mich ab. Ich sage ihm: „Du gewöhnst Dich an die Beiden", und will weiter aber das meine er nicht, lässt er mich wissen. Er wollte mich lediglich gefragt haben, ob ich in Anbetracht der Tatsache, dass der Frühling jetzt da sei später vielleicht Lust auf ein Maracuja-Eis hätte. „Ich bin noch verheiratet, habe zwei kleine Kinder, einen Freund und außerdem muss ich Ende des Jahres sterben." Er lacht. „Dass Ihr Frauen immer so dramatisieren müsst."

Samstag und Sonntag, 15. und 16. März 2014

Ich lerne die Familie meines Herzallerliebsten kennen. Seine Nichte wird volljährig. Fast allein unter einer Meute von Teenagern heben wir Beide den Altersdurchschnitt auf der Party. Zugegeben, es sind außer uns noch ein paar weitere „Oldies" anwesend, vermutlich die Eltern der Teenagermeute. Die Musik ist schrecklich. Ein Mix aus groteskem Ballermann-Schlager und dem, was vor zwanzig Jahren schon auf keine Kuhhaut ging. Dennoch ist der Abend durchaus nicht uninteressant. Nachdem mir ein stark angetrunkener Spätpubertierender zunächst die Klotür vor den Kopf knallt, um mir dann in selbiges zu folgen und mir im Waschbecken sein zuvor eingenommenes halb verdautes Abendessen zu zeigen, bin ich dann auch endlich mal wach. Meine Versuche, ans Waschbecken zu kommen um meine inzwischen stark anschwellende Stirn zu kühlen, sind vergeblich da gefühlt alle Damen im gebärfähigen Alter, die heute anwesend sind, den armen Kerl betüddeln. Ansonsten nimmt die Feier noch einen recht amüsanten Verlauf. Der obligatorische Stripper darf natürlich auch nicht fehlen. Auch wenn ich mir in diesem Falle eher gewünscht hätte, dass er möglichst angezogen geblieben wäre. Am Ende des Abends wird mir klar, wie froh ich doch letztendlich darüber bin, NICHT mehr achtzehn zu sein.

Montag, 17. März 2014

Nachstechtermin im Tattoo-Shop. Die Tätowiererin namens Anais Nin lässt mich eine Stunde warten. „Du kommst spät", merke ich an. Sie lacht. „Ach stimmt ja, Dir bleibt ja nicht mehr viel Zeit." Ich verstehe nicht. „Wie bitte?" „Du warst doch die, die mir erzählt hat, dass sie Ende des Jahres sterben muss oder verwechsele ich Dich jetzt mit jemandem?" Seufzend lasse ich mich in die einladende schwarze Ledercouch plumpsen. „Ach so, ja das bin ich." Sie grinst. „Wollte schon sagen, ich habe zwar kein allzu gutes Namensgedächtnis aber Gesichter vergesse ich in der Regel nicht." „Kassandra heiße ich." „Ich weiß", bemerkt sie schmunzelnd, „Deinen Namen habe ich mir gemerkt. Du warst für den restlichen Abend Gesprächsthema bei mir und meinen Freundinnen." Ich werde ungeduldig. „Es schmeichelt mir zwar, in Deinem Freundeskreis für Gesprächsstoff gesorgt zu haben aber könnten wir bitte anfangen? Ich muss meine beiden Kinder bald aus der Kita holen." Das Nachstechen geht relativ kurz und schmerzlos vonstatten. Zum Schluss fragt sie mich, ob ich nicht Lust auf ein weiteres Tattoo am rechten Handgelenk hätte. In Anbetracht meiner schwindenden Zeit könnte sie mir Mitte des Jahres einen Termin geben. Ich überlege kurz. „Ach, was soll es", denke ich. „Ich bin dabei. Das Motiv überlege ich mir noch."

Dienstag, 18. März 2014

Das Gesundheitsamt, das unser Wasser heute eigentlich auf Legionellen untersucht haben wollte, lässt den Termin platzen. Es erscheint niemand. Und wieder einen Urlaubs- beziehungsweise Lebenstag verschenkt. Aber vielleicht ist es ja ein Zeichen im negativen Sinne. Vielleicht werde ich nun elendig an einer Legionellen-Vergiftung zugrunde gehen. Ich sehe schon die Schlagzeilen in der Bildzeitung: „Gesundheitsamt lässt Frau im Stich. Mutter von zwei Kindern stirbt an Legionellen." Zu komisch. Aber was mache ich nun mit dem gnadenlos voranschreitenden Vormittag? Ich starre auf meinen Frühstücksteller. Da fallen sie mir wieder ein. Die Kreise. Ich krame die Bleistiftskizze hervor, die ich kürzlich angefertigt hatte. Noch recht farblos das Ganze. Dem kann abgeholfen werden. Ich mopse mir ein paar Buntstifte aus dem Kinderzimmer und lege los. Ich frage mich, ob meine beiden Kinder in der Kita jetzt gerade genau das Gleiche machen aber ich lasse mich nicht beirren in meinem Tun und male die Kreise aus. Ich muss zugeben, lange nicht mehr so viel Freude bei einer Tätigkeit empfunden zu haben. Ich höre erst auf, als alle Kreise farbig ausgemalt sind. Überraschenderweise gefällt mir mein Bild sogar.

Mittwoch, 19. März 2014

Mein Vater Klaus liegt erneut auf der Intensivstation. Sein Zustand ist kritisch. Ich darf lediglich für eine Stunde zu ihm. Noch immer haben seine Nieren ihre Funktion nicht wieder voll aufgenommen. Sechs Stunden täglich muss er nun an die Dialyse. Drei Liter Wasser würden während dieser Zeit jeweils herausgepumpt, klärt der leitende Oberarzt der Intensivstation mich auf. Da mein Vater kaum spricht, unterhalte ich mich überwiegend mit ihm. Ich will wissen, warum mein Vater schon wieder auf der Intensivstation liegen muss wenn die Operation doch angeblich gut verlaufen sei. „Den Umständen entsprechend", verbessert der Arzt mich. „Was heißt das denn?" Er zögert. „Das heißt, dass Ihr Vater eine sehr schwere Operation hinter sich hat, die leider nicht ganz ohne Komplikationen verlaufen ist. Wir wissen zum jetzigen Zeitpunkt noch nicht, ob die Nieren Ihres Vaters dauerhaft geschädigt wurden. Das Wasser ist gefährlich nahe zum Herzen gewandert und leider hängt das eine mit dem anderen zusammen. Und der Herzmuskel Ihres Vaters ist immer noch sehr geschwächt." Ich senke den Kopf. Ich verstehe, was der Arzt mir sagen will. „Frau Klomberg, wenn Sie einen guten Draht nach oben haben, dann beten Sie. Beten Sie für Ihren Vater."

Donnerstag, 20. März 2014

Mein Vater Klaus ruft meine Mutter Karola an. Er will nicht mehr länger im Krankenhaus liegen. Er fleht sie an, ihn raus zu holen. Meine Mutter ist im Zwiespalt, fragt mehrere Hausärzte, fragt den Chefarzt der Klinik. Es geht nicht. Zurzeit stehe selbst die Verlegung auf eine normale Station nicht zur Diskussion. „Ihr Mann wäre innerhalb von einer Woche tot", sagt man ihr. Meine Mutter ist verzweifelt, hat ein schlechtes Gewissen. Ihr eigener Vater verstarb vor gut zwanzig Jahren selbst nach monatelanger Qual im örtlichen Krankenhaus. Sie werde das niemals in ihrem Leben vergessen können, gesteht sie mir. Ihr Blick wirkt versteinert. Ich weiß nicht, ob sie mich überhaupt sieht. Sie unterdrückt die Tränen. Ich hatte immer gedacht, dass diese Frau nichts im Leben zum Schwanken bringen könnte. Wäre der Begriff der „Eisernen Lady" nicht schon an Margaret Thatcher vergeben worden, ich hätte ihn für meine Mutter erfunden. Drei Kinder hat sie zur Welt gebracht und groß gezogen, meinen Bruder Kirk bereits als Minderjährige, jedenfalls nach damals geltendem Gesetz. Ihr Leben lang hat sie in Vollzeit selbständig gearbeitet und war uns und unserem Vater trotzdem stets der Fels in der Brandung. Ich denke, dieser Fels ist am heutigen Tage nachhaltig erschüttert worden.

Freitag, 21. März 2014

Ich kaufe einen Zimmerbrunnen. Das Plätschern des Wassers beruhigt mich. Ich sortiere meine Steinesammlung, schiebe sie von rechts nach links und von links nach rechts, mache kleine Häufchen, schmeiße sie um und mache sie erneut. Mein Geist ist unruhig an diesem Tag. Zu viele Gedanken gehen mir durch den Kopf. Ich denke an Azrael, denke an meinen Vater, denke an meine Mutter, frage mich, wie alles weitergehen wird, frage mich, ob sie einen zweifachen Verlust in diesem Jahr ertragen würde, verdränge den Gedanken wieder und werfe erneut meine Steinhäufchen um. Ich denke und denke und finde doch keine Antworten auf meine Fragen. Vermutlich werde ich mich damit abfinden müssen, dass manche Dinge im Verborgenen bleiben. Im Grunde genommen habe ich bereits einen Heimvorteil erhalten, dadurch dass Azrael mich gewarnt hat. Ich meine, wer erfährt schon im Voraus sein exaktes Todesdatum? Todeskanditaten für eine Exekution mal abgesehen. Aber ist das ein Vorteil? Ist es ein Segen oder eher ein Fluch? Und vor allem, was bringt es mir? Ändern kann ich ja doch nichts am Lauf der Dinge. „Du verstehst immer noch nicht." „Ja halt die Klappe", sage ich laut und drehe das im Hintergrund säuselnde Radio auf volle Lautstärke.

Samstag und Sonntag, 22. und 23. März 2014

Ist die Zeit erst kontingiert, frisst es sich ganz ungeniert. Will heißen: die Tafel Schokolade mit der Kuh darauf, die schon seit einer Weile in meinem Kühlschrank dahin vegetierte, hat es letztendlich doch nicht überlebt. Wie es dazu kam? Ein Scheiß-Wochenende. Stress hoch Drei. Ein Termin jagt den nächsten. Ich rotiere. Zwar ist mein Herzallerliebster bei mir, jedoch habe ich kaum Zeit für ihn. Ich pendele zwischen Krankenhaus, Supermarkt, dem Haus meiner Mutter Karola und meinem eigenen trauten Heim, in dem mein neuer Göttergatte sich noch darin übt, sich in seiner Funktion als Babysitter zurechtzufinden, hin und her und bin am Ende des Wochenendes fix und foxi. Jedenfalls das habe ich mit Karsten gemeinsam. Während ich die letzten Reserven mobilisiere und nach finaler Abfütterung des Tages meines Einjährigen zu meinem Herzblatt unter die Bettdecke husche, höre ich ihn bereits schnarchen. Ich bin zutiefst getroffen, zu Tode betrübt und außerdem total beleidigt. Mein Schluchzen lässt ihn noch einmal für einen kurzen Augenblick erwachen. Tröstend nimmt er mich in den Arm und sagt: „Ach weine doch nicht, mein Herz. Dafür bleibt uns doch noch so viel Zeit." Hatte ich bislang noch Zweifel, so bin ich mir jetzt sicher: ich bin die Hauptdarstellerin in einem drittklassigen Shakespeare-Stück.

Montag, 24. März 2014

Zickenkrieg auf der Arbeit. Darstellerinnen: meine Kollegin Geraldine, Paula van Pohl, Frau Schlummert und ich. Paula arbeitet in der Anmeldung, Frau Schlummert ist die neue Aushilfskraft. Kaum angekommen, fragt mich Paula, ob wir die Patientenfragebögen vorbereitet hätten. Dies gehört in der Tat zu unseren Aufgaben. Jedoch sind Geraldine und ich beide den ersten Tag wieder da und Geraldine mit ihrer Sehnenscheidenentzündung noch nicht wieder voll einsatzbereit. Außerdem haben sich zwischenzeitlich knapp einhundert noch zu schreibende Briefe angesammelt. Ich stürme in die Anmeldung. Wäre ich ein Werwolf, ich hätte Schaum vorm Maul. „Paula, ich glaube es hackt." Paula gibt mir zu verstehen, dass die Vorbereitung der Fragebögen nicht zu ihrem Aufgabengebiet gehöre und stellt sich stur. Ein Kampf gegen Windmühlen. Ich gebe auf. Ich trotte in mein Büro zurück und beginne mit der Zusammenstellung der Fragebögen. Geraldine schüttelt den Kopf. Sie braucht nichts zu sagen. Ich weiß, was sie denkt. Ich habe mich überrumpeln lassen. Da streckt Paula den Kopf zur Tür herein. „Außerdem habt Ihr ja jetzt eine Aushilfe." Wenn alles kacke läuft, soll man versuchen, was Positives zu finden. Frau Schlummert hat am Ende des Vormittages immerhin einen ganzen Brief geschrieben.

Dienstag, 25. März 2014

Heute hätte meine Lieblingstante Geburtstag gehabt. Leider ist sie vor ein paar Jahren verstorben. Ich weiß nicht genau, wie alt meine Tante Else heute geworden wäre. Irgendetwas um die achtzig herum. Sie fragen sich, warum ich sie erwähne? Sie sollte in einem Buch über meinen Tod nicht unerwähnt bleiben, war sie doch eine prägende Figur in meinem Leben und ging mir der ihrige doch sehr nah. Meine Tante Else hatte stets einen passenden Spruch auf den Lippen. Ich habe sie immer für ihre Schlagfertigkeit bewundert. Und dabei hatte sie gewiss kein einfaches Leben. Zwei Scheidungen zu einer Zeit, als so etwas noch alles andere als selbstverständlich war, jedoch gingen ihre beiden Männer laut meiner Tante Else „seitwärts in die Büsche", wenn Sie verstehen, was ich meine. Außerdem verlor sie einen ihrer beiden Söhne im jungen Erwachsenenalter an den Alkohol. Als sie ihn damals in seiner Wohnung fand, war er bereits seit über einer Woche tot. Den Anruf meiner Tante werde ich niemals vergessen. Ich war etwa zehn Jahre alt und schaute gerade „African Queen" mit Humphrey Bogart und Katharine Hepburn in den Hauptrollen mit meinen Eltern. Es ist bemerkenswert, wie nachhaltig sich die ersten Erinnerungen an den Tod in einem einbrennen.

Mittwoch, 26. März 2014

Meine Stimmung ist auf dem Nullpunkt angelangt. Die Briefe nehmen kein Ende. Geraldine hat Urlaub. Frau Schlummert tut genau dies. Unsere andere Aushilfskraft Dörte muss mit ihrem Sohn zum Zahnarzt. Ich bin ganz allein. Begraben unter Briefen. Paula van Pohl hat für die kommende Woche eine Teamsitzung ins Leben gerufen um sich über das aktuelle Miteinander und die Aufgabenverteilung im Team aus zu weinen. Halleluja. Können mich nicht alle einfach in Frieden sterben lassen? Anscheinend nicht. Am Nachmittag will ich mich bei meiner kleinen Schwester über meine Schokoladenorgie aus heulen, die mir jedoch scharf das Wort abschneidet und mir „Jammern auf hohem Niveau" vorwirft in Anbetracht der Tatsache, dass sie selber mal wieder etliche Frustkilos zugelegt hätte. Um uns herum toben Kelly, Kris und Kischan und legen wie üblich alles kurz und klein. Katrin und ich widerstehen Beide dem Impuls, uns um die letzte noch übrig gebliebene Milka zu prügeln und nippen weiter brav an unserem Schoko-Yogi-Tee. Am Abend ist es dann soweit. Ich flehe meinen Herzallerliebsten an, schon morgen zu ihm fahren zu dürfen. Schokolade ist ein kurzzeitiger Trost. Auf lange Sicht „schmeckt" ein richtiger Mann aber einfach besser.

Donnerstag, 27. März 2014

Ich treffe eine Entscheidung. Gut neun Monate verbleiben mir noch. Gerade einmal so lange wie eine menschliche Schwangerschaft in der Regel dauert. Ich will meine Zeit nicht länger verplempern. Der Grund für den Sinneswandel? Ich sah ein Video auf Youtube. Eine ehemalige Kandidatin einer der jährlichen Songkontests. Ich erinnere mich an sie. Aufgrund einer hormonellen Erkrankung hat sie starken Haarausfall und trägt ständig ein Kopftuch. Sie wiegt ungefähr das Doppelte von mir. Dennoch meine ich, mich erinnern zu können, dass sie damals sogar in die Endrunde kam. Sie hat eine ziemliche Powerstimme. Auch ansonsten scheint sie eine ziemliche Powerfrau zu sein. Sie lässt sich von ihrem Aussehen, das nicht dem gängigen Schönheitsideal entspricht, in keiner Form beirren und geht selbstbewusst ihren Weg. Sie gibt sogar Ratschläge im Internet in Puncto Selbstliebe, Selbstannahme und Selbstakzeptanz. In dem mir vorliegenden Video gibt sie Tipps, wie man kahle Stellen auf dem Kopf, die bei ihr wirklich deutlich zu sehen sind, geschickt kaschiert und sich dennoch „fraulich" fühlt. Hut ab vor dieser Frau. Jedenfalls hat sie mir die Augen geöffnet. Ich beschließe, mich keinen einzigen Tag länger zu kasteien oder zu gängeln und springe ins Leben. Ich will es von nun an nur noch genießen.

Freitag, 28. März 2014

Ich nehme einen Song auf. Ein Freund von mir aus Schulzeiten, der mich so manches Mal kurz vor der Versetzung ins nächste Schuljahr gerettet hat indem ich durch Marathonnachhilfe seinerseits wie durch Zauberei letztendlich doch noch die „Gnadenvier" bekam, besitzt inzwischen ein eigenes Tonstudio. Eigentlich ist er Lehrer für Deutsch und Sozialwissenschaften aber das ist eine andere Geschichte. Da stehe ich nun vor seiner Tür. Ein paar Jahre haben wir uns nicht gesehen. Ich hole tief Luft und schelle an. „Sandra?" „Kassandra heiße ich jetzt. Ist aber unwichtig. Hallo Kai. Du musst unbedingt einen Song mit mir aufnehmen." „Jetzt?" „Bitte, ich habe nur noch neun Monate zu leben." Lachend bittet Kai mich herein. „Wir können das machen. Ich habe zufällig Zeit heute. Brauchst mir dafür keine von Deinen lustigen Geschichten zu erzählen. Welchen Song denn?" „Ich dachte an 'Dead or Alive' von Bon Jovi." „Müsste sogar klappen. Die Instrumentalversion habe ich glaube ich da." Wir brauchen knappe fünf Stunden, dann ist das Ding im Kasten. Kai trickst und mischt selbstverständlich noch eine ganze Weile daran herum und holt das Beste aus meiner Stimme heraus. Aber dann klingt es gar nicht mal so schlecht. Jedenfalls hatte ich heute mehr Spaß als in den letzten 37 Jahren zusammen. „Lass uns das ganz bald mal wiederholen", schlage ich Kai vor. Kai hat keine Einwände.

Samstag und Sonntag, 29. und 30. März 2014

Ich besuche meinen Vater Klaus im Krankenhaus. Er hat sich inzwischen gut erholt. Die Chance, dass er bald stabil genug sein wird, um an einer Reha-Maßnahme teilzunehmen, ist in greifbare Nähe gerückt. Ich will gerade gehen, da klopft es an der Zimmertür. Es ist Jürgen, sein bester Freund. Mein Vater strahlt übers ganze Gesicht. Ich lasse die Zwei allein denn sie haben sich mit Sicherheit viel zu erzählen. Ich fahre zu meiner Mutter Karola, um ihr die freudige Nachricht zu überbringen. Meine Mutter hat seit kurzem einen kleinen Babyboxerhund von etwa zwölf Wochen namens Lina. Aber meine Mutter nennt sie auch liebevoll Linchen. Linchen springt mich sogleich freudig an zur Begrüßung. Ein typischer Boxer, überaus verspielt. Meine Mutter bittet mich, mich zu setzen. Sie möchte etwas mit mir besprechen. Sie kommt direkt damit heraus. Sie möchte, dass ich Anfang nächsten Jahres in die Eigentumswohnung meiner Eltern ziehe da sie größer ist und meine Kinder dann jeweils ein eigenes Kinderzimmer hätten. Ich möchte ablehnen. Dann wird mir jedoch schlagartig bewusst, dass ich im nächsten Jahr sowieso nicht mehr da sein werde. Ich stimme spontan zu.

Montag, 31. März 2014

Ein sonniger Montagmorgen. Wie sonnig wird mir bewusst in dem Augenblick, als ich mein Büro betrete. Die Jalousien sind ab. Ich wusste, dass in der letzten Woche ein neues Fenster eingesetzt wurde. Das alte war undicht. Jedoch bin ich davon ausgegangen, man würde die Rollos danach wieder anbringen. Offensichtlich nicht. Ich stehe in einem durch und durch von Licht durchfluteten Raum, was schön wäre, müsste man nicht an einem Computer arbeiten. Ich frage mich gerade, wie Geraldine wohl morgen reagieren wird, da klingelt das Telefon. Es ist unser Werkstattleiter, Herr Hefe. Er will wissen, wie mir das neue Fenster gefalle. Es gefiele mir besser mit Rollos, teile ich ihm mit. Er kann keine Aussage darüber machen, wann diese wieder aufgehängt würden, lässt mich aber wissen, dass er mich für anstrengend hält. „Herr Hefe, sagen Sie mir etwas, dass ich noch nicht weiß." Herr Hefe schickt sogleich seinen Mitarbeiter. Es ist Dieter, Geraldines Bruder, der nicht nur rein namentlich stark an den leider verstorbenen Dieter Krebs erinnert. „Mensch Kassandra, Du kannst den Herrn Hefe doch nicht direkt so scheuchen am Montagmorgen. Ich soll Dir ausrichten, die Rollos kämen Ende der Woche." „Alles klar, Dieter. Ich dachte, es würde bestimmt mehrere Monate dauern. Und so viel Zeit habe ich nun einmal nicht!"

Dienstag, 1. April 2014

Ein Anruf von Kai. Er habe mein Tape heimlich an Dieter Bohlen geschickt. Dieter sei begeistert von der Aufnahme. Er lässt anfragen, ob ich an einer Teilnahme bei „Deutschland sucht den Superstar" interessiert sei. Kai habe ihm nicht direkt zugesagt da wohl auch Boss Hoss und Xavier Naidoo Interesse gezeigt hätten für die neue Staffel von „The Voice of Germany". Kai fragt mich, für wen ich mich entscheiden würde oder ob wir das erst weiter verhandeln sollten. Schwierige Entscheidung. Ich meine, mit Dieter Bohlen würde ich wohl am Weitesten kommen. Außerdem bestünde vielleicht die Chance, doch noch endlich einmal Thomas Anders, meinen Jugendschwarm, kennenzulernen. Andererseits wäre Boss Hoss natürlich auch irgendwie cool. Und Xavier Naidoo? Neee. Ist schon schwierig, wenn man die Qual der Wahl hat. „Ach weißt Du, Kai", sage ich, „ich muss erst mal ein paar Nächte drüber schlafen." „Alles klar, Kassandra. Aber schlafe nicht zu lange. Die planen wohl schon im nächsten Monat eine Welttournee mit Dir. Da ist aber auch noch unklar, ob Robbie Williams oder Elton John im Vorprogramm spielen werden. Die Beiden streiten sich momentan darum." „Ok, ich denke darüber nach Kai." Und was ich noch sagen wollte: APRIL APRIL

Mittwoch, 2. April 2014

Die Geister, die ich rief. Hatte ich meiner Mutter Karola die Tage etwas vorschnell zugestimmt, in die Wohnung meiner kleinen Schwester zu ziehen unter der Annahme, dass ich dann bereits die Radieschen von unten beobachten würde, so stellt sich heute heraus, dass dies nun schon viel früher der Fall sein wird. Also nicht das mit den Radieschen, aber der Umzug. Katrin wird schon eher aus ihrer alten Wohnung ausziehen, voraussichtlich schon im Spätsommer. Da nicht viel gemacht werden muss in der Wohnung – sie wurde erst kürzlich renoviert und es liegt relativ neuer Parkettboden aus – heißt das, ich werde schon etwa einen Monat nach ihrem Auszug mit meinen beiden Kiddies dort einziehen. Da komme ich jetzt wohl nicht mehr darum herum. Zugegeben, es ist schon eine sehr schöne Wohnung. Sie ist größer als unsere aktuelle und die Lage ist schöner. Nur ein paar Meter bis ins Grüne. Auch ist es wohl nicht das Schlechteste, die eigenen Eltern als Vermieter zu haben. Aber lohnt sich das überhaupt noch? Für maximal ein halbes Jahr? Ist das nicht so etwas wie Perlen vor die Säue zu werfen? Andererseits, ein winzig kleiner Hoffnungsschimmer keimt in mir auf. Vielleicht findet mich Azrael ja dort nicht. Er hat ja schließlich nur meine alte Adresse.

Donnerstag, 3. April 2014

Die von Paula van Pohl angedrohte Teamsitzung, die seit einer Woche wie eine dunkle Gewitterwolke über uns hängt, wird Wirklichkeit. Leider werden auch Alpträume manchmal wahr. Die Sitzung verläuft wie vermutet. Alle zicken sich gegenseitig an. Keiner will nichts machen. Alle, das sind Paula und Franzi von der Anmeldung sowie Geraldine und ich aus dem Sekretariat mit unseren beiden Aushilfen Dörte und Frau Schlummert. Paula und Franzi fühlen sich überarbeitet, klagen, sie müssten zu viel von uns mit übernehmen. Ich verstehe sie ja auf eine Art, jedoch was sie nicht wissen ist, dass Frau Schlummert ihrem Namen alle Ehre macht und Dörte – na ja die Dörte ist halt die Dörte. Einen wirklichen Konsens finden wir nicht. Am Ende sind alle beleidigt, verschränken die Arme und blicken mürrisch und in Erwartungshaltung auf unseren armen Chef. Heute tut er mir wirklich leid denn er ist völlig hilflos und überfordert von der Situation. So viele Frauen auf einmal. Da fällt irgendwann der stärkste Mann. „RUHE!", schreit er auf einmal völlig unvermittelt in die Runde. „Bin ich denn hier im Irrenhaus? Ich hole mir jetzt erst einmal einen Kaffee. Die Sitzung wird auf die nächste Woche vertagt. Das halten meine Nerven nicht länger aus!"

Freitag, 4. April 2014

Mein Vater Klaus wird aus dem Krankenhaus entlassen. Wie es das Schicksal so will, ist in der ursprünglich für ihn vorgesehenen Reha-Klinik der Novovirus ausgebrochen, das heißt mein Vater aus dem Schneider und somit vorzeitig zu Hause. Er wird weiterhin dreimal wöchentlich zur Dialyse ins Krankenhaus müssen und zweimal in der Woche ambulante Physiotherapie zu Hause erhalten. Meine Mutter Karola kümmert sich rührend um ihn und auch Linchen scheint von ihrem neuen Herrchen geradezu begeistert zu sein, was sie mit mehrmals täglichem „Freudepinkeln" zum Ausdruck bringt. Während ich mich mit meinem Vater unterhalte, klingelt es und Hanni, die älteste Tochter meines großen Bruders steht vor der Tür. „Papi hat vergessen, mich von der Schule abzuholen. Ich bin den ganzen Weg zu Fuß gelaufen." Natürlich will weder Kirk noch Birte zugeben, das kleine Hannchen vor der Schule vergessen zu haben aber es gibt sie nun einmal, diese verflixten Tage, die einem alles durcheinander bringen. Ich will mich gerade auf den Weg nach Hause machen, da klingelt mein Handy. Kita. Ich solle meinen Sohn bitte schleunigst abholen denn Kris habe die Nesselsucht. Ich hole meinen Streuselkuchen ab. Was für ein Vormittag.

Samstag und Sonntag, 5. und 6. April 2014

Monatliche Metalnacht in unserer Stammdiskothek. Immer noch keinen Schritt weiter bei Sven und Katar. Sven zeigt mir, „auf was er so stehe." Eine Mischung aus Doro Pesch und Pamela Anderson zu „Baywatch"-Zeiten. Dem ist nicht zu helfen. Katar sucht eher eine Mischung aus Brad Pitt und Reinhold Messner. Sie ist leidenschaftliche Bergsteigerin. Ihr nächstes Ziel wird der Watzmann. Zugegeben, wenn ich mir Sven bei so einer Tour so hinter ihr her schnaufend vorstelle in Anbetracht seines täglichen Zigarettenkonsums, das gäbe wohl nichts. Als Kupplerin versage ich kläglich. Dafür zieht mein Herzallerliebster mal wieder Bewunderer an wie Motten das Licht. Heute anscheinend sowohl weiblichen, was ich gewohnt bin, als auch männlichen Geschlechts, was neu für mich ist. Umso erstaunlicher meine Reaktion. Ich bin eifersüchtiger denn je. Nach längerer Abstinenz mal wieder zu tief ins Weinglas geschaut, fahre ich den Mann an seiner Seite an, dass ich zwar tendenziell eher schwulenfreundlich wäre, er meinen Freund allerdings nicht haben könne. Der Typ schaut mich an wie ein Auto und erwidert trocken: „Hinten anstellen." „Also ganz ehrlich Kassandra", prustet Sven, „und DU willst UNS Ratschläge in Puncto Liebe geben."

Montag, 7. April 2014

Angespannte Stimmung auf der Arbeit. Seit der letzten Teamsitzung liegt etwas in der Luft. Jeder fühlt sich übervorteilt. Ich überlege kurz, ob ich wiederholt versuche, als Vermittlerin zu fungieren, entscheide mich aber dagegen. Es hat mir bisher nichts als Ärger eingebracht. Nächstes Jahr werde ich auch nicht mehr da sein. Dann muss es auch gehen. Geraldine beschwert sich bei mir, dass Paula van Pohl nicht grüße. Paula tut dasselbe. Es kommt mir zu den Ohren raus. Wie im Kindergarten. Und das, wo aus meiner Nase etwas ganz anderes kommt beziehungsweise auf ihr wächst. Ein dicker fetter Wildfleischknubbel hat sich unter meinem Nasenpiercing gebildet. Er wächst wie der Blob. Eigentlich gar keine so üble Vorstellung. Ich stelle mir vor, wie er wächst und wächst, sich dann von meiner Nase ablöst und alles und jeden um mich herum einfach verschlingt. Ob sich Paula van Pohl und Geraldine in Anbetracht dieses Grauens gezwungen sähen, sich miteinander zu verbünden? Ein diabolisches Grinsen macht sich auf meinem Gesicht breit. „Teebaumöl." „Bitte was?" Ach, mein Chef schon wieder. „Ich sagte, Sie haben da einen ziemlich fetten unappetitlichen Hubbel auf der Nase. Versuchen Sie es mal mit Teebaumöl." „Chef, Sie sind ja doch für was gut!"

Dienstag, 8. April 2014

Mein Sohn soll „Integratives Kind" in der Kita werden. Kris, der aufgrund seiner Frühgeburtlichkeit bereits Heilpädagogik und Physiotherapie erhält, soll dieses nun allumfassend im Kindergarten selber bekommen durch eine speziell ausgebildete Fachkraft. Seine Kindergärtnerin Klaudia hat sich dafür eingesetzt. „Sie sind völlig überarbeitet, Frau Klomberg. Dieses Zusatzprogramm am Nachmittag ist sowohl für Sie als auch für Ihren Sohn purer Stress. Es wird eine Erleichterung für Sie Beide sein wenn er diese Förderung bereits im Rahmen der Kindergartenzeit bei uns erhält." Ich habe Tränen in den Augen vor Rührung. Am liebsten würde ich sie umarmen. Jedoch habe ich die Rechnung ohne den Wirt gemacht. Der Vater von Kris will wie üblich nicht unterschreiben. Stefan scheint unsere Trennung immer noch nicht so ganz verwunden zu haben. Jedenfalls wirft er mir wo er kann, Steine in den Weg. Er könne seine Zustimmung nicht geben da er nicht wolle, dass unser Sohn als „behindert" abgestempelt werden würde. Ich kann es nicht fassen, dass er Kris die Möglichkeit einer Frühförderung vorenthalten will. Wie kann man jegliche Chancen im Leben als Bedrohung sehen? Jedenfalls ist mir jetzt die Art meines Todes klar geworden. Ich werde Stefan erschießen und dafür zum Tode verurteilt.

Mittwoch, 9. April 2014

Teamsitzung, zweiter Teil. Keiner sagt ein Wort. Jeder wartet, dass irgendwer den Anfang macht. Paula van Pohl macht eine Hubba-Bubba-Blase nach der anderen. Franzi tut, als sei sie nicht da. Geraldine ist genervt. Frau Schlummert tut das Übliche und Dörte döst. Erwartungsvoll schauen alle auf den Chef, der denn auch letztendlich das Wort ergreift. „Bevor Sie irgendetwas sagen, meine Damen, möchte ich Ihnen mitteilen, dass ich die Nase gestrichen voll habe von dem Hühnerhaufen hier. Ich gehe. Der Hahn verlässt den Korb. Ich habe fertig. Dieses Rumgezicke hier tue ich mir nicht länger an. Im Sommer bin ich weg." Betroffenes Schweigen. Dörte ist es, die nach ein paar Minuten als Erste schaltet. „Ach so." Danach wieder betretenes Schweigen. „Und wer wird Ihr Nachfolger?", frage ich vorsichtig. Da kann der Chef urplötzlich wieder grinsen. Er verzieht sein Gesicht zu einer hämischen Fratze. „Klark Kleefisch." Paula erstarrt inmitten ihrer Kaugummiblase, die ihr nun übers ganze Gesicht klebt. Geraldine ist geschockt. Frau Schlummert erwacht und selbst Franzi ist auf einmal voll da. Wieder ist es Dörte, die als Erste das Ausmaß des bevorstehenden Grauens erkennt. „Der Beißer." „Der Beißer" wiederholen wir monoton und schauen uns ängstlich an.

Donnerstag, 10. April 2014

Das Wetter hat sich abgekühlt. Der Frühling hat sich erst einmal wieder verkrümelt. Wie mein Chef es vorhat. Auf der Arbeit gibt es nur noch ein Thema. Im Sommer kommt „der Beißer". Alle wissen intuitiv, dass dann ein anderer Wind wehen wird. Klark Kleefisch hat nicht umsonst diesen Namen weg. Für alle, die nicht wissen, wen ich meine, diese mögen sich doch bitte noch einmal die alten James Bond-Filme mit Sean Connery ins Gedächtnis rufen. Klark Kleefisch macht seinem Rufnamen alle Ehre. Das Doofe ist, dass wir dann alle wieder richtig arbeiten müssen. Da bleibt keine Zeit mehr für Tagträume, Schlummerpartys, geschweige denn zum Zanken. Wie langweilig! Und das in meinem letzten Jahr. Der hätte ruhig noch bis nächstes Jahr warten können! „Tja, dann hätten Sie sich mal ein bisschen weniger wie Hyänen und dafür mehr wie normale Frauen benehmen sollen!" Ich drehe mich um. „Chef, ich wusste immer, dass Sie Gedanken lesen können." Trotz aller Trauer muss ich lächeln. „Sie werden mir fehlen, Chef!" Mein Chef lächelt zurück. „Frau Klomberg, seien Sie mir nicht böse aber Sie mir nicht! Von allen Verrückten hier sind Sie mir ehrlich gesagt am meisten auf den Keks gegangen. Ich nehme jetzt erst einmal ein ausgedehntes *Sabbatical.*"

Freitag, 11. April 2014

Schon wieder die rote Zora und ihre Bande. Heute schlägt sie besonders hart zu. Ich mag mich kaum bewegen. Ich beschließe, auf den allwöchentlichen Saunabesuch zu verzichten. Rotes Meer brauche ich nicht. Stattdessen besuche ich meinen Vater Klaus. Meine Mutter Karola ist besorgt. Außer zur Dialyse und zu den Mahlzeiten verlasse er das Bett kaum. Auch die Physiotherapeutin kann ihn nur schwer motivieren. Ich frage ihn, ob er tatsächlich immer noch körperlich zu schwach sei um aus dem Bett zu kommen oder ob ihm der Antrieb fehle. Er wisse es zurzeit nicht. Ich vermute Letzteres, weiß aber auch keine Lösung. Mein Vater hat schon vor der Herzgeschichte zu Depressionen geneigt. Diese scheinen ihn nun wieder eingeholt zu haben. Vom Bett aus blickt er in einen wunderschönen Blumengarten. Aber er scheint ihn kaum wahrzunehmen. Die Frühlingssonne scheint milde heute. Alles erblüht. Doch seine Miene kann es nicht erhellen. Mit leerem Blick starrt er hinaus. Ich überlege kurz, ihm von meinem eigenen Schicksal zu erzählen, verwerfe den Gedanken jedoch sogleich wieder. Es würde ihm nicht helfen. Im Gegenteil. So wie ich meinen Vater kenne, würde es ihn vermutlich sogar noch trostloser machen. Schweigend halte ich seine Hand.

Samstag und Sonntag, 12. und 13. April 2014

Auf dem Spielplatz mit Karsten und meinen anderen beiden Kiddies. Die Sonne scheint. Es ist angenehmes Frühlingswetter. Der erste von vielen weiteren Spielplatznachmittagen, die noch folgen werden in diesem Jahr. Und dann? Dann werden sie mit jemand anderem auf den Spielplatz gehen müssen. Vielleicht gehen sie ja zusammen mit Stefan und seiner neuen Freundin und alle sind dann eine große glückliche Familie. Eine Vision von Stefan und Karsten zusammen beim Schaukeln steigt in mir auf und ich muss unwillkürlich lachen. Karsten will natürlich wissen warum. „Ach nichts. Ich habe einfach gute Laune heute." Karsten ist skeptisch. „Du hast niemals einfach so gute Laune, Schatz!" „Schau mal, wie süß die Beiden zusammen spielen", lenke ich ab. Es klappt. „Hast Recht. Du hast wirklich ganz tolle Kinder!" Lachend stimme ich ihm zu. „Die habe ich!" Abends nehme ich ein Bad. Der Sandkasten hat seine Spuren hinterlassen. Ich bin gerade dabei, das Badewasser abzulassen und mein Buch, ironischer Weise mit dem Titel „You can heal your Life" von der Wanne aus ins Regal zu legen – jedenfalls versuche ich es – da passiert es. Ich rutsche ab. Knalle mit dem Oberkörper mit voller Wucht auf den Wannenrand. Weißt Du, wie viele Sternlein stehen?

Montag, 14. April 2014

Mein Hausarzt Herr Dr. Zahn macht einfach Osterurlaub. Ich gehe zu seiner Vertretungsärztin, einer Frau namens Wendy Wackelmann. Diese ist leider nicht ganz so belustigt, wie ihr Name vermuten ließe. „Wollen Sie sich eigentlich umbringen, Frau Klomberg? Ihre Rippen sind zum Glück nur leicht geprellt, aber das hätte echt ins Auge gehen können. Wissen Sie denn nicht, dass statistisch gesehen die meisten Unfälle im Bad passieren?" Ich schüttele den Kopf. „Ist ja jetzt auch egal, jetzt ist das Kind ja schon in den Brunnen gefallen. Dennoch muss ich betonen, dass das sehr unvorsichtig von Ihnen war. Man sollte schon meinen, eine so junge hübsche Frau wie Sie es sind, noch dazu Mutter zweier kleiner Kinder, würde etwas mehr an ihrem Leben hängen. Aber was weiß ich schon, ich bin bloß Ärztin, denken Sie sich bestimmt. Ist mir auch egal, was Sie denken. Ich schreibe Sie diese Woche krank. Machen Sie doch was Sie wollen mit Ihrem Leben, geht mich ja nichts an. Aber eines sage ich Ihnen, Frau Klomberg. Und Sie können mir glauben, ich besitze eine gute Menschenkenntnis. SIE gehen ganz bestimmt fahrlässig mit Ihrem Leben um. Schönen Tag! Schöne Woche! Schönes Leben! Der Nächste!"

Dienstag, 15. April 2014

Ich liege im Bett und starre an die Decke. Jegliche Bewegung ist zwecklos, meine Rippen tun mir einfach zu weh. Kaum zu glauben, dass man sie fühlt unter dem ganzen Speck aber wahr. Auch ICH besitze Rippen. Ich denke über die Worte von dieser merkwürdigen Vertretungsärztin nach. Die war ja drauf. In der Psychologie würde man mein Verhalten als „Selbsthass" bezeichnen, soviel hab sie aus dem Grundstudium Medizin noch behalten. Applaus. Die Kandidatin hat einhundert Punkte. Als ob ich das nicht selber wüsste. Aber sie tut ja gerade so, als sei ich absichtlich hingefallen. „Bewusst mit Sicherheit nicht, Frau Klomberg. Aber unbewusst? Wer weiß das schon? Dafür kenne ich Sie zu wenig. Jedenfalls sollten Sie darauf hören, was Ihr Körper Ihnen damit signalisiert." Schon ganz schön dreist. Ich habe keine Ahnung, was diese Frau mir damit sagen will. Ich schalte den Fernseher ein. Auch das noch: „Ein Engel auf Erden" „Wirklich nicht?", sagt Michael Landon gerade zu Mark. Als Kind habe ich diese Serie geliebt. Ironischer Weise sind beide Schauspieler nach Abschluss der Dreharbeiten Ende der Achtziger Jahre kurz hintereinander an Krebs verstorben. Hat mich sehr berührt damals. „Lenke nicht schon wieder ab, Kassandra!" „Ruhe da oben!" Ich schalte den Fernseher aus und drehe mich auf die Seite. „AUTSCH."

Mittwoch, 16. April 2014

Die Kita ruft an. Mein Sohn sähe schon wieder aus wie ein Streuselkuchen. Ich müsse kommen und ihn abholen. Ich sei krankgeschrieben wegen einer Rippenprellung, protestiere ich. Irgendjemand müsse kommen. Das ginge so nicht. Ich eile mit der Salbe, die Frau Dr. Dobermann mir für Kris verschrieben hatte, in die Kita. Der ist tatsächlich schon wieder im ganzen Gesicht von kleinen roten Pocken übersät. Die Salbe müsse ich aber verabreichen, die Kita dürfe dieses nicht. „Vorschrift, wissen Sie!" Ich weiß nur zu gut. Lebe ich doch in dem Land mit den meisten Vorschriften weltweit. Die Leiterin der Kita fragt mich, ob ich meinem Sohn nicht morgens Tropfen gegen das Jucken verabreichen könne. Ich googele nach. Die Tropfen, die sie meint, sind zum einen für ältere Kinder gedacht und zum anderen für nachts da sie zusätzlich sedierend wirken. Das hätte sie wohl gern. Da kann ich meinem Sohn ja gleich KO-Tropfen verabreichen. Ich befürchte, hier gibt es keine einfache Lösung. Eventuell hat Kris meine Neurodermitis von mir geerbt. Meine Schübe und Symptome werden jeweils durch großen Stress ausgelöst. Ich frage mich, ob der Stress heutzutage schon im Kindergarten beginnt. Es macht ganz den Eindruck.

Donnerstag, 17. April 2014

Meine Mutter Karola kommt überraschend zu Besuch. Hastig will ich mir meine Strickjacke überwerfen, doch zu spät. Ich sehe es an ihrem schockgefrorenen Blick. Sie hat es gesehen, mein Tattoo. „SANDRA!" „Ach das. Das habe ich schon länger", versuche ich lapidar darüber hinweg zu gehen. Doch keine Chance bei meiner Mutter. „Bist Du dafür nicht schon etwas zu alt? Erst dieses grässliche Piercing, das aussieht wie ein angewachsener Popel, jetzt dieses groteske Tattoo. Was kommt als Nächstes, Branding?" Zuerst kann ich es kaum fassen, aber dann wird mir klar, dass meine Mutter tatsächlich einen Witz gemacht hat. Leise vor sich hin grummelnd setzt sie sich auf mein Sofa. Ihre Miene erhellt sich jedoch sogleich, als Kelly auf ihren Schoß hüpft und Kris ihr freudestrahlend zur Begrüßung in den Knöchel kneift. Fürsorglich, wie ich meine Mutter kenne, hat sie ein paar selbst gebackene Osterhasen für uns mitgebracht sowie zwei Schokoladenhasen und ein paar bunte Ostereier für die Kinder und einen Frühlingstee für mich. „Ich danke Dir, Mama!" „Bist Du die Mama von die Mama?", fragt Kelly auf einmal ganz erstaunt. „Das bin ich, Schatz", lacht meine Mutter. „Oma, wenn ich einmal so groß wie die Mama bin, will ich aber auch ein Pilzing und auch ein Tatu!"

Freitag, 18. April 2014

Karfreitag bei meinem Karsten, von heute an auch „Freaky Fred"
genannt. Mein Karstileinchen öffnet mir nämlich mit ab rasierten
Augenbrauen die Tür, was zugegebenermaßen etwas grotesk aussieht und
etwas Albino mäßiges an sich hat. Sein Blick gibt mir jedoch deutlich zu
verstehen: „Frag nicht!", was ich dann auch lieber bleiben lasse. Eine
Weile kenne ich meinen Herzallerliebsten ja nun schon. So wirklich
wundern tut mich bei ihm nichts mehr. Ansonsten verbringen wir einen
kuscheligen Tag auf der Couch und absolvieren das übliche
„Neuneinhalb-Wochen-Programm". Falls Sie jetzt neidisch werden: zu
Recht. Hatte ich eigentlich schon erwähnt, wie mein Herzallerliebster
überhaupt aussieht? Falls nicht, so wird es jetzt aber allerhöchste Zeit. Er
hat so etwas von einem blond gelockten langhaarigen holden Engel
(nicht so ein fader Einwohnermeldeamt-Engel wie Azrael). Nein. Mein
Karstileinchen hat tatsächlich eine Haarpracht, um die ihn so manches
Weibsstück beneidet, mich eingeschlossen. Jedoch hat er selbstredend
nicht nur optische Reize aufzuweisen. Er besitzt eine Sanftmut, die man
bei Männern im Allgemeinen eher selten vorfindet und außerdem ein
Herz aus Gold. Die pure Wehmut spricht aus mir wenn ich sage: „Die
Frau, die nach mir kommen wird, kann sich glücklich schätzen!"

Samstag und Sonntag, 19. und 20. April 2014

Wir machen einen langen Osterspaziergang. Spazieren durch die Straßen,
spazieren durch die Schrebergärten, spazieren über den Friedhof. Es ist
herrliches Frühlingswetter, aber meine Stimmung ist gedrückt. Der
Friedhof erinnert mich wieder daran, was ich seit über drei Monaten jetzt
mehr oder weniger geschickt zu verdrängen versuche. Meine Zeit läuft
ab, ganz gleich, wie ich sie verbringe. „Du bist so still heute, Kassandra!"
Selbst Karsten spürt meine Melancholie. Ich drücke seine Hand noch
etwas fester. „Es ist nichts!" Friedhöfe mag ich seit jeher. Sie strahlen so
eine Ruhe und Friedlichkeit aus. So als ob tatsächlich alles gut wäre. „Es
ist alles gut!" „Jetzt nicht. Du siehst doch, dass ich nicht alleine bin!"
Karsten schaut sich um. „Mit wem sprichst Du, Kassandra?" „Mit
niemandem", lüge ich. „Willst Du mich auf den Arm nehmen?" „Immer",
versuche ich abzulenken. „Also, ich werde nicht aus Dir schlau,
Kassandra. Mal bist Du himmelhoch jauchzend, dann wieder zu Tode
betrübt. Mal hängt Dein Himmel voller Geigen, dann wieder ist er voller
dunkler Wolken. Kannst Du mir das mal erklären?" Seufzend setze ich
mich auf eine Bank. „Was, wenn die Geigen das Lied vom Tod spielen?"

Montag, 21. April 2014

Mein letztes Osterfest neigt sich dem Ende zu. Stefan bringt meine beiden Kinder heim. Er zeigt mir Fotos von der Ostereiersuche in seinem Garten, ein Video von einer Fahrt auf der Wildwasserbahn mit ihm und Kelly, ein Video, wie Kris einen ganzen Schokoladenosterhasen alleine vertilgt. Und ich war nicht dabei. So wie ich auch an keinem weiteren Osterfest mehr dabei sein können werde. „Kassandra, Dir bleibt nicht mehr viel Zeit für Nostalgie." Und dann ewig diese nervige Stimme in meinem Kopf. Warum kann sie mich bloß nicht in Frieden lassen? „Kassandra?" Stefan fuchtelt mit seiner Hand vor meinem Gesicht herum. „Entschuldige bitte, hast Du was gesagt?" „Ich sagte, Du hast schon wieder diesen glasigen Blick. So als wärst Du meilenweit entfernt. Fehlt Dir Dein Lover schon wieder?" Ich weiche aus. Fange an, Wäsche zu sortieren. „Sei nicht albern!" „Darf ich Dir mal eine Frage stellen?" Ich runzele meine Stirn. „Das kommt wohl auf die Frage an." „Was hat er?" „Wie, was hat er?" „Was hat er, was ich nicht habe? Ich meine, abgesehen von seiner Wallemähne bis zum Hintern und den Oberarmtattoos? Ich verstehe das einfach nicht." „Lass gut sein, Stefan!" „Nein, ich will es wissen!" „Also gut. Karsten liebt mich. Er liebt mich wirklich! Zufrieden?"

Dienstag, 22. April 2014

Die Ostertage haben mich etwas geschlaucht, ich beschließe einen spontanen Saunabesuch. Ich beginne dieses Mal mit der Bio-Sauna im Damenbereich. In diesem sitzen jedoch bereits zehn gackernde Weiber älteren Semesters und lassen sich über ihre Kerle aus. Ich beginne zu erkennen, dass es durchaus Vorteile hat, nicht alt zu werden. Nach einer halben Stunde über Thrombosen, faltige Männerpopos, deren hängende Säcke und andere Wehwehchen dampfen meine Ohren und ich muss raus. Nach der Abkühlung im Tauchbecken beschließe ich, den Aufguss heute mal Aufguss sein zu lassen und begebe mich ins Salinarium. Alle anderen scheinen beim Aufguss zu sein, ich bin die Einzige im Wasser. Das heißt, nicht ganz. Eine alte Greisin mit ultralangem grauem Haar lächelt mir zu. Selten sieht man eine alte Frau mit so langen Haaren. Mit den aufsteigenden Dämpfen um sie herum sieht sie fast aus wie eine Figur aus den „Nebeln von Avalon". Sie lächelt immer noch. Scheint sehr freundlich zu sein. Ich will mich ihr nähern. Jedoch je näher ich ihr komme, desto weiter entfernt sie sich von mir. Bis sie schließlich ganz in den Wasserdämpfen verschwindet. So plötzlich sie aufgetaucht ist, so plötzlich ist sie wieder weg.

Mittwoch, 23. April 2014

Heute ist ein guter Tag, um Haare schneiden zu lassen, beschließe ich. Die Frisörin, die selber jeweils in saisonalem Wechsel entweder pinke oder lilafarbene Haare trägt, schüttelt vorwurfsvoll den Kopf. „Ich habe Sie gewarnt, Frau Klomberg. Jetzt kann ich nichts mehr für Sie tun. Ihr Haar ist praktisch tot. Es muss ein ganzes Stück ab!" Ich schlucke. Das ist nun doch ein Schock. „Ich habe es Ihnen doch ständig gesagt. Die ewige Färberei. Das kontinuierliche Ignorieren, dass lange Haare Zusatzpflege benötigen. Aber Begriffe wie Kurpackung oder Conditioner scheinen für Sie ja weiterhin Fremdwörter geblieben zu sein. Frau Klomberg, ich sage es Ihnen ganz direkt heraus: Sie haben Ihre Haare getötet!" Ich verschlucke mich fast an meinem Kaffee. Ein bisschen unangenehm ist mir diese Feststellung schon. Vor allem, weil sie Recht hat. Ich habe meine Haare in der letzten Zeit wirklich stark vernachlässigt. „Ich möchte noch um etwas Aufschub bitten." Die Frau mit der Schere in der Hand schüttelt den Kopf. „Wozu, Frau Klomberg? Tote werden nicht wieder lebendig, soviel kann ich Ihnen nach fast zwanzig Jahren Berufserfahrung schon sagen." „Bitte. Nur noch bis Ende des Jahres. Seufzend lässt sie die Schere sinken. „Also gut, aber dann schnipp schnapp – Haare ab!"

Donnerstag, 24. April 2014

Wieder mal einen Tag verplempert in der virtuellen Welt. Ich googele dies und das, komme vom Höckschen aufs Stöckschen, bleibe in diesem und jenem Forum hängen und auf allen möglichen Kanälen und doch kommt niemand auf den Punkt. Mir wird zunehmend klar: das Internet hat auch mich inzwischen voll im Griff. Und doch liefert es mir keine Antworten auf meine Fragen. Was suche ich denn überhaupt? Die Erlaubnis, endlich aus vollem Herzen leben zu dürfen? Es sind ohnehin nur noch etwas länger als acht Monate übrig. Brauche ich diese Erlaubnis etwa immer noch? Und falls ja, wer sollte mir diese denn erteilen? Wer außer mir selber wäre denn dazu befugt? Diese Antwort kenne ich selber: niemand. Und dennoch scheine ich es nicht lassen zu können. Im Netz der eintausend Verlockungen und Versuchungen gefangen. Und dabei hängt mein Leben bereits am seidenen Faden. Ich habe sprichwörtlich die Schnauze gestrichen voll davon. Soll der Rest dieses Planeten sich doch weiterhin dauerberieseln und zu dröhnen lassen. Dann eben zum Teufel mit der Zivilisation. „Wenn Sie nur noch ein dreiviertel Jahr zu leben hätten, würden Sie es tatsächlich im Internet tun wollen?"

Freitag, 25. April 2014

Und ewig lockt das Weib. Eine Frau sieht rot. Und damit meine ich weder meine Fingernägel noch das Henna, mit welchem ich heute teils mein Bad teils mich selber eingesaut habe. Mit anderen Worten: Karsten hat eine neue Freundin aus dem Internet, die Eifersucht hat mich voll erwischt. Alles öffentlich natürlich, Youtube sei Dank. Eine Frau, die ob unbewusst oder nicht mehr oder weniger gespielt das Kindchenschema einsetzt und unschuldig und mit großen Augen in die Kamera lächelt. Augen, in denen man laut Aussage eines anderen Youtubers wie in einem Ozean versinken könne. Ich frage mich, ob Karsten auch in diese Augen oder andere Feuchtgebiete eintauchen möchte. Und ob ich als seine Herzensdame nun ausgedient habe. Selbstredend mache ich ihm eine heftige Szene. Schließlich hat er dieser Frau mit Augen von der Tiefe eines Ozeans eine „Gute Nacht" gewünscht. Das soll er doch schließlich nur mit mir tun gefälligst. Wo kommen wir denn da hin? Wo soll das hinführen? Beim nächsten Mal wünscht er ihr womöglich noch einen „Guten Morgen" und am Ende noch einen „Guten Tag". Das geht ja mal gar nicht! Und da ist auch sein halbherzig gemeinter Beschwichtigungsversuch: „Wieso? Du selber hast doch AUCH schöne braune Augen!", kein großartiger Trost, eher im Gegenteil.

Samstag und Sonntag, 26. und 27. April 2014

Meine Kinder sind mit ihrem Vater verreist. Ich verbringe die kommende Woche bei Karsten. Werde ich es schaffen, meine Eifersucht zu überwinden? Werde ich über meinen Schatten springen können? Irgendwo auf einer ganz tiefen Ebene in mir weiß ich, dass dieser Mann mich nicht bescheißt. Einen aufrichtigeren Mann werde ich schwerlich finden. Ich beschließe also, fortan keinen Gespenstern mehr hinterher zu jagen, nicht mehr auf Schatten zu schießen und vor allem, die Haarspaltereien sein zu lassen. Ein Mann ist halt ein Mann und das ist ja auch im Endeffekt ganz gut so. Und Karsten wäre nicht mein Herzallerliebster, hätte er nicht diese warmherzige Art an sich, die ihn ja gerade ausmacht. Also warum sollte er anderen Frauen gegenüber seine Warmherzigkeit und Empathie verstecken? Ich sehe es ein: das wäre mehr als selbstsüchtig, auch für meine Verhältnisse. Selbst nach meinem Hagel an Vorwürfen zeigt Karsten Größe. Er stellt meinen Song „Dead or Alive" auf Youtube und schreibt auch noch eine liebevolle persönliche Widmung für mich darunter. Dieser Mann schafft es wirklich, mir ein schlechtes Gewissen zu machen. Er hält mir einen Spiegel vor. Warum bloß ist er erst kurz vor Ablauf meines Lebens in Selbiges getreten?

Montag, 28. April 2014

Ich treffe mich mit Andreas, meinem ersten Freund. Zwanzig Jahre ist das jetzt fast her und knapp fünf Jahre waren wir zusammen damals. Befreundet sind wir noch heute. Ich weiß gar nicht, warum ich ihn jetzt erst hier erwähne denn wir telefonieren fast täglich. Natürlich glaubt er mir auch kein Sterbenswörtchen, was Azrael betrifft aber es juckt mich nicht mehr weiter, dass mir kein Mensch die Geschichte mit dem Engel abnimmt. Heute bin ich jedoch aus einem bestimmten Grund zu Andreas gefahren. Er schießt ein paar Fotos von mir, das macht er manchmal. Wieso, werden Sie sich jetzt vielleicht fragen. Weil es keine gewöhnlichen Bilder sondern Aktaufnahmen sind. Diese Aufnahmen verwendet er dann als Vorlage für seine Zeichnungen. Es war mir wichtig, noch ein letztes Mal als Akt für ihn Modell zu stehen. Eine letzte Erinnerung für die Nachwelt sozusagen oder konkreter gesprochen eine letzte Erinnerung für meinen Karsten. Ich bin sehr zufrieden. Die Aufnahmen sind besser geworden als jemals zuvor. Andreas ist zudem ein sehr guter Zeichner. Ich bin zuversichtlich, dass er etwas Schönes daraus zaubern wird.

Dienstag, 29. April 2014

Ein verregneter Tag. Wir verbringen ihn auf dem Sofa. Wir, das sind mein Herzallerliebster und ich. Wir schauen Teenagerserien aus den späten Neunzigern im Wechsel mit Erwachsenen- beziehungsweise Erotikfilmen aus den späten Sechzigern. Ich bin verwundert, dass ich mich mit den Darstellern aus der Teenagerserie im prüden Amerika der neunziger Jahre fast eher identifizieren kann oder will als mit denen aus „Kamasutra". Die Serie erinnert mich an meine eigene Epoche der Reifeprüfung. Was war das doch für eine leichte und unbeschwerte Zeit damals. Ich habe sie noch miterlebt, die Zeit vor dem Internet. Oh ja, es hat sie durchaus gegeben. Als Frauen noch Frauen sein durften und sich nicht Tag und Nacht der Bedrohung durch „Silicon Valley" stellen mussten und Männer noch eine Erektion bekamen bei Frauen wie Gott sie schuf. Waren das noch Zeiten. Ob George Lucas mit der „Dunklen Bedrohung" wohl tatsächlich die Sith-Lords im Sinn hatte? Ich denke eher, es war eine Metapher oder wie meine Oma Henny stets zu sagen pflegt: „Früher war alles besser. Die schönste Zeit meines Lebens war damals in Gefangenschaft. Wir hatten Hunger, wir hatten Angst aber wir sind einander so nahe gekommen wie man sich als Mensch nur kommen kann und Abend für Abend haben wir uns an den Händen gehalten und zusammen alte Volkslieder gesungen."

Mittwoch, 30. April 2014

Azrael erscheint mir im Traum. Heftig gestikulierend flattert er vor mir auf und ab. „Darf ich Dich daran erinnern, dass Dir nur noch gut acht Monate verbleiben?" Ich drehe mich zur Seite. „In einer anderen Nacht. Ich träume gerade von Sex!" „Deinen Humor hast Du offensichtlich nicht verloren!" Ich ziehe mir die Decke über den Kopf. Der Engel zieht sie mir wieder weg. „Azrael, was willst Du von mir? Du hast es eben selber gesagt, mir bleibt noch ein gutes Vierteljahr, also was möchtest Du bitte schön jetzt schon hier? Ich bin müde. Ich will schlafen. Wir sehen uns dann an Silvester wieder. Und höre bitte auf mit diesem hektischen Hin- und Hergeflattere, davon wird einem ja ganz schwindelig!" Der Engel hält inne. „Ist ja schön, dass Dir schwindelig wird, Kassandra. Mir wird auch schwindelig bei dem Gedanken, dass ich Dich bald mitnehmen muss und Du dennoch Deine Zeit munter weiter verplemperst mit Eifersucht, Neid und Gram. Hast Du echt nichts Besseres zu tun? Traurig ist das!" „Ist ja gut, ist ja gut. Deine Botschaft ist angekommen. Nur bitte lasse mich jetzt endlich weiter schlafen, ich bin echt todmüde!"

Donnerstag, 1. Mai 2014

Völlig verkatert wache ich auf. Der Zwischenbesuch des Engels hat mich geschafft. Ich habe das Gefühl, überhaupt nicht geschlafen zu haben. War es ein Traum oder war er wirklich da? „Du hast heute Nacht schon wieder im Schlaf geredet." „Was?" Karsten gibt mir einen Kuss. „Geredet hast Du wieder heute Nacht. Das tust Du in der letzten Zeit sehr häufig." Ich werde hellhörig. „Und, was habe ich so erzählt?" Karsten schmunzelt. „Irgendeinen völlig unzusammenhängenden Kauderwelsch. Mal erzählst Du etwas von irgendwelchen Engeln, dann faselst Du etwas vom Sterben. Manchmal macht es den Eindruck, Du sprächest mit irgendwem." Nervös fahre ich mir durch die Haare. „Mit wem sollte ich denn sprechen?" Karsten nippt an seinem Kaffee. „Keine Ahnung. Woher soll ich denn wissen, von wem Du nachts so träumst." „Von niemandem", weiche ich aus. Karsten starrt in seine Tasse. „Also, dafür, dass es angeblich niemand ist, führt ihr aber eine sehr lebendige Kommunikation." „Drehen wir den Spieß jetzt gerade um? Bist Du jetzt auf meine Träume eifersüchtig?" „Mir doch völlig egal von wem Du träumst", grummelt Karsten, „aber Deinen Kaffee kannst Du Dir heute selber machen! Wenn Du mich jetzt bitte entschuldigen würdest, ich muss mir jetzt ganz dringend mal wieder meine Haare waschen!" Sprachs, verschwand ins Bad und ward für sehr lange Zeit nicht mehr gesehen.

Freitag, 2. Mai 2014

Ich fahre zu Kai. Wir nehmen einen weiteren Song auf. „Metropolis Part I" von Dream Theater soll es dieses Mal sein. „Sicher, dass wir nicht lieber etwas von Britney Spears nehmen sollen?", ärgert Kai mich. „Ich dachte eigentlich eher an etwas von Helene Fischer." „Die ist wenigstens heiß!", lacht Kai. „Ja ja Kai, keine Einzelheiten bitte!" Die Aufnahme dauert wesentlich länger als beim letzten Mal. Wir brauchen den ganzen Nachmittag. Zum einen ist der Song doppelt so lang wie das Bon Jovi-Stück, zum anderen komme ich stimmtechnisch dieses Mal echt an meine Grenzen. Manche Passagen muss ich gefühlt fast einhundert Mal singen damit sie einigermaßen passen. Aber am Ende ist es Dank Kai, der wie üblich genau wie vor zwanzig Jahren als mein Mathenachhilfelehrer, immer noch eine Engelsgeduld an den Tag legt (im Gegensatz zu manch echtem Engel, der nachts meinen Schlaf stört und den ich nicht wieder namentlich erwähne) wieder eine wunderschöne Aufnahme geworden, die sich tatsächlich hören lassen kann. Schade, dass ich das Singen erst in meinem letzten Jahr für mich wieder entdeckt habe denn bei nichts fühle ich mich derart lebendig.

Samstag und Sonntag, 3. und 4. Mai 2014

Karsten braucht eine Auszeit. Er wirft mich regelrecht aus seiner Wohnung. War eigentlich zu erwarten nach meinen Eifersuchtsanfällen und Besitzansprüchen in der letzten Zeit. Warum klammere ich mich eigentlich derart heftig an etwas, dass ich so oder so in knapp acht Monaten gehen lassen muss? Man könnte meinen, ich hätte es immer noch nicht begriffen, dass ich sterben werde. „Da könntest Du Recht haben." „Klappe zu da oben!" Könnte mir doch eigentlich egal sein, ob wir jetzt den Rest der Zeit noch zusammen sind oder nicht. Wird sowieso langsam Zeit, los zu lassen. Aber es ist mir nicht egal, im Gegenteil. Ich leide wie ein Tier in einem Käfig. Nur mit dem Unterschied, dass ich es war, die ihn in den Käfig gesperrt hat und nicht umgekehrt. Wahrscheinlich hat sich in meinem Kopf so etwas festgesetzt wie: „Mir bleibt nicht mehr viel Zeit, also habe ich ein Anrecht darauf, dass Du die mir noch verbleibende Zeit in jedem Falle mit mir verbringen musst!" Dass muss er aber nicht. Niemand ist der Besitz von jemand anderem. Das verwechseln leider viele Leute mit Liebe. Auch ich bin in diese Falle gestolpert, mehrfach schon. Wie oft schon habe ich mir gewünscht, ich könnte die Zeit zurückdrehen doch die Zeit tickt und tickt und tickt und tickt und ich mache die gleichen Fehler wieder und wieder und wieder und wieder. Wie oft muss ich sie noch wiederholen bis es klick macht?

Montag, 5. Mai 2014

Zurück auf der Arbeit. Geraldine klagt über die neuesten Nettigkeiten zwischen ihr und Paula van Pohl. Es interessiert mich nicht die Bohne. Meine Gedanken kreisen um Karsten und wie ich seine Liebe zurückgewinnen kann. Letzte Nacht hatte ich ihm in einem verzweifelten Akt meine Nacktbilder geschickt, heute komme ich mir ziemlich dämlich dabei vor. Wie in einer abgespackten Telenovela. Ich denke, die Hauptdarstellerin sollte sich so langsam mal etwas Neues einfallen lassen. Meine Freundin Melitta meint, ich solle mir gut überlegen, ob ich tatsächlich alle Anteile an Karsten lieben würde oder ob ich ihn nicht unbewusst vergraulen würde weil ich eben dies nicht täte. Noch vor einem halben Jahr hätte ich wohl keine Antwort auf diese Frage gehabt. Inzwischen kann ich sagen, dass es absoluter Bullshit ist. Ich liebe ihn – und zwar mit all seinen Anteilen. Und das auch nicht, obwohl er so ist wie er ist sondern gerade weil er so ist wie er ist. Und weil er sich nicht von mir auf der Nase herumtanzen lässt, sondern mir auch mal die Stirn bietet. Vieles wird mir bis zum baldigen Ende meiner Tage wohl unverständlich bleiben an diesem Mann, aber wenn ich eines an ihm bewundere, dann sein Rückgrat.

Dienstag, 6. Mai 2014

Absolute Funkstille zwischen mir und Karsten. Da helfen auch keine Nackedeibilder. Ich halte es kaum aus. Auf dem Weg zur Arbeit vergesse ich mein Portemonnaie, was nicht weiter tragisch wäre, befände sich darin nicht ebenso meine Karte fürs Parkhaus. „Ich habe meine Parkkarte heute leider zu Hause vergessen", jammere ich in die Sprechanlage. „Da kann ich leider nichts für Sie tun. Ziehen Sie bitte eine Karte und fahren Sie weiter!" „Kann ich nicht denn mein Portemonnaie, in dem sich meine Parkkarte befindet, habe ich leider auch vergessen!" „Da kann ich leider nichts für Sie tun. Ziehen Sie bitte eine Karte und fahren Sie weiter!" „Hören Sie schlecht? Wie soll ich das Ticket denn nachher bezahlen ohne Geld?" Stille. Es lebe die deutsche Bürokratie. Allmählich beginnendes Hupkonzert hinter mir. „Wie heißen Sie denn?", fragt mich die Automatenstimme, die sich weder als männlich noch als weiblich identifizieren lässt, lediglich als dämlich. „Kassandra Klomberg." „Moment, ich überprüfe das!" „Fahr doch endlich, Du dumme Kuh", schreit ein Dämlack aus seinem Autofenster. „Klappe zu, Du Penner!" „Also, Sie müssen mich nicht beschimpfen, Frau Klomberg", entrüstet sich der Automat. „Doch nicht Sie!" Noch bevor ich ausgesprochen habe, geht auch schon die Schranke auf.

Mittwoch, 7. Mai 2014

„Mäuse haben keine Menstruation." Ich belausche ein Gespräch in der Cafeteria. Ich wünschte, ich wäre eine Maus. Dann müsste ich auch keine Briefe mehr schreiben sondern könnte mich im nächstgelegenen Mauseloch verkriechen, wenn der Herr Mäuserich mir wieder einmal mein Herz gebrochen hat. Ich denke an Lita Ford's Song aus den Achtzigern „Only Women bleed". Momentan schmerzt mich mein blutendes Herz nämlich weitaus mehr als das Blut aus meiner Vagina. Sämtliche Flirt- und Annäherungsversuche des anderen Geschlechts, die sich auf gruselige Art und Weise häufen, immer wenn eine Frau gerade läufig ist, noch dazu im Frühling, prallen gnadenlos an mir ab. Mein Kopf kreist um den Einen oder meine Gedanken vielmehr. Ich habe keinen Appetit. Stattdessen kippe ich schon den dritten Kaffee auf nüchternen Magen herunter. Mein Blick wandert neidisch zu einem jungen Pärchen, offensichtlich frisch verliebt. Sie sitzt auf seinem Schoß. Sie schauen sich an und scheinen sich wortlos zu verstehen. Zärtlich streicht er ihr einen Kleks Sahne von der Nase. Sie lacht. Dann küssen sie sich. „Wie Karsten und ich vor einem Jahr", denke ich rührselig. „Warten Sie es nur ab", pampe ich die junge Frau plötzlich an, „jetzt sind Sie noch sein ein und alles und in einem Jahr ist dann sowieso alles im Eimer!"

Donnerstag, 8. Mai 2014

Anruf durch Sven. Er will wissen, warum ich letzten Samstag nicht bei der monatlichen Nacht der Rocker war. „Liebeskummer", antworte ich knapp. „Ach was, Frau Verkupplerin bekommt ihr eigenes Liebesleben also auch nicht auf die Kette!" „Ach, spare Dir doch Deinen Sarkasmus, Sven!" „Sorry. Willst Du darüber reden?" „Nicht so wirklich." Sven lässt nicht locker. „Reden kann manchmal sehr befreiend sein!" „Manchmal ist Schweigen aber auch Gold", wehre ich ab. „Nicht in diesem Falle!" „Wieso nicht?" „Also, erzählst Du jetzt was los ist oder nicht?" Ich zögere. Karsten macht Beziehungsurlaub von mir, seit letzten Samstag schon." „Warum?" Ich druckse herum. „Ich habe ihn wohl eingeengt und versucht, ihn seiner Freiheit zu berauben." „Wieso tust Du so etwas?" „Gewohnheit." „Dir ist aber schon klar, dass Du damit jeden Mann in die Flucht schlägst, ja?" „Ja." Zögernd erzähle ich Sven die ganze Geschichte. Von meiner Eifersucht. Von meinem Versuch, Bedingungen zu stellen, Vorschriften zu machen. Am Ende lacht Sven herzhaft in den Hörer. „Also, du bist wirklich lustig, Kassandra. Du kannst Deinem Kerl doch nicht erst die Eier abhacken und dann wieder dran nähen wollen!"

Freitag, 9. Mai 2014

Karsten kommt. In mehrfacher Hinsicht. Wir vertragen uns wieder, sprechen uns gründlich aus. Ich habe ihn missverstanden. Er hatte gar nicht vorgehabt, die Beziehung zu beenden. Lediglich etwas Abstand und Ruhe für sich habe er gebraucht. Ich bin unendlich erleichtert. Die vergangene Woche war alles andere als schön für mich. Das einzig Positive, das ich daraus ziehen kann, ist mein in Ermangelung jeglichen Appetits eingetretener Gewichtsverlust von ganzen 3 kg. Werde ich eventuell doch noch schlank sterben. Hat auch seine Vorteile. Müssen die Sargträger beispielsweise nicht ganz so schwer schleppen, was wiederum deren Gelenke schont, somit die Arztkosten senkt und damit auch die gesetzlichen Krankenkassen entlastet. Hat Karsten mit seinem Drang nach Distanz also letztendlich, ohne es zu wissen, global oder zumindest auf Landesebene doch noch etwas Gutes getan, der sogenannte Schmetterlingseffekt. Dafür leidet „Frau" doch gerne mal eine Woche. Vom Leiden habe ich aber nun wirklich ein für alle Mal die Nase voll. Es ist ein unglaublicher Energieräuber. Energie, die mir Ende dieses Jahres für andere wesentliche Dinge gefehlt haben wird. Mein Bedarf an Drama für dieses Jahr ist bereits mehr als gedeckt.

Samstag und Sonntag, 10. und 11. Mai 2014

Wechselhaftes Wetter an meinem letzten Muttertag. Von strahlendem Sonnenschein über Regen und Hagel ist alles mit dabei heute, dazu Sturmböen, die es in sich haben. Ein Tag wie das Leben selbst. Meine Stimmung ist eher ausbalanciert. Mein Herzallerliebster möchte dieses auch in Zukunft bleiben, das heißt meine Welt ist wieder in Ordnung. Meine beiden Kiddies schenken mir jeweils selbst gebastelte Anhänger aus dem Kindergarten, an die ich sogleich Auto- und Wohnungsschlüssel anhänge und selbst meiner Mutter Karola kann ich heute ein kleines Lächeln entlocken beim Anblick ihres Geschenks – einem Foto von Kris und Kelly in einem dekorativen Holzrahmen. Einzig und allein mein Vater Klaus bereitet mir weiterhin Sorgen. Kommende Woche wird er sich erneut einer nicht gerade einfachen Operation unterziehen müssen. Er wird am Darm operiert werden, in dem sich ein nicht unwesentlich großes Loch befindet. Dies ist den Ärzten und auch uns zwar bereits seit seinem letzten Krankenhausaufenthalt bekannt jedoch war sein Allgemeinzustand bislang noch nicht stabil genug für einen erneuten Eingriff. Physisch hat er sich nun weitestgehend regeneriert, psychisch bleibt es abzuwarten. Heute nehme ich vor allem eines an meinem Vater wahr – ein Gefühl der Angst.

Montag, 12. Mai 2014

Top-Thema auf der Arbeit: eine bärtige Frau, die aussieht wie Jesus namens Conchita Wurst gewinnt den europäischen „Grand Prix de la Chanson". Ist mir Wurst! Meinen eigenen Song-Kanal habe ich vorsichtshalber wieder von Youtube entfernt. Kai meinte, es könne ansonsten eventuell Schwierigkeiten mit der Gema geben. Ich gehe lieber kein Risiko ein. Habe keine Lust, meine restliche Zeit auf der Anklagebank zu verbringen. Dafür verteile ich fleißig eigens aufgenommene CDs mit meinen beiden Songs an Freunde und Familie, denen sie mehr oder weniger gut gefallen. Sinn des Ganzen ist ja auch nicht, „Germany's next Rockstar" zu werden sondern lediglich ein Ventil zu haben für das, was sich zurzeit alles in mir anstaut. Etwaige Sorgen und Nöte übersinge ich einfach. Zwar treffe ich nicht jeden Ton aber nach meinem Tod kräht da ohnehin kein Hahn mehr nach. Eine weitere Aufnahme mit Kai ist bereits für die nahe Zukunft geplant. Beim täglichen Üben fällt jegliche Anspannung von mir ab. Azraels Gestalt verblasst dann so stark, dass ich mir fast einbilden könnte, ich hätte alles bloß geträumt. Das wäre zu schön um wahr zu sein.

Dienstag, 13. Mai 2014

Das wohl ekelhafteste Erlebnis des Jahres: verträumt schaue ich aus dem Fenster neben meinem Arbeitsplatz. Draußen regnet es Bindfäden. Eine Fliege, nicht so eine kleine niedliche Fruchtfliege, nein – ein richtig fetter Brummer, fliegt unablässig gegen meine Wange. Sie dreht richtig auf, ist voll in ihrem Element. Ich fuchtele genervt herum, scheuche sie weg, doch sie lässt sich nicht beirren. „ZZZZZ, ZZZZZ", immer wieder gegen meine Wange. Irgendwann ist Ruhe. Das hätte mir gleich spanisch vorkommen sollen. Doch ich schlürfe weiter völlig ahnungslos meinen Kaffee. Sie ahnen sicher bereits, was jetzt kommt und Sie haben Recht. Mein Kaffeebecher wird für die Fliege zur Todesfalle, das fette Vieh zergeht langsam auf meiner Zunge. Doch ich, immer noch in Tagträumen versunken, bemerke es immer noch nicht. Das pelzige Gefühl in meinem Mund führe ich auf einen Keks zurück, den Geraldine mir bestimmt in den Kaffee getan hat um mich zu ärgern. Doch die ist diesmal unschuldig. Mein Entsetzensschrei hallt durch die ganze Klinik als ich mir den Kadaver der Fliege von der Zunge kratze. Ob sie wohl auch durch einen Engel der Fliegen vorher gewarnt wurde? „Pass auf, Du dicke Fliege. Im Frühjahr dieses Jahres wirst Du in eine braune Brühe fallen und von einer kleinen dicken rothaarigen Frau verschlungen werden!" Hätte die Fliege mal lieber auf ihren Fliegen-Engel gehört.

Donnerstag, 14. Mai 2014

„Frau Klomberg, Sie nehmen mich auf den Arm, oder? Sie sind nicht
tatsächlich auf Ihrer Tastatur eingeschlafen? Frau Klomberg! Jetzt reicht
es mir aber. Sofort aufwachen!" Ich schrecke hoch. „Ach Chef, Sie schon
wieder. Ich habe gerade so schön geträumt. Mein Freund war Tarzan und
ich Bo Derek." „Ja ja und ich wahrscheinlich der blöde Affe. Passen Sie
ja auf, dass Ihnen das bei Klark Kleefisch nicht passiert, der ist da nicht
so locker wie ich!" Ich gähne genüsslich. „Ich weiß doch, dass „der
Beißer" bald kommt. So bissig ist der nun auch wieder nicht. Hunde, die
bellen, beißen nämlich gar nicht!" Mein Chef zieht eine Grimasse.
„Wenn Sie das sagen, Frau Klomberg." „Ach Chef, ich muss mich zurzeit
mit einer ganz anderen Kreatur auseinandersetzen. Mir ist es mehr oder
weniger egal, wer hier die Leitung übernimmt. Da wo mich dieser Typ
hinführen will, kann mir auch „der Beißer" nicht hin folgen." „Frau
Klomberg, noch bin ich da. Möchten Sie darüber reden? Soll ich mir
diesen Fatzken mal vorknöpfen?" Ich lache herzhaft. „Lieb gemeint
Chef, aber das ist mein eigener Dämon. Mit dem muss ich alleine fertig
werden!"

Donnerstag, 15. Mai 2014

Mein Vater Klaus kommt erneut ins Krankenhaus. Es wird eine
Darmspiegelung durchgeführt. Der Verdacht auf einen Tumor wird
geäußert. Zittern bis Mittag. Dann Entwarnung. Kein Tumor. Das Loch
im Darm wird zugeklebt. Es wird in naher Zukunft keine Operation
notwendig sein. Ganze Felsbrocken fallen uns vor Erleichterung von
unseren Herzen. Ich muss zugeben, ein kleiner egoistischer Anteil meiner
Schattenseite hatte gehofft, mein Vater könne mich begleiten wenn der
dunkle Engel kommt um mich zu holen. Heute ist mir klar geworden: es
wird nicht so sein. Diesen Weg werde ich alleine beschreiten müssen,
letztendlich muss das sowieso jeder und das ist auch gut so. Mein Vater
wird noch ein paar schöne Jahre vor sich haben. Ich werde das nicht. Ich
kann nicht abstreiten, dass ich etwas neidisch auf ihn bin. Im Grunde
genommen neidisch auf alle anderen Menschen. Wissen sie eigentlich
alle, was für ein unglaubliches Glück sie haben? Ja, es stimmt. Mein
Vater wird weiterhin auf nicht absehbare Zeit zur Dialyse ins
Krankenhaus müssen, aber er wird LEBEN. Gäbe es nur jemanden, mit
dem ich meinen Schmerz teilen könnte. Der mich verstehen und mir
etwas Trost spenden würde. „Den gibt es", meldet sich die Stimme in
meinem Kopf wieder einmal überraschend zu Wort, „aber Du hörst mir ja
niemals zu!"

Freitag, 16. Mai 2014

Jeder Mensch, der den genauen Zeitpunkt seines in naher Zukunft bevorstehenden Todes kennt, sollte wenigstens einmal noch etwas total Peinliches veranstalten. Zum Beispiel sich mit einem Fake-Account auf Youtube anmelden und unter falschem Namen und Foto (zum Beispiel von einer vollbusigen rothaarigen Barbarella) seinen Freund anschreiben und aufs Kreuz legen. Wörtlich gesprochen. Das wäre doch, rein theoretisch natürlich, mit Sicherheit ein Riesengaudi, wenn der einem dann voll auf den Leim ginge und auf die Anmache der eigenen Freundin im Busenkostüm voll hereinfallen würde. Ein Denkfehler ist allerdings dabei. Wer Anderen eine Grube gräbt – richtig, der fällt selber hinein. Ungünstig ist auch, wenn man dann auf seinen eigenen Avatar urplötzlich eifersüchtig wird weil dieser dem eigenen Freund dann auf einmal doch sehr gut zu gefallen scheint. Oberpeinlich wird das Ganze dann aber erst, wenn man dann zum Hörer greift und sein Herzblatt mit Vorwürfen bombardiert, das dann noch völlig ahnungslos erwidert: „Wieso? Die ist doch nett!" Dann müssten Sie lediglich noch sagen: „Klar ist die nett. Die bin ja auch ich!" Ich garantiere: an Peinlichkeit nicht zu übertreffen!

Samstag und Sonntag, 17. und 18. Mai 2014

Wir sind mal spontan. Gehen außer der Reihe in unsere Stammdiskothek. Trash-Nacht. Die Bezeichnung ist passend. Wir gesellen uns zu dem übrigen „White Trash". Sven und Katar fehlen. Es dauert nicht lange, da wird mein Herzallerliebster wie üblich von einer Frauenschar umlagert, die mehr oder weniger offensichtlich die Länge seiner Mähne bewundert. Frustriert suche ich den Spiegel im Damenklo auf und ziehe eine Schnute. „Spieglein, Spieglein an der Wand, wer ist die Schönste im ganzen Land?" Die Klotür geht auf und raus kommt Schneewittchen – nein – aber eine wunderschöne junge Frau mit Haaren so schwarz wie Ebenholz, Lippen so rot wie Blut und einem Teint so weiß wie frisch gefallener Schnee. „Also, ob Du die Schönste im ganzen Land bist, darüber lässt sich nun sicherlich streiten, aber ich würde Dich nicht von der Bettkante schubsen!" Sie zwinkert mir schelmisch zu. „Darf ich mir mal kurz Deinen Lippenstift borgen?" Sprachlos reiche ich ihr den Stift. „Lust, mich mal anzurufen?", fragt sie plötzlich. Ich überlege kurz. So verlockend das Angebot der schönen Unbekannten auch ist, ich bin treu und ohne Bedauern lehne ich dankend ab. Ich denke, ich werde es verkraften können, ohne gleichgeschlechtliche Erfahrungen abzutreten. „Zu schade!" Sie zwinkert mir noch einmal zu. Dann stößt sie abrupt die Tür auf und verschwindet erneut in den Weiten des Diskoversums.

Montag, 19. Mai 2014

Ein typischer Arbeitstag. Ich warte auf eine längst überfällige Lieferung und telefoniere im Klinikum herum, um deren Verbleib herauszufinden. Wie üblich will natürlich keiner etwas von dem Auftrag wissen. Alle schieben sich wie im Kindergarten den Schwarzen Peter zu à la: „Der XY hätte das aber eigentlich bestellen sollen und hat das aber gar nicht gemacht. Der ist sowieso voll doof!" und: „Stimmt ja gar nicht. Die 08/15 hätte das selber bestellen sollen und außerdem ist die selber voll doof!" „Bäh!" „Bäääh!" „Oberbäääh!" Frustriert wende ich mich an Herrn Hefe, der lediglich lässig erwidert: „Frau Klomberg, selbst ist die Frau!" Na super. Und das am Montag-Morgen. Dabei fing er eigentlich ganz entspannt an, dieser Morgen. Ich fuhr genüsslich zur Arbeit in dem festen Glauben, nun letztendlich erleuchtet zu sein. Und das nicht nur weil die Sonne heute scheint. Ich meinte, verinnerlicht zu haben, dass jeder Mensch aus seiner Perspektive irgendwie Recht hat, was jeglichen Streit und Rechthaberei überflüssig macht. Nach vier Stunden Auseinandersetzung mit dem alltäglichen Klinik-Kindergarten muss ich feststellen: „Zum Teufel mit der Erleuchtung!"

Dienstag, 20. Mai 2014

Azrael erscheint mir auf meiner Arbeitsstelle. Ich bin gerade dabei, die Pakete, für dessen Auslieferung sich niemand zuständig fühlt, von der Poststelle abzuholen, da gesellt er sich auf einmal zu mir und schlendert mehr oder weniger unauffällig neben mir her (wenn man von seinen riesigen Flügeln mal absieht). Allerdings scheint ihn außer mir niemand wahrzunehmen. „Hi", sagt er grinsend, genüsslich an einem Schokoladeneis schleckend. „Du schon wieder. Engel essen Eis?" „Ja, wieso denn nicht?", fragt er lachend, „obwohl, ich muss ein bisschen auf meine Linie achten." Ich starre ihn ungläubig an. „Ja nee, ist schon klar!" „Bist Du hier eigentlich das Laufmädchen?" „So ungefähr. Sag mal, Du bist doch bestimmt nicht hier, um Smalltalk zu halten. Was willst Du?" „Ich will heute nichts Besonderes. Ich habe heute frei. Wollte mal schauen, wo Du so arbeitest. Nett habt Ihr es hier!" „Also keine Standpauke heute?" „Bist Du irre? Doch nicht an meinem freien Tag. Die Sonne scheint. Die Vögel zwitschern. Die Blumen blühen. Ich will einfach nur mein Eis genießen. Willst Du mal lecken?" Ich lache. „Nein Danke. Schon in Ordnung. Sind eigentlich alle Engel so merkwürdig wie Du?" „Pah, ich bin doch noch harmlos. Sei froh, dass der Michael Dich nicht holen kommt. Der bildet sich vielleicht was ein auf seinen Erzengel-Kappes. Ein richtig aufgeblasener Kerl ist das!"

Mittwoch, 21. Mai 2014

Morgens, acht Uhr in Deutschland. Ich will gerade meine Kinder auf den Rücksitz packen, da sehe ich es. Mein Auto wurde aufgebrochen. Beziehungsweise nicht wirklich aufgebrochen. Ich hatte mal wieder vergessen, den Kofferraum abzuschließen. Der Inhalt meiner Handtasche, die ich ebenso im Auto vergaß, ist über alle Sitze verteilt. Es fehlt nur die Bankkarte. Was nicht weiter tragisch wäre, wenn ich jemand wäre, der sich seine PIN merken könnte, bin ich aber nicht. Ich denke, ich muss nicht weiter ins Detail gehen. Ich lasse die Karte umgehend sperren, doch es ist schon zu spät. 500 Euro wurden bereits abgebucht. Die Bank wird es nicht erstatten, teilt sie mir mit. „Frau Klomberg, wie blöd kann man eigentlich sein!?", fragt mich der nette Polizist, bei dem ich Anzeige erstatte. „Möchten Sie nicht beim nächsten Mal vielleicht noch ein Hinweisschild an Ihrer Fensterscheibe anbringen, dass Ihr Auto offen ist und wo Karten und Geheimzahlen genau zu finden sind?" „Ja ja, wer den Schaden hat, braucht für den Spott nicht zu sorgen!" Der Beamte schüttelt verständnislos den Kopf. „Also bei aller Liebe, Frau Klomberg. Gucken Sie denn niemals XY?"

Donnerstag, 22. Mai 2014

Ein schwül-warmer Tag, der sich abends in einem gewaltigen Gewitter entlädt. Ich bin hundemüde. Meine Mutter Karola meckert wegen des Diebstahls, was zu erwarten war. Mein Herzallerliebster teilt mir mit, dass er erkrankt sei und noch nicht sicher wüsste, ob er am Wochenende zu mir kommen könne. Meine beiden Kinder hinterlassen mein Wohnzimmer wie gewohnt als habe ein Terroranschlag stattgefunden von den Taliban und der RAF zusammen. Meine Freundin Melitta ruft an und möchte mich nächste Woche besuchen kommen weil sie wieder einmal einen Kerl in die Wüste geschickt hat. Und ich, ich möchte hier eigentlich nur noch still auf meinem Sofa sitzen bleiben und einfach nur noch schlafen. Ich möchte meinen Hintern nicht mehr vom Fleck bewegen. Bis Katzen anfangen, mich anzufressen. Niemand spricht. Niemand meckert. Niemand kommt. Alle lassen mich in Ruhe schlafen. Alle nehmen Rücksicht. Okay, vielleicht kommt irgendjemand noch kurz um mich zu zudecken aber dann verschwindet derjenige auch gleich wieder. Okay, gegen eine Fußmassage hätte ich auch nicht unbedingt etwas einzuwenden. Jedenfalls darf ich mich endlich ausruhen. „Da wirst Du Dich noch gut sieben Monate gedulden müssen, Kassandra!" „Pfffttt!" „Und denke ja nicht, dass ich es nicht sehen würde, dass Du gerade wieder einmal die Augen verdrehst. Bedenke, ich sehe ALLES!"

Freitag, 23. Mai 2014

Der Mann vom Küchenstudio schaut mich ernst an. Ich sehe es auf den ersten Blick. Er hat schlechte Nachrichten für mich. „Sie werden Ihre alte Küche beim Umzug nicht mitnehmen können, Frau Klomberg!" Ich bin perplex. „Wieso nicht?" Man muss dazu sagen, dass meine Küche noch keine sechs Jahre auf dem Buckel hat und in einem Top-Zustand ist. Noch dazu ist sie in einem schönen satten Gelbton, der heute nicht mehr so ohne weiteres zu bekommen ist. „Sie passt nicht!" Ich schaue den Küchenmenschen verständnislos an. „Das ist doch Ihr Job. Was nicht passt, wird passend gemacht!" Er schüttelt den Kopf. „Sie verstehen nicht. Kennen Sie das Kettensägen-Massaker von Texas?" Ich nicke. „Was hat dieser alte Schinken denn mit meiner Küche zu tun?" Langsam beginnt es mir zu dämmern. „So etwas in der Art stünde Ihrer Küche bevor. Sie würden Sie nicht mehr wiedererkennen!" Ich begreife. „Okay, nichts ist für die Ewigkeit!" Kurzentschlossen suche ich eine Küche mit knallroten Fronten und weißen Platten aus. Der Küchenheini starrt mich ungläubig an. „Pommes rot-weiß?" „Pommes rot-weiß", nicke ich.

Samstag und Sonntag, 24. und 25. Mai 2014

„Ja bist Du denn von allen guten Geistern verlassen?", raunzt meine Mutter Karola mich an. „So eine hässliche Küchenfarbe suchst Du Dir aus? Wehe, Du ziehst da nach einem halben Jahr wieder aus. Die Wohnung bekomme ich doch im Leben nicht wieder vermietet!" Ich schaue meiner Mutter fest in die Augen. „Ich verspreche Dir, ich werde dort bis zu meinem Tod wohnen bleiben!" Meine Mutter erschaudert. „Sage doch bitte nicht solche Sachen, Kassandra!" Meine Mutter erstaunt mich. „Du nennst mich bei meinem neuen Namen. Wie kommt es?" Sie lächelt. „Man gewöhnt sich an den Namen. So übel ist er ja nun auch wieder nicht!" Ich werde ernst. „Mama, kannst Du mir bitte etwas versprechen?" Meine Mutter schaut mich unsicher an. „Was denn?" „Wenn ich vor Dir sterben sollte, versprich mir, dass mein neuer Name auf dem Grabstein stehen wird, nicht mein alter!" Sie schüttelt energisch den Kopf. „So etwas Dummes verspreche ich Dir nicht, ganz gleich wie Du Dich nennst. Kinder sterben nicht vor Ihren Eltern. Das ist nicht der Lauf der Dinge. So soll es einfach nicht sein!" „Aber...", setze ich vergeblich an. „Kein Aber! Ich erlaube das nicht. Aber eines kann ich Dir versprechen, sollte es dennoch passieren, begrabe ich Dich zusammen mit dieser grottenhässlichen Küche. Und damit ist diese Diskussion für mich beendet!" Und würden Sie meine Mutter kennen, so wüssten Sie, jegliche Widerrede wäre hier vollkommen zwecklos.

Montag, 26. Mai 2014

Worüber schreibe ich heute bloß in drei Teufels Namen? Es ist wirklich rein gar nichts passiert. Weder Streit mit meinem Herzallerliebsten am Wochenende noch auf der Arbeit noch ist sonst irgendetwas Spannendes geschehen. Mein aufregendes Leben. Und das, wo ich nur noch etwas mehr als sieben Monate vor mir habe. Auch Azrael lässt sich zurzeit nicht bei mir blicken. Hat wohl gut zu tun im Moment. Außer, dass ich schon wieder zu früh die monatliche Erinnerung daran, noch nicht in den Wechseljahren zu sein, erhalten habe, war der heutige Tag vollkommen ereignislos. Apropos Wechseljahre. Sollte ich eigentlich froh darüber sein, dass dieser Kelch an mir vorübergeht oder es bedauern? „Deine Fragen ergeben keinen Sinn!" „Das war eine rein rhetorische Frage. Du musst Dich nicht jedes Mal gleich angesprochen fühlen da oben!" Ich werde niemals wissen, wie es ist, alt zu werden. Wenn man unsere heutige Gesellschaft befragt, ist das sowieso kein erstrebenswertes Ziel. Lange leben wollen schon irgendwie die meisten. Jedoch wirklich altern möchte dabei keiner. Was für ein Paradoxon. Ich hätte diese Erfahrung gerne gemacht. Eine weise Alte zu werden mit langen weißen Haaren. Ich bedaure es zutiefst, darauf verzichten zu müssen.

Dienstag, 27. Mai 2014

Ein regnerischer nebliger Tag. Heute ist es sogar derart neblig, dass ich das Gefühl habe, durch Erbsensuppe zu waten. In Wirklichkeit wate ich natürlich nur durch den Park, den ich durchqueren muss um vom Parkhaus zur Arbeit zu kommen. Ich muss unwillkürlich an die alten gruseligen „John Sinclair-Kassetten" denken, die ich in meiner Kindheit so sehr geliebt habe. „Die Hexe vom Hyde Park" kommt mir in den Sinn. Nur, dass wir hier natürlich nicht in London sind sondern lediglich in Pusemuckel. Ich lache. Wohl einen Ticken zu laut. Zwei Schulmädchen schauen mich an, so als hätte ich sie nicht mehr alle auf dem Zaun, womit sie vermutlich gar nicht einmal so Unrecht haben, und ziehen leise tuschelnd eilig an mir vorüber. Da sehe ich sie. Die alte Grauhaarige aus dem Solebad. Sie geht direkt vor mir. Ich beschleunige meinen Schritt, versuche aufzuholen aber ich hole sie nicht ein. Sie bleibt mir konstant ein paar Schritte voraus. Jetzt renne ich. Sie tut es nicht und ich kann sie dennoch nicht einholen. „So warten Sie doch!", rufe ich ihr hinterher. Sie dreht sich kurz um, lacht mich an. Dann ist sie genauso plötzlich wie sie auftauchte auf einmal wieder weg. Verschwunden im dichten Nebel. Ganz genauso wie bei unserer ersten Begegnung.

Mittwoch, 28. Mai 2014

Morgendliche Unterhaltung mit meiner Tochter. Im Wechseltakt fragt sie mich: „Was machst Du? Was tust Du?", und vor allem: „Warum?" Wohl das Lieblingswort aller Dreijährigen. Es soll schon diverse Mütter in den Wahnsinn getrieben haben. „Mama, warum pupst Du auf die Klo? Warum putzt Du Popo ab? Warum hast Du Faden zwischen die Beine? Warum? Warum? Warum?" Und so weiter und so fort. „Kelly, warum muss eigentlich jedes dritte Wort bei Dir 'Warum' sein? Das macht die Mama echt bekloppt!" Kelly grinst über beide Backen. Vermutlich ist genau das ihr perfider Plan. Mein Einjähriger kommt ins Bad gekrabbelt. „Mama und ich haben ein Kleid an und Du nich, bäh bäh bäh bäh bäh bäh!" Kris scheint kein Wort zu verstehen. Jedenfalls grinst er wie ein Honigkuchenpferdchen. „Mama, Jungens dürfen doch keine Kleider anziehen, oder?" Ich verschlucke mich fast an meiner Zahnbürste vor Lachen. „Wieso das denn nicht?" „Weil!" „Ja, das ist natürlich ein schlagendes Argument. Erst drei Jahre alt und schon völlig spießig!" Kelly wird binnen Sekunden hochrot, stemmt energisch die Hände in die Hüften und ruft: „Ich bin nicht *pissig*, Mama selber *pissig*!" „Ach komm her, Du kleiner Pups", lache ich. Jetzt kreischt sie. „Bin kein Puuuuups!" So wie ich meine Tochter kenne, wird sie vermutlich in wenigen Augenblicken vor Wut platzen.

Donnerstag, 29. Mai 2014

Christi Himmelfahrt. Ich besuche meine Eltern. Das werde wohl sein letzter Vatertag sein, dramatisiert mein Vater Klaus. Meine Mutter Karola erwähnt, dass andere Leute trotz Dialyse sogar noch arbeiten gingen. „Alles klar, morgen suche ich mir einen Job", scherzt mein Vater. Das übliche Geplänkel zwischen den Beiden. Kennen Sie eigentlich noch die beiden Opas aus der „Muppet Show"? Mein Vater legt sich nach dem Essen hin, ich bin mit meiner Mutter allein. Hilfe! Doch sie möchte anscheinend etwas mit mir besprechen. Sie sei zum Kaffee eingeladen bei ihrer Freundin Karin. Es käme noch eine weitere gemeinsame Freundin. Diese wisse seit geraumer Zeit, dass sie sterben müsse. Bauchspeicheldrüsenkrebs. Die Ärzte gäben ihr nicht mehr sehr lange. Meine Mutter will von mir wissen, wie sie sich verhalten solle. Warum zum Teufel fragt sie das ausgerechnet mich? Bin ich etwa Expertin in Sachen Sensemann? „Ich weiß es auch nicht, Mama. Sei einfach ganz natürlich. Ich meine, für Deine Verhältnisse natürlich. Sage ihr, sie braucht sich nicht fürchten!" Meine Mutter wirft mir einen skeptischen Blick zu. „Woher weißt Du das?" „Würdest Du mir nicht glauben!"

Freitag, 30. Mai 2014

Botanischer Garten mit meinem Herzallerliebsten. Strahlender Sonnenschein. Wir schlendern gerade durch die Tropenhäuser. Karsten wuselt zwischen irgendwelchen Schlingpflanzen hindurch. Meine Vision von Tarzan taucht wieder von mir auf und verschwindet abrupt als ich hinter einer Palme die weißen Flügel entdecke. „Was machst Du denn schon wieder hier? Bist Du bekloppt? Was, wenn Karsten Dich sieht?" Azrael scheint es zu belustigen. „Jetzt bleibe mal ganz locker. Du weißt doch, dass mich außer Dir niemand sehen kann!" Ich werde misstrauisch. „Wieso eigentlich nicht?" „Keine Ahnung. Scheinst wohl eine blühende Phantasie zu haben!" Der Engel zuckt mit den Flügeln. „Woher weiß ich, dass ich nicht bloß verrückt bin?" Der Engel lacht. „Das kann ich Dir auch nicht sagen!" „Jetzt lenke aber nicht ab. Was willst Du von mir? Schon wieder nichts zu tun?" Azrael rümpft die Nase. „Wollte mir Deinen Macker mal genauer ansehen. Echt süß, der Kerl!" „Bist Du schwul?" Der Engel tut künstlich empört. „Also, jetzt mache aber mal einen Punkt, ja? Dein Typ geht ja wohl glatt für eine Frau durch mit den Haaren bis zum Hintern!" „Schatz, sprichst Du jetzt schon mit Palmen?" Karsten schaut mich an wie ein Auto. „Ja, soll man so machen", lüge ich, „liest Du doch in jedem Pflanzenratgeber!"

Samstag, 31. Mai und Sonntag 1. Juni 2014

Wir besichtigen ein Schloss. Ich spähe vorsichtig durch die Alleen im Schlosspark, aber weit und breit kein Engel zu erblicken. Schwein gehabt! Der hätte mir jetzt auch noch gefehlt. „Wer hätte Dir gefehlt?" Karsten schaut mich fragend an. „Niemand. Ich habe nur laut gedacht!" Er verschränkt die Arme. „Jetzt sag' schon!" „Was soll ich sagen?" Karsten bleibt stehen. „Jetzt tue bloß nicht so unschuldig. Du sollst sagen, wer Dir fehlt und zwar sofort!" Ich versuche, ihn weiter zu ziehen, doch vergebens. Er bleibt stehen wie ein stures Maultier. „Karsten, ich verliere gleich echt die Geduld. Ich habe nur laut gedacht, das sagte ich Dir bereits. Niemand fehlt mir aber wenn Du jetzt weiter so dumme Fragen stellst und Dich nicht vom Fleck bewegst, dann fehlt Dir gleich etwas!" Karsten stampft mit dem Fuß auf. Er erinnert mich gerade nicht unwesentlich an meine dreijährige Tochter. „Ich rühre mich keinen Millimeter von der Stelle, bis Du mir endlich die Wahrheit sagst!" „Welche Wahrheit denn?", schreie ich ihn an. Er wird still. „Mit wem Du nachts sprichst. Warum Du mit Blumen sprichst. Warum Du ständig geistesabwesend bist. Und vor allem, wer oder was Dir fehlt? Was verschweigst Du mir, Kassandra?" „Nichts!", presse ich gequält heraus.

Montag, 2. Juni 2014

Auf dem Weg zur Arbeit. Ein zauberhafter Frühlingstag. Im Radio läuft „Dreams are my Reality" aus dem französischen 80er Jahre Teenagerfilm „La Boum – Die Fete". Ich denke, den kennen wir alle noch. Ich bin selber auch noch nicht ganz aufgewacht sondern noch beduselt vom letzten Wochenende mit meinem eigenen Traummann. Zugegeben, er ist nicht Pierre Cosso aber ich bin ja auch nicht Sophie Marceau. Auf einmal setzt der LKW auf der rechten Spur den Blinker und zieht noch im selben Augenblick vor mir rüber. Schlagartig bin ich wach. Panisch trete ich auf die Bremse. Ich muss fast eine Vollbremsung hinlegen um nicht in den Laster rein zu krachen. Mein Wagen gerät kurz ins Schleudern, dann bekomme ich ihn wieder unter Kontrolle. Ich stehe unter Schock. Mein Puls rast, ich kann kaum atmen. Ich sah mich schon zusammen gematscht mit meinem Opel Corsa. Der LKW fährt weiter, so als wäre nichts geschehen. Im Prinzip ist es das ja auch nicht. Ich bin verwundert, dass mich der Vorfall derart erschüttert. Auf ein halbes Jahr mehr oder weniger kommt es doch nun auch nicht mehr an, sollte man meinen. Anscheinend schon. Anscheinend gibt es doch noch einige Dinge, die vorher noch von mir erledigt werden wollen.

Dienstag, 3. Juni 2014

Anruf einer Patientin. Wo denn der Arztbrief bleibe, fragt sie mich ganz aufgeregt. Arztbriefe würden in der Regel zwischen sechs bis acht Wochen nach Vorstellung bei uns an die Patienten raus geschickt, erzähle ich ihr. Das sei aber entschieden zu lang, teilt sie mir mit, so lange könne sie nun wirklich nicht warten. Außerdem habe sie gestern etwas ganz Schreckliches von ihrem Zahnarzt erfahren, nämlich dass sie eine Kieferfehlstellung habe und dass es somit kein Wunder sei, dass ihr ständig schwindelig werde. „Das ist ja furchtbar", antworte ich der Patientin, „dennoch benötigt der Arztbrief etwa sechs bis acht Wochen." Die Frau schnattert und schnattert und schnattert und findet kein Ende. Sie klingt wie ein aufgescheuchtes Huhn, dem man gerade das Ei geklaut hat. Empörend sei das und an oberster Stelle beschweren werde sie sich über meine Impertinenz und Dreistigkeit, es ginge schließlich um Leben oder Tod bei ihr. Ich lache schallend in den Hörer. „Gute Frau, hören Sie, dass es bei Ihnen um Leben und Tod geht, das wage ich mal zu bezweifeln sonst wären alle Zahnspangenträger wohl in akuter Lebensgefahr. Jedoch, wenn Sie sich an oberster Stelle über mich beschweren wollen, nur zu. Zum lieben Gott habe ich in der letzten Zeit einen ganz guten Draht!" Schmunzelnd lege ich auf.

Mittwoch, 4. Juni 2014

Ich verschlafe. Dann Stau auf der Autobahn. Ungeduldig krame ich meinen Lippenstift aus dem Handschuhfach heraus doch als ich mir gerade die Lippen nachziehen will, zucke ich zusammen beim Blick in den Spiegel. Da sitzt er schon wieder, der Engel. „Sag mal, kommst Du jetzt im Wochentakt?" Er geht nicht darauf ein. „Vorgestern, das war kurz vor knapp!" Ich tue auf doof. „Was?" „Das weißt Du ganz genau. Das mit dem LKW!" Ich verdrehe die Augen. „Ach so, das meinst Du. Ja, ich weiß, so etwas passiert halt!" Azrael schnaubt verächtlich. „Ich hatte wirklich selten jemanden abzuholen, der so wenig an seinem Leben hängt wie Du!" Ich zucke mit den Schultern. „Ich muss doch sowieso sterben!" „Ach, und da es ja nur noch knapp über ein halbes Jahr hin ist, kann man das getrost gleich auch wegwerfen, tolle Einstellung. So manch einer würde sich über diese sieben Monate sehr freuen!" Ich drehe mich um und schaue den Engel direkt an. „Ahhh, guck bitte nach vorne!", schreit der mich an. Ich richte den Blick wieder auf die Fahrbahn. „Hör' zu, ich habe nicht darum gebeten, den Zeitpunkt meines Todes zu erfahren. Mein gesamtes Leben habt ihr aus der Bahn geworfen. Soll ich dafür etwa dankbar sein?" „Du kannst immer nur meckern, meckern, meckern!"

Donnerstag, 5. Juni 2014

Ananas-Aufguss in der Sauna. Der große kräftige Kerl macht ihn heute. Wie hieß er noch gleich? Ach ja, Andi. Freudestrahlend stapft er auf mich zu und wedelt wild gestikulierend mit dem Handtuch vor meiner Nase herum. „Die Frau, die bald sterben muss", lacht er mich an. Ein paar Leute drehen sich verwundert zu mir um und fangen an zu tuscheln. „Der Mann, mit dem ich trotzdem kein Eis essen gehe", kontere ich ebenso lachend. „Pssst", ermahnt mich eine wenig amüsiert drein blickende ältere Dame. „Warum eigentlich nicht?", fragt der Bademeister mit etwas gedämpfter Stimme. „Sagte ich doch bereits, ich bin vergeben!" „Pssst", ermahnt mich die ältere Dame neben mir erneut. Der klotzige Mann scheint zu überlegen. „Auch kein Ananas-Eis?", ruft er plötzlich hellauf begeistert, so als hätte er soeben das Rad neu erfunden. „Erst Recht kein Ananas-Eis", erwidere ich immer noch lachend. Meiner Saunanachbarin platzt nun endgültig der Kragen. „Junger Mann, hier ist reden verboten!" „Aber es ist doch Sommer, zählt das denn gar nicht?", protestiert der Bademeister, den Blick auf mich gerichtet. Die Frau neben mir explodiert. „Völlig egal, ob im Sommer, Winter, Frühling oder Herbst. In der Sauna ist reden immer verboten, also halten Sie jetzt bitte endlich Ihre Klaaapppeee!"

Freitag, 6. Juni 2014

Die große Flaute oder warum begehrt mein Freund mich plötzlich nicht mehr? „Schau Dir doch bei Gelegenheit noch einmal Kamasutra an", rät er mir. „Wozu?" Ich schaue ihn fragend an. „Frauen sollten die große Kunst des Verführens beherrschen", nickt er. Ich verstehe nur Bahnhof. Was sollen wir Frauen denn heutzutage bitteschön noch alles können? Perfekte Mütter sollen wir sein, unseren „Mann" im Beruf stehen, nebenbei noch perfekte Haushälterinnen, Putzfrauen, Köchinnen, Konkubinen und jetzt auch noch Verführerinnen? Mal eben so nebenbei? Zwischen Kind, Kita und Küche? „Tut mir leid, die hohe Schule der Verführungskunst habe ich niemals besucht. Das Fach stand bei uns auch nicht auf dem Lehrplan", antworte ich mürrisch. Karsten zuckt mit den Schultern. „Es ist niemals zu spät!" „Dann lerne es doch selber, wenn es angeblich so wichtig ist", zicke ich ihn an. „Pffft, wir Männer brauchen so etwas nicht zu können. Wir sind ohnehin Jäger und Sammler!" Ich merke, wie ich hochrot anlaufe. Noch ein Wort und ich werde platzen. „Das weiß ja wohl jedes Kind", fügt er noch hinzu, ein verächtliches Schnauben ausstoßend. Poff! „Karsten, gehe Briefmarken sammeln und Deinen Dachschaden jagen", kreische ich. Sex kann ich mir heute jetzt wohl abschminken!

Samstag und Sonntag, 7. und 8. Juni 2014

Karsten will sich bei mir entschuldigen. Er habe mich doch lieb, versichert er mir. Ich frage ihn, ob er mich lieb habe oder ob er mich liebe. Worin denn da der Unterschied läge, will er von mir wissen. Dazwischen lägen Welten, erkläre ich ihm. Warum ich ihm eine so komische Frage stelle, hakt er nach. Für ihn sei da kein Unterschied. „Auf welchem Planeten lebst Du eigentlich?", schreie ich ihn an. In Sekundenschnelle habe ich meine sieben Sachen zusammengepackt, bin zur Tür heraus und brause ab. Die Tränen kommen schon beim Fahren. Auch das Gefühl, einen großen Fehler gemacht zu haben und wieder einmal aus einer Mücke einen Elefanten zu machen aber ich kann es nicht ändern, für mich ist es nun einmal ein Elefant. Ein Dinosaurier sogar. „Stolz bist Du gar nicht, ja?", höre ich Azraels Stimme. Ich drehe mich um aber mein Auto ist leer. „Geh weg", kreische ich. „Ja, wenn Du das zu allen sagst, ist bloß bald keiner mehr da, den Du noch wegschicken könntest!" Ich schluchze los. „Was weißt denn Du schon, Du dummer Engel!? Hau endlich ab!", schreie ich hysterisch ins Nichts. Es kommt keine Antwort mehr. Für den Rest der Fahrt herrscht Ruhe. Unterbrochen lediglich von Gekreische und hysterischem Heulen.

Montag, 9. Juni 2014

Funkstille zu Pfingsten. Wir sind beide eingeschnappt. Stündlich schaue ich in mein E-Mail-Postfach. Das ist am Abend allerdings noch genauso leer wie am Morgen. „Pah, ich melde mich bestimmt nicht", denke ich laut. In Gedanken erwarte ich schon wieder einen bissigen Kommentar von Azrael aber es kommt keiner. Selbst der will wohl nichts mehr von mir wissen. Mir doch egal. Hat mich sowieso total genervt, der komische Kauz. Ich dachte immer, Engel wären unsere Helfer und nicht dazu da, uns noch zusätzlich zu piesacken. Mir fällt ein alter Song von Schwester S. ein: „...die Rinder, der Wahn, oh bidde, erbarm..." Die hat schon vor fast zwanzig Jahren erkannt, was Sache ist bei den Kerlen. Ich glaube, ich rede niemals wieder ein Sterbenswörtchen mit Karsten. *Klingelingeling.* Ich stürze zum Hörer. Noch bevor ich etwas sagen kann, haucht Karsten ein „Ich liebe Dich" in den Hörer. Mir kommen sofort die Tränen. „Ich Dich doch auch", antworte ich seufzend. „Dann ist ja jetzt alles klar", erwidert Karsten lachend und dann: *Biiieeep.* Die Leitung ist tot. Stromausfall. Erst jetzt bemerke ich, dass draußen ein Sturm tobt. Ein Inferno, wie ich es seit Jahren nicht erlebte. So muss der Weltuntergang wohl aussehen.

Dienstag, 10. Juni 2014

Der Sturm hat ein totales Chaos auf den Straßen hinterlassen. Überall umgestürzte Bäume, Laternen, Straßenschilder. Bäume, die in Autos gekracht sind, Mauern eingerissen haben und Schaufensterscheiben zertrümmert. Dazu sind etliche Straßen gesperrt wegen Hochwasser, das auch sämtliche Kellerräume überflutet. Die Leute kommen mit den Aufräumarbeiten kaum hinterher. Sogar die Bundeswehr hilft. Wo man hinschaut, perplexe ratlose Gesichter. Ich brauche etwa eine Stunde länger als sonst zur Arbeit. Auf der Autobahn sind zwei Fahrstreifen gesperrt, einer wegen Überschwemmung, auf dem anderen liegen noch Fahrzeuge unter Bäumen begraben. Ich hoffe bloß, da war schon jemand nachschauen, schiebe den Gedanken jedoch rasch wieder beiseite. Wie schnell doch alles vorbei sein kann. Ein paar Tote fordert der Sturm, dazu zahlreiche Verletzte. Ich bin erleichtert, als sich Karsten irgendwann im Laufe des Tages bei mir meldet um mir zu versichern, dass es ihm gut ginge. Ich muss an unseren albernen Streit denken. Wenn ich mir vorstelle, dass ihm bei dem Unwetter etwas hätte passieren sein können und er womöglich gestorben wäre ohne zu wissen, wie sehr ich ihn liebe. Ich will lieber gar nicht weiter darüber nachdenken.

Mittwoch, 11. Juni 2014

Cut. Karsten schreibt mir eine E-Mail. Er würde dieses Wochenende lieber nicht zu mir kommen wollen. Er bräuchte Zeit für sich. Jetzt rächt es sich, dass ich aus meiner Ehe mit Stefan Hals über Kopf in Karstens Arme geflüchtet bin, so als wäre er das letzte Rettungsboot in Seenot. Dieses Rettungsboot scheint jetzt ebenfalls zu sinken. Ja, ich liebe ihn. Aber diese Liebe fühlt sich nicht gut an zurzeit. Es ist eher eine verzweifelte, fast panische Art von Liebe. So wie ständig kurz vor dem Ertrinken zu sein. Aber liebe ich mich eigentlich selber noch dabei? Ich denke, ich bin wieder einmal in die Falle getappt und von einer Abhängigkeit in die nächste gerutscht. Auch wenn mir nicht mehr allzu viel Zeit hier auf Erden bleibt, ich möchte sie nicht mit einem Knoten im Bauch verbringen. Keine Frau sollte das tun. Mich verwundert es gerade nicht mehr sehr, dass Frauen Knoten in ihren Brüsten entwickeln. „Kannst Du mir dabei helfen, mich selber lieben zu lernen bevor ich gehe?" Stille. „Ach ja, Ihr sprecht ja auch alle nicht mehr mit mir, hatte ich vergessen!" „Mache Dir erst einmal eine Hühnersuppe", meldet sich plötzlich die Stimme in meinem Kopf. „Wie bitte? Inwiefern soll mir das denn helfen?" Stille. „Na gut", seufze ich. Hühnersuppe ist ein Anfang!"

Donnerstag, 12. Juni 2014

Auf der Arbeit übergebe ich mich. Muss die Hühnersuppe von gestern Abend gewesen sein. Paula van Pohl schickt mich nach Hause. „Zu denken, dass Leute sich in irgendeiner Form anders verhalten oder sein sollten als sie sind, ist als wenn man sagen würde, der Baum dort drüben sollte lieber der Himmel sein" (Zitat von Byron Katie). Ich habe mich in der letzten Zeit viel mit ihren Sachen beschäftigt. Sie geht in erster Linie davon aus, dass man die Realität zu einhundert Prozent annehmen solle da alles andere Leid verursache. Ähnlich wie auch zum Beispiel Eckhart Tolle. Man solle auch aufhören, andere Leute in irgendeiner Form ändern oder Ansprüche an sie stellen zu wollen sondern sich bei jeglichem aufkeimenden Anspruchsgedanken jeweils direkt an die eigene Nase packen und es bei sich selber umsetzen. In Karstens Falle hieße das wohl, die Tatsache zu akzeptieren, dass er lieber frei wie ein Vogel sein möchte als vereinnahmt zu werden wie ein Zirkuspferd. Karsten will mich zurzeit nicht sehen. Punkt. Das ist die Realität. Wenn ich es nicht schaffe, sie einhundert prozentig anzunehmen, werde ich leiden. Laut Byron Katie solle ich diese Realität sogar lieben lernen. Lieben, dass mein Freund mich über hat? Klingt irgendwie nach einem leichten Anfall von Grenzdebilität oder nicht!?

Freitag, 13. Juni 2014

Freitag, der dreizehnte, im wahrsten Sinne des Wortes. Ein rabenschwarzer Tag. Erneute Funkstille zwischen mir und Karsten. Ich wünschte, Michael Myers würde kommen und mir den Kopf abhacken dann hätte ich es wenigstens hinter mir. Weiß gerade nicht, wie ich die restlichen sieben Monate überhaupt noch aushalten soll. Von mir aus kann Azrael mich sofort holen kommen. Karsten hat mir mitgeteilt, dass er sich nicht sicher sei zurzeit, ob er noch mit mir gemeinsam in den Sommerurlaub fahren wolle. In einen Urlaub, der seit einem halben Jahr fest geplant und gebucht ist. Drei Wochen vorher ist er sich plötzlich nicht mehr sicher. Da hilft weder Bitten noch Flehen am Telefon. Karsten bleibt kalt. Ob er mit mir überhaupt noch zusammen sein möchte, weiß er auch mal gerade wieder nicht weil ich sein Rückzugbedürfnis nicht respektieren würde. Wie auch? Ich kratze in einem halben Jahr ab. Diese Zeit würde ich gerne im Wechsel mit ihm und meinen Kindern verbringen. Das spüren diese übrigens genauso wie er. Kelly ergreift inzwischen stets die Flucht wenn ich sie knuddeln will und Kris krabbelt konstant vor meinen Küssen davon. Alles doof!

Samstag und Sonntag, 14. und 15. Juni 2014

Ich verbringe das Wochenende im Bett und bemitleide mich selber. Mein Hals kratzt, meine Haare klatschen am Kopf da leider niemand Lust hat, sie zu waschen zurzeit und mein Körper sehnt sich insgeheim nach einer Dusche, die ihm jedoch verweigert wird. Auch die Zahnbürste kommt nicht zu Besuch. Falls Sie jetzt denken: „Iiiieeehhh!". Zu Recht. Aber ich kann es nicht ändern. Ich bin froh, meine Kinder halbwegs vernünftig versorgen zu können zwischendurch gleichwohl auch denen nicht gänzlich entgangen ist, dass Mama momentan müffelt. Ich bin regelrecht erleichtert, dass dieses Wochenende alle Spielplätze und Spazierwege in unserer Stadt gesperrt sind wegen der Sturmschäden. Es herrsche akute Lebensgefahr dort zurzeit, so heißt es in der örtlichen Presse. Ein verlockendes Angebot aber nein, ich warte brav auf den Engel. Ob der mich auch mit nimmt wenn ich jetzt ein halbes Jahr lang weder dusche noch Zähne putze? „Denk nicht mal...", verstummt eine weit entfernte Stimme sogleich wieder. Ich verwerfe den Gedanken. Meine Dreijährige zieht mich aus dem Bett. „Mama, ich will aba, dass Du jetz Pinz und Pinzessin mit mir spielz!" Ich seufze. Möge ihr die Illusion vom Prinzen auf seinem weißen Schimmel noch möglichst lange erhalten bleiben. Ich halte mich da lieber an den Weihnachtsmann, auf den ist mehr Verlass.

Montag, 16. Juni 2014

Nicht nur mein Herz eitert, auch meine Mandeln. Mein Hausarzt Herr Dr. Zahn schreibt mich krank. „Sie gefallen mir zurzeit aber wieder einmal so gar nicht, Frau Klomberg!" Ich überwinde mich zu einem gequälten Lächeln. „Danke für die Blumen!" Er schaut hilflos. „Ihnen geht es wohl wirklich nicht sehr gut, oder?" „Herr Doktor, die Sonne scheint mir aus dem Arsch deswegen sitze ich ja hier!" Er lacht. „Na na Frau Klomberg, so vulgär kenne ich Sie ja gar nicht. So schlimm wird es doch nicht sein, oder?" Tränen kullern mir über die Wangen. Ich wische sie nicht weg. Mein Arzt reicht mir ein Taschentuch. Ich schnäuze kräftig hinein und will es ihm wiedergeben. Irritiert und mit leicht angeekeltem Blick hält er mir seinen Papierkorb hin. „Frau Klomberg, wenn ich Ihnen einmal einen Rat geben darf?" Ich ziehe die Nase noch. „Nur zu!" „Ich verschreibe Ihnen jetzt ein Antibiotikum. Ihrem Hals sollte es damit in spätestens fünf Tagen etwas besser gehen. Falls nicht, schauen Sie bitte noch einmal kurz rein. Aber gegen die Bakterien, die ihre Seele zu besiedeln scheinen, ist es wirkungslos. Diese können nur Sie ganz alleine heilen, das kann kein Arzt der Welt!" Ich schaue ihn verdutzt an. „WIE?" Er lächelt. „Eigentlich wissen Sie das bereits. Indem Sie endlich anfangen, sich selber wenigstens ein kleines bisschen lieb zu haben!"

Dienstag, 17. Juni 2014

Notfallprogramm. Ich mache das einzige, was mir hilft wenn ich mich sowohl physisch als auch psychisch angeschlagen fühle. Ich gehe in die Sauna. Die wohlige Wärme tut meinem wehen Hals und Herzen gut, der Kräuter-Aufguss kuriert. Dennoch scheint meine Mimik Bände zu sprechen. „Wer ist gestorben, Mädel?", fragt mich Wolfgang. Ich ringe mich zu einem müden Lächeln durch. „Du Rosi, ich glaube das Mädel braucht heute ein wenig Aufmunterung von uns Beiden, watt meinst Du dazu?" Rosi lacht. „Aber unbedingt, Wolfgang!" Und dann nimmt das Unglück seinen Lauf. Die Beiden fangen an zu singen. Im Wechsel „Schön ist es auf der Welt zu sein", „Hoch auf dem gelben Wagen" und „Ein bisschen Spaß muss sein." Die ganze Sauna stimmt mit ein. Mir wird bewusst, das machen die heute nicht zum ersten Mal denn die Leute kennen die Lieder zu meinem Leidwesen in und auswendig. Dennoch rührt mich die Geste, die dahinter steckt. Obwohl ich mich innerlich dagegen wehre, muss ich lachen. Deutlich aufgeheitert und zutiefst dankbar verlasse ich nach einer Weile die Sauna. Wolfgang schaut enttäuscht. „Bleib doch noch ein bisschen, Mädel! 'Fiesta Mexicana' hast Du doch noch gar nicht gehört!" „Beim nächsten Mal", lache ich.

Mittwoch, 18. Juni 2014

Stefan holt die Kinder für ein verlängertes Wochenende ab. Ich versuche mein Glück. Ich fahre zu Karsten. Zahlreiche Straßen sind immer noch aufgrund der Sturmschäden gesperrt. Über etliche Umwege gelange ich zu ihm. Er öffnet die Tür und starrt mich an. Jogging-Hose, Drei-Tage-Bart, die langen Haare hängen ihm strähnig ins Gesicht. „Träume ich das?", fragt er mich apathisch. Ich zucke mit den Schultern. Seufzend nimmt er mich in seine Arme. „Ich bin heute noch nicht dazu gekommen zu...", erklärt er sich, doch ich schneide ihm die Worte ab. „Ist schon in Ordnung, ich hatte letzte Woche auch keine große Lust zu duschen", lache ich. Ich nehme einen tiefen Atemzug. „Außerdem hat mir Dein Geruch sowieso total gefehlt!" „Dito", nickt er. „Warum hatten wir uns noch einmal gestritten?", fragt er mich. „Du wolltest mehr Freiraum", erinnere ich ihn. „Ich war wohl ein Vollidiot", sagt er zähneknirschend. „Wieso war?", lache ich. Er knufft mich in die Seite. „Hey!" In der Etage unter uns öffnet sich eine Tür. Seine Nachbarin schaut zu uns herauf. Eine sympathische Frau in den mittleren Jahren. „Na Gott sei Dank sind Sie wieder da. Der war ja nicht auszuhalten letzte Woche, der Kerl!"

Donnerstag, 19. Juni 2014

Wir besichtigen eine Windmühle. Schon bald wird mir klar: Mühlen machen Männer glücklich. Karsten ist ganz in seinem Element. Mit leuchtenden Augen erklärt er mir das Innere der Mühle. „Und dies hier sind die Werkzeuge. Und hiermit wird gemahlen, bla bla bla..." Ich heuchele Interesse. „Was wird denn gemahlen?" Karsten schaut mich an, als wäre ich irgendwo entlaufen. „Na Mehl!" Er schüttelt den Kopf. Es geht steil nach oben. Auf einer Holztreppe mit gefühlt etwa 1000 Stufen. Hinter uns noch ein weiteres Pärchen. Er: genauso Feuer und Flamme wild gestikulierend wie meiner. Sie: ihr Blick sagt alles. Wir nicken uns verständnisvoll zu und setzen unseren Aufstieg fort. Dieser lohnt sich in der Tat. Oben angekommen bietet sich uns ein herrliches Panorama. Man bekommt einen Überblick über das gesamte Städtchen. Zons. Zugegebenermaßen ein zuckersüßes kleines Dorf. Hier wohnen etwa zwanzig Leute, die vermutlich auch noch alle sowohl miteinander als auch mit dem Müller verwandt sind aber das ist eine andere Geschichte. Alles in allem dennoch ein gelungener Tag. Ich freue mich meinem Karsten, der mit zweitem Namen übrigens Fred heißt, von mir aber mitunter auch liebevoll Fredl-Fesl genannt, eine Freude gemacht zu haben. Zwar finde ich die Zonser Mühle ziemlich mau, das nehme ich jedoch mit ins Grab.

Freitag, 20. Juni 2014

Sandra liebt Sauna. Sie schleppt ihren Herzallerliebsten in Selbige. „Suche Dir eine aus!" Karsten überlegt nicht lange. „Ich nehme die Dunkle mit Doppel-D, die gerade dort aus der Damendusche kommt!" Ich klatsche Karsten schallend auf den Po, lache aber dabei. „Sauna, Du Vollpfosten!" „Ach so, schade", neckt er mich, „Waldsauna dann!" Gesagt. Getan. Wir lassen uns in der Blockhütte braten. Es dauert nicht allzu lange, da kommt auch schon Andi herein. Grummelnd legt er neue Holzscheite aufs Feuer. „Wohl nicht den besten Tag erwischt, Mann?", fordert Karsten ihn heraus. Andi wirft ihm einen vernichtenden Blick zu, lässt sich in seinem Tun jedoch nicht beirren. Nachdem er raus ist, fragt mich Karsten: „Was ist denn mit dem los?" Ich zucke mit den Schultern. „Keine Ahnung!" Wir ziehen das volle Programm durch. Bio-Sauna, Dampfbad, Gartensauna, Rosensauna, Aufguss-Sauna, dann sind wir durch. Während Karsten im Kraftraum noch Hanteln hebt, nimmt mich Andi zur Seite. „Also deswegen gibt es kein Eis!?" Ich schaue verlegen. „Sorry!" „Ist es denn die große Liebe?", fragt er. „Die ganz große", antworte ich. „Na dann ist jetzt wohl der Zeitpunkt gekommen, an dem ich mich dezent zurückziehe!" „Vielleicht nächstes Mal!" Er schaut mich verständnislos an. „Häh?" „Im nächsten Leben", lache ich.

Samstag und Sonntag, 21. und 22. Juni 2014

Wir verbringen ein traumhaftes Wochenende, nehmen uns viel Zeit füreinander. Wir spazieren über eine Blumenwiese, legen uns ins Gras, schauen den vorüberziehenden Wolken zu, nehmen uns bei den Händen, lächeln uns an, springen auf wie von Taranteln gestochen jedoch sind es bloß harmlose Waldameisen. Dennoch zerbeißen die Biester binnen Sekunden meine Beine. In einem halben Jahr könnt Ihr mich fressen, denke ich mir, aber jetzt noch nicht. Wir klopfen uns gegenseitig das restliche Gras vom Körper und schlendern weiter über die Felder. Nichts kann heute unsere Stimmung trüben, der Himmel hängt voller Geigen. Wieder zu Hause massiert Karsten mir noch meinen Kopf. Ich massiere seine Füße. Das muss einfach Liebe sein. Normalerweise ist das genau der Moment, in dem alles kippt, die Stimmung umschlägt und einer von uns Beiden aus einem nichtigen Grund Streit anfängt. Aber nicht heute. Das übliche Drama bleibt aus. Wir sind uns selbst genug. Selbst arschbeißende Ameisen können daran nichts ändern. Könnte es doch immer so sein. Wäre doch nur jeder Tag so schön und erfüllt wie heute. Müsste ich doch bloß noch nicht so bald sterben.

Montag, 23. Juni 2014

Blue Monday. Betriebsfest in der Kita. Ich genieße den Tag mit meinen beiden Rabauken. Als diese endlich ihre mittägliche Siesta abhalten, lasse auch ich mich erschöpft in mein Bett fallen. Ich beginne zu grübeln. Mir wird schmerzlich bewusst, dass ich zunehmend weniger bereit bin, Abschied zu nehmen. Ich treffe eine Entscheidung. Ich gehe einfach nicht mit. Ich rufe den Engel. Es dauert eine ganze Weile bis er erscheint. Mit verschränkten Armen und grimmigem Blick flattert er vor meinem Bett auf und ab. „Ja ich weiß, ich war ein wenig unhöflich beim letzten Mal, es tut mir Leid!" Azrael weicht meinem Blick aus. „Ein wenig unhöflich? Willst Du mich veräppeln? Du führtest Dich auf wie eine Furie!" Ich werde ungeduldig. „Ich sagte doch bereits, es tut mir Leid. Dafür ist jetzt keine Zeit. Sag dem da oben, ich komme nicht mit!" Azrael schaut mich an. „Wem da oben?" „Na, wer auch immer dafür zuständig ist!" Azrael lacht. „Nach wie vor verblüffend, Eure Vorstellungen. Zu niedlich!" „Ich bin für alles offen, obwohl mir persönlich eine Frau lieber wäre aber es tut nichts zur Sache, ich komme nicht mit!" „Du bist ja lustig, Mädchen. Als wenn das so einfach wäre!"

Dienstag, 24. Juni 2014

„Wer schreibt, der bleibt!" Anweisung von ganz oben. Die Anzahl der täglich geschriebenen Briefe entspricht nicht den Erwartungen – der Geschäftsführung. Als wenn man diese im Akkord schreiben könnte. Schreiben nach Fließband. Wie stellen die sich das bloß vor? Etwa frei nach Johann Wolfgang von Goethe „Arbeite nur – die Freude kommt von selbst." Oder so ähnlich? Ich denke über das gestrige Gespräch mit dem Engel nach. Er könne nichts weiter für mich tun, hat er mir gesagt, mein Abgang sei bereits beschlossene Sache. Beschlossen von wem? Darüber schweigt er sich selbstredend hartnäckig aus. Keinerlei Information darüber, wem man sein Abdanken eigentlich genau zu verdanken hat. Die halten alle zusammen da oben. „Warum ausgerechnet ich?", habe ich den Engel gefragt. Reiner Zufall sei das. Eine bestimmte Anzahl Menschen müsse jedes Jahr schon vor ihrer eigentlichen Zeit abtreten, sonst werde die Erde einfach zu voll. Dieses Mal hätte es eben mich getroffen. Ich solle das nicht persönlich nehmen. „Wie entscheidet Ihr das?", wollte ich wissen. Ein verlegenes Lächeln war die Antwort. „Wir ziehen Strohhalme." Noch immer fassungslos über diese Aussage, mache ich mich an die Arbeit. Vielleicht sollte ich auch Strohhalme ziehen, denke ich mir. Dieser Patient bekommt einen Brief, diese Patientin nicht, diese Patientin ja, dieser Patient nicht. Oder Blümchen die Blüten ausrufen.

Mittwoch, 25. Juni 2014

Schreckensnachricht am frühen Vormittag. Die Kita ruft an. Ich solle bitte auf dem schnellsten Wege meine beiden Kinder abholen. In Rotthausen habe sich ein Raubüberfall ereignet. Drei bewaffnete Täter seien entflohen und in der nahen Umgebung unterwegs. Noch bevor die Leiterin ausgesprochen hat, habe ich bereits aufgelegt. Eilig schnappe ich mir Jacke und Tasche und renne über den Flur und dabei fast Paula van Pohl über den Haufen. „Sorry Paula, ich muss sofort los!" Paula murmelt mir noch irgendetwas hinterher aber ich höre es nicht mehr. Ich rase über die Autobahn. In meinem Kopf wirbeln absurde „Was wäre wenn-Fragen" hin und her. Es erscheint mir wie eine halbe Ewigkeit bis ich mein Fahrtziel endlich erreiche. Ich klingele an der Kita. Mit bestürztem Blick öffnet mir Kellys Kindergärtnerin Klaudia die Tür. Mein Herz setzt für den Bruchteil einer Sekunde aus. „Wir haben sie sicherheitshalber verschlossen. Man weiß ja nie, was in den Köpfen solcher Menschen vorgeht!" Erleichterung. „Nein, das weiß man tatsächlich nicht", antworte ich. „Die Polizei hat alle Kindergärten und Schulen in der Stadt alarmiert. Man möge die Eltern bitten, ihre Kinder abzuholen." „Ich verstehe", nicke ich. „Was ist nur aus unserer Welt geworden?", fragt Klaudia mit glasigem Blick. Ich zucke mit den Schultern.

Donnerstag, 26. Juni 2014

Ich denke über den gestrigen Überfall des Juweliergeschäftes nach. Die drei entflohenen Täter hat man inzwischen stellen können. Sie hielten sich in einem nicht mehr bewohnten Haus verschanzt. In die Ecke gedrängt. Ich bin zugegebenermaßen ziemlich erleichtert, sie nicht mehr in der näheren Umgebung zu wissen. Dennoch drängen sich mir auch die Fragen auf: was treibt einen Menschen zu einer solchen Tat? Wie verzweifelt muss er sein? Was ist schief gelaufen in seinem Leben? Oder ist womöglich bislang noch nicht viel überhaupt richtig gelaufen? Welchen Verlauf nimmt sein Leben von Geburt an bis zu jenem unglückseligen Akt der Verzweiflung? Wird uns hier wieder einmal der Spiegel vorgehalten? Ich habe selber noch niemals finanzielle oder soziale Not oder Ausgrenzung oder Ähnliches erleiden müssen. Daher fällt es mir schwer, mich in einen solchen Menschen hinein zu versetzen. Aber ich bin mir sicher: man wird nicht einfach leichtfertig zum Täter. Alle Menschen werden unschuldig geboren. Wenn wir uns distanzieren, separieren und abschotten, dürfen wir uns über derartige Geschehnisse nicht wundern. Ich hoffe doch, im Himmel haben die Leute inzwischen gelernt, sich zu vertragen. Sonst kann der mir gestohlen bleiben!

Freitag, 27. Juni 2014

Es gibt zugegebenermaßen eine Sache, bei der ich dankbar bin, sie zum letzten Mal zu erleben. Dreimal dürfen Sie raten, was das ist. Einem Ereignis, dem Sie nicht entkommen können, ganz gleich, wo Sie sich auch verstecken. Alle vier Jahre wieder. Dem Finanzamt können Sie entkommen (wenn Sie sich ein bisschen cleverer anstellen als Uli Hoeneß), der GEZ, den Zeugen Jehovas aber nicht der Fußball-Weltmeisterschaft. Brauchen Sie gar nicht erst zu versuchen. Zwecklos. Ich weiß, wovon ich spreche. Ob Sie wollen oder nicht, überall werden Sie zugeballert mit Fußballtaschen, Fußballkulis, Fußballbildern, Fußballalben, Fußballseife, Fußballfußpilzcreme usw... Und versuchen Sie mal, NICHT die aktuellen Spielergebnisse zu erfahren. Viel Erfolg dabei. Vor ein paar Jahren passierte dann einmal sogar etwas wirklich Schreckliches – die WM fand bei uns statt. Ich hatte zu dieser Zeit das Pech, beruflich bedingt in unserer Hauptstadt zu wohnen. Vier Wochen lang Ausnahmezustand. Neben den üblichen Verrückten waren wir mit einem Mal zum Brennpunkt der Bekloppten geworden. Also Gott: Danke! Danke! Danke, dass ich dieses zum allerletzten Mal erleiden muss. Und wehe, im Himmel herrscht kein striktes Fußballverbot.

Samstag und Sonntag, 28. und 29. Juni 2014

Katrin bekommt ein Kind. Sie sei in der sechsten Woche schwanger, teilt mir meine Schwester mit. Es solle allerdings noch keiner wissen. Kein Problem, ich kann schweigen wie ein Grab. Und wieder macht sich Wehmut in mir breit. Kurzentschlossen rufe ich erneut nach dem Engel. Es dauert nicht allzu lange, da sitzt er auch schon neben mir auf meiner Couch. Er schaut mich fragend an. „Ich kann jetzt unter gar keinen Umständen mehr in einem halben Jahr mit Dir mitkommen", teile ich ihm mit. „Wieso das denn nicht?", will der Engel wissen. „Meine Schwester ist schwanger." Azrael zieht eine Grimasse. „Und?" „Ich werde Tante." „Das sagtest Du bereits. Komme mal auf den Punkt!" Ich werde ungehalten. „Sag' mal, verstehst Du eigentlich gar nichts? Katrin wird mich brauchen!" Azrael schüttelt den Kopf. „Sie hat ihren Mann, der laut unserer Planung auch noch eine ganze Weile bei ihr bleiben wird." „Wie laut Eurer Planung? Ich denke, Ihr zieht Strohhalme?" Azrael nickt. „Ja, aber nicht bei den Wichtigen!" „Ach, und ich bin also unwichtig?" Der Engel wird rot. „Fürs Weltgeschehen ehrlich gesagt ja. Du bist ungefähr so wichtig wie der Sack Reis, der in China vom Wagen fällt. Tut mir Leid, Dir das auf diesem Wege mitteilen zu müssen, aber die Welt wird sich auch ohne Dich weiter drehen, Kassandra!"

Montag, 30. Juni 2014

Geraldine ist erkrankt. Nierenbeckenentzündung. Ich sitze vor etwa zweihundert noch zu schreibenden Schwindelbriefen, bei deren Anblick mir selber schon ganz schwindelig wird. Und dieses nicht nur mir. Was die Aushilfskräfte betrifft, so stellt sich die Dörte doof und Frau Schlummert wird in diesem Leben wohl nicht mehr aus ihrem Schlaf erwachen. „Die Welt wird sich auch ohne Dich weiter drehen!" Was für ein unverschämter Engel. Und wer schreibt dann die Briefe hier? Ist ja nicht gerade so, als wenn die Leute sich um meinen Job reißen würden. Irgendwo in weiter Ferne höre ich den Engel lachen. „Ja, lache Du nur. Als wenn Du wüsstest, wie wichtig wir Schreibkräfte sind!" Stille. Klingelingeling. Ich schrecke hoch und nehme den Hörer ab. Au Backe, „der Beißer". „Hallo Frau Klomberg, Klark Kleefisch hier. Ich übernehme ja jetzt in wenigen Wochen die Leitung und wollte nur mal kurz nach horchen, wie alles läuft!?" „Bestens, alles im Griff!" Meine Stimme zittert aber er fällt darauf herein. „Wunderbar, ich freue mich, Frau Klomberg!" „Und ich erst, ich kann es kaum erwarten", lüge ich. Kaum aufgelegt, zitiere ich direkt die Dörte und Frau Schlummert zu mir. „So, wir hauen jetzt sofort in die Tasten. „Der Beißer" kommt und ich habe wirklich keine Lust, die Erste zu sein, der er ans Bein pinkelt!"

Dienstag, 1. Juli 2014

Der Vermieter kommt zur Vorabnahme der Wohnung, die ich inzwischen gekündigt habe. „Da haben Sie sich ja ein schönes kleines Reich hier geschaffen, Frau Klomberg. Warum wollen Sie dieses denn so vorzeitig wieder verlassen?", fragt mich Herr Klebowski. Ich seufze. „Von Wollen kann nicht die Rede sein!" Mein Vermieter schaut erstaunt. „Ja, warum tun Sie es denn dann?" Tränen steigen in mir hoch. „Ich habe da keinen großen Einfluss darauf. Ich habe denen ja gesagt, dass ich eigentlich noch gar nicht so früh gehen will!" „Wem haben Sie das denn gesagt?", fragt mich Herr Klebowski vorsichtig. Ich schaue ihn verständnislos an. „Na, denen da oben. Die ziehen nämlich einfach Strohhalme, wissen Sie. Und wenn die für Sie zufällig den kürzeren ziehen, dann müssen Sie gehen, ob Sie wollen oder nicht. Selbst, wenn Sie zwei kleine Kinder haben, sich erst im letzten Jahr frisch verliebt haben und ihre Schwester ein Baby bekommt. Das interessiert die nämlich gar nicht!" Ich fange an zu heulen. Hektisch reicht mir Herr Klebowski ein Taschentuch. „Ich sehe, das ist heute kein guter Zeitpunkt, Frau Klomberg. Ich komme ein anderes Mal wieder!" Noch bevor ich protestieren kann, ist Herr Klebowski bereits verschwunden.

Mittwoch, 2. Juli 2014

Mein letzter Arbeitstag vor meinem Sommerurlaub. „Frau Klomberg, könnten Sie bitte noch kurz dies, könnten Sie bitte noch kurz das, dies und das, von allem was? Könnten Sie wohl noch kurz Kopfstand machen und dann rückwärts auf Ihren Händen durchs Klinikum laufen und dabei jonglieren? Muss aber alles noch heute sein!" Sie haben es bereits bemerkt, ich liebe es zu dramatisieren. Aber der Tag nimmt echt kein Ende. Jeder will noch irgendetwas und ich bin doch gedanklich schon längst in meinen Ferien. Schließlich werden es meine letzten sein. Wenn meine Kolleginnen dieses wüssten, ob sie mich dann in Ruhe ließen? „Du Paula, lass‘ sie mal, sie kann keine Fragebögen mehr für Dich vorbereiten!" „Warum das denn nicht?" „Kassandra kratzt ab." „Ach so, ja dann!" Wohl weniger. Also haue ich rein, schreibe Briefe, verschicke diese, beantworte das Telefon, bereite die Fragebögen vor, gefühlt alles gleichzeitig. Aber Sie kennen sicherlich das Gefühl, mit einem schlechten Gewissen Ihren Arbeitsplatz zu verlassen und in den Urlaub zu fahren. Richtig. Kein schönes. Und dieses möchte ich dieses Mal in jedem Falle vermeiden. Dieser Urlaub wird vom ersten bis zum letzten Tag an genossen. Basta!

Donnerstag, 3. Juli 2014

Wäsche waschen. Einkaufen. Koffer packen. Aufräumen. Sauber machen. Koffer wieder umpacken. Beine enthaaren. Fußnägel lackieren. Koffer nochmals umpacken. Bereits gegen Mittag liege ich erschöpft auf der Couch. Urlaub sollte doch eigentlich dazu dienen, dass man sich erholt. Warum bloß muss er immer mit so viel selbst gemachtem Stress verbunden sein? Noch während ich darüber nachdenke, schlafe ich ein. Ich stehe an einem See. Die Sonnenstrahlen glitzern auf dem Wasser. Ich schaue mich um. Aber rings um den See herum ist nichts. Ein merkwürdiger und zugleich doch schöner friedlicher Ort, denke ich mir. Ich bin noch niemals hier gewesen. Aus weiter Ferne kommt eine Fähre auf mich zu. Der Fährmann winkt. Es ist … Azrael. Schade, der Traum hatte so schön angefangen. „Wo sind wir?", frage ich den Engel. „Ich dachte, Du seist so ein großer Fantasy-Fan? Scheint ja nicht sehr viel hängen geblieben zu sein. Wir sind zwischen den Welten." „Träume ich das?" „Ja." „Wird das passieren?" „Nein." Ich runzle die Stirn. „Warum um alles in der Welt träume ich das dann?" Er lacht. „Mensch Mädchen, Träume sind Schäume. Ich habe keine Ahnung, warum Ihr Menschen träumt, was Ihr so träumt. Engel träumen nämlich nicht." „Schade", seufze ich, „es gefällt mir nämlich gar nicht mal so schlecht hier!"

Freitag, 4. Juli 2014

Sandra liebt Sauerland. Zwei Wochen Ferien. Endlich. Nach einer knappen Stunde über die Autobahn sind wir da. Im Ferienhaus meiner Familie inmitten von Bäumen mit direktem Blick auf den Listersee. Wir kennen diese Gegend wie unsere Westentasche denn wir kommen bereits seit über dreißig Jahren hierher. Dieses Jahr wird es zum ersten und letzten Mal mit Karsten sein. Wenigstens einmal kann ich ihm dieses traumhafte Fleckchen zeigen, den Ort, an dem ich die meisten meiner Kindheitsurlaube verbracht habe. Urlaube voller Unbeschwertheit. Urlaube ohne Untote, Engel oder Stimmen im Kopf. Ich lasse meinen Blick über den See gleiten. Mir wird klamm ums Herz. Tiefe Traurigkeit erfüllt mich bei dem Gedanken, dass es tatsächlich das letzte Mal sein soll. „Was ist denn?" Karsten schaut mich fragend an. „Was soll denn sein?" „Du siehst so traurig aus. Hier ist es doch wunderschön!" Er nimmt mich in den Arm. „Ja, das ist es", seufze ich. Er hebt mein Kinn an, schaut mir direkt ins Gesicht. Ich möchte mich abwenden aber er hält mich fest. „Warum hast Du denn Tränen in den Augen?" „Bloß weil ich so überwältigt von dem Anblick bin", lüge ich. „Den hast Du doch schon etliche Male gesehen", sagt er erstaunt. „Aber noch niemals erschien er mir so schön wie heute", schluchze ich.

Samstag und Sonntag, 5. und 6. Juli 2014

Männer lieben Mühlen, Teil 2. Dabei spielt es überhaupt gar keine Rolle, um was für eine Mühle es sich da handelt. Ob Windmühle, Kaffeemühle oder Knochenmühle, ganz egal. Hauptsache, die Mühle mahlt. Letztere ist meinem Herzallerliebsten sogar einen knapp zweistündigen Aufstieg in der prallen Sonne wert. Mit meiner meckernden Wenigkeit im Anhang. „Ahhh, ist das herrlich, sieh doch bloß diese Aussicht!" Karsten schaut mich an. „Herrlich", schnaufe ich. Schweißperlen rinnen über meine Stirn. „Wie weit ist es denn noch bis zu dieser Gott verdammten Mühle?", will ich wissen. „Nicht mehr weit", versichert mir Karsten. Der lügt doch. Plötzlich bleibt er stehen. „Pssst, hörst Du?" Ich horche, kann aber nichts hören außer den Bremsen, die um meine Beine schwirren. „Was denn?" Karsten lacht. „Na, das Rauschen von dem Wasser bei der Mühle. Man kann es schon ganz leise hören!" Ich atme erleichtert auf. „Gott sei Dank, wir sind bald da!" Und dann sehe ich sie auch. Die Kötzheller Knochenmühle, inzwischen unter Denkmalschutz. Karsten freut sich wie ein Schneekönig. Wir lassen uns auf die Holzbank vor der alten Mühle plumpsen. „Hier ist es so schön, mein Herz", sagt er, „jeder sollte hier wenigstens einmal in seinem Leben gewesen sein!"

Montag, 7. Juli 2014

Wir laufen um den Listersee. Etwa eine Stunde brauchen wir bis zur Talsperre. Dann machen wir wieder kehrt. Wolken brauen sich über dem See zusammen. „Die werden uns heute noch nicht erreichen", versichert mir mein Herzallerliebster. „Mmh." Ich schaue verträumt auf den See. Die Sonnenstrahlen glitzern auf dem Wasser. Fast wie in meinem Traum. Fehlt nur noch... „Ach, Du Scheiße!" Ich starre aufs Wasser. Karsten schaut mich an. „Was ist denn? Du bist ja kreidebleich. Hast Du ein Gespenst gesehen?" Ich stütze mich an einen Baum. „So ähnlich!" Der Engel winkt mir lachend zu. Von einem Surfbrett aus. „Hu hu, Kassandra!" Der hat sie echt nicht mehr alle. Verfolgst Du mich jetzt schon bis in meinen Urlaub?", rufe ich. „Sieh zu, dass Du Land gewinnst!" Karsten schüttelt mich. „Schatz, ich glaube, Du hast einen Sonnenstich. Da auf dem Wasser ist doch gar nichts!" Plötzlich plumpst der Engel ins Wasser. Man sieht nur noch seine großen weißen Flügel oben treiben. Mir stockt der Atem. „Azrael, hast Du Dir wehgetan?" Karsten schreit mich an. „Mit wem sprichst Du, zum Teufel?" Ich atme auf. „Gott sei Dank, er ist wieder aufgestanden, er hat das Segel wieder!" „Jetzt reicht es mir!" Wutschnaubend stapft Karsten alleine zum Ferienhaus zurück. „Vielen Dank auch!", rufe ich dem Engel zu.

Dienstag, 8. Juli 2014

Es schüttet wie aus Eimern. Wer das Sauerland kennt weiß, das hört so schnell nicht wieder auf. Die sauerländische Niederschlagsrate kann mit der schottischen durchaus konkurrieren. Bei so einem trüben Wetter kann ich getrost das Bad bereinigen, beschließe ich. Beim Blick auf den Badreiniger kommt mir die rettende Idee. „ATTA", heißt es darauf in Großbuchstaben. Und da schleppe ich meinen Herzallerliebsten dann letztendlich auch hin. Nein, nicht ins Bad. Sauber machen kann er ja auch später noch. In die Attendorner Atta-Höhle. Benannt nach der berühmten Fürstin Atta, ist sie wohl die bekannteste Höhle in unseren Landen. Zumindest regnet es dort nicht rein. Einen Zentimeter wächst ein Höhlen-Stalagnit in hundert Jahren, bis zu zehntausend Jahren träufeln die ältesten bereits auf das Tropfsteinpflaster der Höhle. Anfassen verboten. Verständlich. Nun sind Männer da bekanntlich wie kleine Kinder. Die wollen ja auch immer alles an grapschen. So natürlich auch mein Karstileinchen, den ich jedoch gerade noch rechtzeitig, mit einem gezielten Klaps auf die kleinen Patscher davon abhalten kann. „Menno, was denn?", mault der mich an. „Ich wollte doch bloß mal eben..." Ich knuffe ihn in die Seite. „Du kennst das doch: Kinder, die was wollen..."

Mittwoch, 9. Juli 2014

Bei Sauwetter ist die Sauerländer Sauna einfach ein Muss. Diese kann mit meiner heimischen Lieblingssauna zwar nicht ganz mithalten aber in der Not frisst der Teufel auch Fliegen. Jedoch hat auch diese Sauna durchaus ein schönes Ambiente. Rosensauna, Bio-Sauna mit Sternenhimmel, Kräutersauna, Aromasauna, Gartensauna, Dampfbad, Aufguss-Sauna, Waldsauna, Panorama-Sauna mit Blick auf den Biggesee, wir klappern sie alle ab. Und sind danach – völlig im Eimer. Karstilein bekommt fast einen Kreislaufkollaps und auch ich bekomme so eine dunkle Ahnung davon, wie unsere Schwindelpatienten sich wohl fühlen müssen. Selbst für eine erfahrene Saunagängerin wie mich war das heute etwas zu viel. Aber man lernt ja bekanntlich nie aus. Sprachs und erbrachs. Mein Mittagessen. Dabei hatte es mein Karstileinchen so schön gekocht. Wenn man genau hinschaut, kann man noch die Kartoffeln und den Blumenkohl..., aber lassen wir das. Kreidebleich kutschiere ich Karstilein und mich nach Hause oder zurück ins Ferienhaus. Dann falle ich völlig erledigt ins Bett und sogleich in einen tiefen traumlosen schnarchenden Schlaf. Mein Karstileinchen deckt mich noch schön zu und hat jetzt erst einmal vor der Kassandra Ruh.

Donnerstag, 10. Juli 2014

Wir besuchen einen Wallfahrtsort, die Waldenburger Kapelle. Die Sonne scheint, jedoch sind die Temperaturen eher milde, der halbstündige Anstieg lohnt sich. Zwar habe ich der Institution Kirche schon vor fast zwanzig Jahren den Rücken gekehrt, auch war ich auch davor niemals katholisch, jedoch dieser Ort erfüllt mich mit Ehrfurcht. Angebliche Wunderheilungen werden der Waldenburger Wasserquelle nachgesagt, die an die alte Kapelle angrenzt. Ich frage mich, ob es wohl ein Zufall ist, dass das Patronatsfest der Kapelle, auch das „Fest der Sieben Schmerzen Mariens" genannt, ausgerechnet an meinem Geburtstag stattfindet. Ich glaube eigentlich inzwischen nicht mehr an Zufälle. Ich zünde eine Kerze an und knie nieder vor der in der Kapelle aufgestellten etwa dreißig Zentimeter hohen Marienfigur mit ihrem toten Sohn Jesu auf dem Schoß. Ich bete, als ginge es um mein Leben. Oh, ich vergaß, das tut es ja. Karsten tippt mich an die Schulter. „Schatz, seit wann bist Du denn gläubig?" „Spätestens seit heute", antworte ich. Skeptisch schaut er mich von der Seite an. Ich kann seinen fragenden Blick spüren doch ich lasse mich nicht beirren und bete weiter. Ich bitte die heilige Maria inbrünstig, beim lieben Gott ein gutes Wort für mich einzulegen, oder bei Mohammed oder Allah, mir ganz egal bei wem.

Freitag, 11. Juli 2014

Der obligatorische Urlaubsstreit. Der gehört einfach mit dazu, sonst wäre es ja auch langweilig. Aber fangen wir besser von vorne an. Wir begehen den Biggesee. Uns entgegen kommt eine Barbarella mit „Very big Breasts". Barbarella blickt, Karstilein erschrickt und Kassandra tickt – und zwar AUS. Wütend stapfe ich vor, den Waldschraten keines Blickes mehr würdigend. Der stolpert hilflos hinterher. Barbarella ist inzwischen wieder in den Weiten des Biggesees verschwunden, „Big Bollermänner" voraus. Hoffentlich ziehen die sie nicht herunter, „very dangerous!" Hechelnd taucht mein Karstileinchen neben mir auf. „Schatz, jetzt warte doch mal!" „Pah!" Ich beschleunige meinen Schritt. „Boah, ich schmeiße Dich gleich in den See, Du dumme Sumpfkuh!" Ich stemme die Hände in die Hüften. „Versuchs mal, komm doch, Du kleiner Schisser, traust Dich nicht, was!?" Karstilein wird rot. „Kassandra, jetzt ist gut. Ich habe die Dralle noch nicht einmal bemerkt!" Ich rümpfe die Nase. „Aber bemerkt, dass sie drall ist hast Du dann doch!" „Jetzt reicht es mir!" Karstilein verpasst mir einen Schubs. Ich fuchtele, ich strauchele, doch zu spät, ich lande im See. Kreidebleich wird das Karstileinchen da. Dann fängt es an zu lachen. „Schatz, sorry aber, das sah jetzt derart bescheuert aus!"

Samstag und Sonntag, 12. und 13. Juli 2014

Bergfest. Wir baden im Biggesee. Die Sonne versteckt sich immer mal wieder hinter ein paar kleinen Wölkchen aber das Wasser ist lauwarm. Wir tauchen uns gegenseitig unter bis uns Beiden die Puste ausgeht und lachen uns über uns selber schlapp. Ein traumhafter Tag. „Was stand noch gleich auf dem Schild am Uferrand?", rufe ich meinem Herzallerliebsten zu, während ich weiter auf den See hinaus schwimme. Dieser hört wie immer nicht. Er hält die Hand fragend ans Ohr. „Was stand auf dem Schild?", schreie ich genervt. Er lacht. „Ach so, Vorsicht vor den Algen!" „WAS?" „Vorsicht vor den... ." Zu spät. Ich verstricke mich in den Viechern. Mit voller Wucht ziehen sie mich unter Wasser. Ich bekomme Panik. Schlucke Wasser. Versuche verzweifelt, meinen Fuß zu befreien, doch der steckt fest. „Oh bitte bitte bitte, jetzt noch nicht, jetzt noch nicht", denke ich. „KARSTEN!" Der ist innerhalb von Sekunden bei mir. Ohne zu zögern taucht er unter und befreit meinen Fuß aus den Algen. Ich schieße wie ein Hecht in die Luft und ringe nach Atem, dabei jegliche Wasser- und Algenreste ausspuckend. „Du hast mir vielleicht einen Schrecken eingejagt", schreit Karsten mich an. „Du bist mein Held", säusele ich. „Von wegen Held", schimpft er wütend, „mache das ja nie wieder!"

Montag, 14. Juli 2014

Wir schrecken hoch aus dem Schlaf. Ein Feuerwerk. „Was in aller Welt ist das jetzt?", nuschelt mein Herzallerliebster verschlafen. „Entweder ist schon wieder irgendwo Schützenfest oder aber wir haben tatsächlich die Fußball-WM gewonnen. Ersteres halte ich für wahrscheinlicher. Schlaf weiter, Schatz!" Doch der schnarcht bereits wieder friedlich vor sich hin. Ich bin beunruhigt. Im ersten Moment dachte ich an letztes Silvester oder noch schlimmer – an kommendes Silvester. Leise stehe ich auf, schnappe mir meinen Morgenrock und gehe in den Garten. Immer noch wird geknallt – haben wir wohl doch die WM gewonnen. Ich schaue mich vorsichtig um, dann rufe ich nach dem Engel. „Azrael, Azrael", flüstere ich in die Dunkelheit. Doch der steht bereits neben mir. Er lächelt. „Was denn?" „Mir ist noch ein Grund eingefallen, warum ich noch nicht mit Dir mitkommen kann!" Er schaut mich fragend an. „Und der wäre?" Ich räuspere mich. „Ich habe noch nicht gelernt, mich selber zu lieben", sage ich bestimmt. Der Engel lacht herzhaft. „Na und?" „Ja, sollte man das denn nicht gelernt haben?", frage ich verwundert. „Ach Mädel, auf welchem Planeten lebst Du denn?", fragt der Engel. „Weißt Du, wie viele Leute hier fast einhundert Jahre alt werden und das immer noch nicht gelernt haben?" Ich schüttele traurig den Kopf. „Das kannst Du nicht lernen", sagt er, „Du musst es einfach TUN!"

Dienstag, 15. Juli 2014

Wir besichtigen Burgen. Die Waldenburg, die Bilburg, die Peperburg und zu guter Letzt Burg Schnellenberg, inzwischen größtenteils als Hotel genutzt. Jedoch leben die Besitzer der Burg noch immer in einem kleinen abgetrennten Teil. Diese besitzen unter anderem auch einen Ententeich, der die Burg umkreist, einige Pferde, die auf den Koppeln um die Burg herum stehen – und einen alten Esel. Dieser büxt des Öfteren mal aus, so auch heute wieder. Zielstrebig kommt er auf mich zu und schnuppert an mir. „Du musst es einfach TUN", hat der Engel mir gesagt. Also gut. Ich treffe eine Entscheidung. Ich werde von heute an jeden Tag etwas Neues ausprobieren. Anfangen werde ich damit, den Esel zu umarmen. Ich knie nieder, packe den Bauch des Maultiers mit beiden Armen und schmiege mich an. „Schatz, was machst Du denn da?", ruft mir mein Herzallerliebster entsetzt zu. „Komm da bitte weg", ruft er mit etwas gedämpfter Stimme, „die Leute gucken schon!" Das tun sie tatsächlich doch es ist mir ganz gleich. Der Esel und ich sind eine Einheit in den Weiten dieser Welt. Zwar weiß ich nicht, ob ich mich liebe, doch liebe ich ihn und er liebt mich, hat er mir gerade ins Ohr gewiehert.

Mittwoch, 16. Juli 2014

Wir machen eine Schifffahrt. An Bord der MS „Bigge" befahren wir sowohl den Bigge- als auch den Listersee. Kein Wölkchen weit und breit, ein strahlend blauer Himmel. Dazu lässt uns die Sonne ihr freundlichstes Lachen zukommen. Ich denke nach. Was könnte ich denn heute Neues ausprobieren? Auf dem Schiff sind meine Möglichkeiten ja begrenzt. „An was denkst Du, Schatz?" Mein Herzallerliebster wirft mir einen skeptischen Blick zu. „Ooch, an nichts Besonderes", lüge ich. „Ich kenne diesen Blick", bemerkt er, „Du heckst doch schon wieder irgendetwas aus!" „Ich? Iwo!", lache ich. Der Kapitän begrüßt die Passagiere an Bord und brabbelt direkt drauflos. Langweiliges Zeugs. „Und hier ist der Biggesee … bla bla bla … und hier der Listersee … bla bla bla … und da ist ganz viel Wasser drin … bla bla bla … ." Weiß ich doch alles schon. Da kommt mir DIE Idee. „Einfach TUN", hat der Engel gesagt. Ich stürme nach vorne, öffne die Kabinentür und entreiße dem Kapitän sein Mikrofon. „Eine Seefahrt, die ist lustig, eine Seefahrt, die ist schööön ...", trällere ich. „Sind Sie übergeschnappt?", fährt der mich an. „Aber ich bin Sängerin", verteidige ich mich, „ich habe dieses Jahr schon zwei Songs aufgenommen!" „Und wenn Sie die Königin von Saba oder Kleopatra vom Nil wären, Sie setzen sich jetzt wieder hin. SOFORT!" Azrael hat echt gut reden. Einfach tun. Von wegen.

Donnerstag, 17. Juli 2014

Wir spazieren in den Wäldern. Die Sonne brennt und brät. Die Bäume bieten Schatten. Wir wandern eine Weile. „Ich habe Durst, Hunger, ich bin müde, ich muss mal!" „Alles zugleich?", lacht mein Herzallerliebster. „Alles zugleich", nicke ich. „Halte noch eine Weile durch, wir gehen gleich in ein Gasthaus!" „Okay", seufze ich, träge weiter trabend. Auf einmal sehe ich sie. Die graue Greisin. Nur wenige Schritte voraus. „Warten Sie", schreie ich. Karsten dreht sich um. „Häh? Meinst Du mich?" Ich mache mir nicht die Mühe zu antworten. „So warten Sie doch", rufe ich rennend. „Ich dachte, Du seist müde", ruft Karsten. Ich laufe ohne anzuhalten doch die Greisin hole ich nicht ein. An der Weggabelung biegt sie ab und ist wie beide Male zuvor verschwunden. „Wie kann eine alte Frau bloß so schnell sein?", frage ich mich. Karsten hat mich inzwischen eingeholt. „Welche alte Frau denn?", hechelt er. „Na die mit den langen grauen Haaren, der ich die ganze Zeit hinterher gerannt bin. Die ist mir bereits einmal im Solebad und einmal auf dem Weg zur Arbeit entwischt!" „Schatz, da war definitiv keine alte Frau. Du bist übermüdet und durstig, vermutlich eine Fata Morgana!"

Freitag, 18. Juli 2014

Der heißeste Tag des Jahres. Wir schwimmen im See. Alle Algen werden großflächig gemieden. Wir lassen uns auf der Wasseroberfläche treiben. Schwerelosigkeit ist etwas Schönes. Man fühlt sich federleicht. Alle Schwierigkeiten schwinden dahin. Da ist nur man selbst, die Sonne, der See und – zwei Schwäne. Die Schwäne schwimmen auf mich zu. Ich schwimme auf die Schwäne zu. „Einfach TUN, einfach TUN. Nicht nachdenken, einfach TUN!" „Schatz, was hast Du vor?", ruft mein Anhängsel ängstlich. Ich schwimme weiter zu den Schwänen. „Kassandra, Du kommst sofort zurück, hörst Du? Ein Schwan ist KEIN Esel!" „Herzilein, ich höre nichts", lache ich. Der Schwan steuert direkt auf mich zu und ich ergreife meine Chance und versuche diesen zu umarmen. Der ist allerdings weit weniger erfreut als der Esel. Meckernd breitet er die Flügel aus und bespritzt mich mit Wasser. So leicht weiche ich nicht, ich versuche es erneut. Doch ich komme nicht dazu. Energisch zieht Karsten mich weg. Der Schwan bespritzt uns unablässig mit Wasser und als wenn das noch nicht nervig genug wäre, beißt der andere Schwan meinen Herzallerliebsten herzhaft in seinen Allerwertesten. „AUA", schreit dieser, „ich sagte doch, ein Schwan ist kein ESEL!"

Samstag und Sonntag, 19. und 20. Juli 2014

Jeder Urlaub muss einmal zu Ende gehen, so auch dieser, selbst wenn es der letzte ist. Es ist noch heißer geworden als die Tage zuvor. Die Innentemperatur meines Autos gibt mir einen Vorgeschmack von der Hölle – nur für den Fall, dass ich doch nicht in den Himmel kommen sollte. Wir legen uns noch ein letztes Mal an den Listersee, baden noch ein letztes Mal im Biggesee, genießen noch ein letztes Mal 30 Grad im Schatten. Auf einmal wird mir bewusst: es ist nicht nur der letzte Urlaub, nein auch der letzte Sommer meines Lebens. Irgendwer hat ein tragbares Radio mit dabei, aus dem es „Es war Sommer, das erste Mal im Leben" von Peter Maffay rattert. „Isn't it ironic?" Ich habe es noch niemals verstanden, dass Peters erster Sommer erst bei seiner Entjungferung eintrat. Also meinen ersten Sommer erlebte ich nicht erst mit Zwanzig, ähm, ich meine mit …, ach unwichtig … Jedenfalls erinnere ich mich an Sommer in Sandkästen, Sommer in Strandkörben, Sommer in Sternennächten, Sommer in Seen und Sommer in Solarien. „Einen Pfennig für Deine Gedanken" reißt mich Karsten in die Realität zurück. „Pfennige gibt es doch gar nicht mehr", erwidere ich schmunzelnd. „Und mich ja bald ebenfalls", murmele ich leise. „Was redest Du, Schatz? Du weißt doch, nur die Guten gehen früh also bleibst DU ewig!"

Montag, 21. Juli 2014

Wieder zu Hause. Fruktose-Intoleranz-Test mit meiner Dreijährigen. Bei den Krankenschwestern ist es das Gleiche wie bei den Bullen. Dasselbe Prinzip. Guter Bulle – böser Bulle. Schwester Stefanie – Oberschwester Hildegard. Schwester Stefanie lächelt verständnisvoll während Oberschwester Hildegard meiner Tochter die Ekellösung einflößt. Diese verzieht keine Miene und trinkt die Fruchtbombe tapfer aus. Der Blutzuckerwert schnellt in die Höhe, baut sich nur sehr sparsam wieder ab. „Na, da wird die kleine Kelly wohl künftig auf freche Früchtchen verzichten müssen", bemerkt die Oberschwester brummelnd. Die kleine Kelly wird kreidebleich. „Keine Kirschen und Melonen mehr, Mama?" „Pfirsiche und Pflaumen sind wohl eher das Problem", schlussfolgert die Schwester Stefanie. Kelly kreischt durchs komplette Krankenhaus. „Ich will aber Obst essen, Mamaaa!" „Was ist denn das für ein auf brausender kleiner Besen?", bellt die Oberschwester. „Bin kein Besen", keift Kelly zurück und beißt dieser in den ausgestreckten Arm. Schwester Stefanie kann sich ein Kichern nicht verkneifen. Dennoch fliegen wir mit Pauken und Trompeten raus. Ein kleiner Kannibale sei die Kelly, kreischt die Oberschwester uns noch hinterher. „Mama, was ist ein Hannibale?", will Kelly wissen. „Auf jeden Fall jemand, der nicht gerne Obst isst!"

Dienstag, 22. Juli 2014

Es ist heiß. Bereits nach dem Waschen und Aufhängen der Reisewäsche stehen mir die Schweißperlen auf der Stirn. Kelly und Kris baden quietschvergnügt in ihrem Becken auf dem Balkon, sich dabei gegenseitig mit Wasser bespritzend. Ich lege einen langen Lesetag ein. Wann bleibt dafür schon einmal die Zeit. Ich fange mit den „Feuern von Troja" von Marion Zimmer Bradley an. Eine individuelle Interpretation der Ereignisse wie bereits bei den „Nebeln von Avalon", dennoch meiner Meinung nach sehr gelungen. Mag wohl auch daran liegen, dass ich mich in meiner Namensvetterin „Kassandra", der Hauptprotagonistin des Buches, zurzeit wahrhaft wiederzufinden vermag. Verflucht vom rachsüchtigen Gott Apollon, glaubt Kassandras Prophezeiungen niemand mehr. Bloß, welcher Gott hat mich eigentlich verflucht? Eine Vision taucht vor mir auf, wie ich in einem griechischen Gewand wild gestikulierend auf die Gelsenkirchener einrede. „So glaubt mir doch, ich muss sterben sobald der Dezembermond zum letzten Mal der Januarsonne weicht!" Die Leute bleiben kurz stehen und überlegen für den Bruchteil einer Sekunde ob sie 112 wählen sollen bis ihnen einfällt, dass das „Dschungelcamp" ja gleich in der Glotze läuft.

Mittwoch, 23. Juli 2014

Laktose-Intoleranz-Test mit meinem Kind. Oberschwester Hildegard sieht uns schon aus der Ferne und sucht direkt das Weite. „Ess aba Obst so viel ich will, bäääh!", ruft Kelly ihr noch hinterher doch um des lieben Friedens willen schaltet die weise Frau auf Durchzug. Meine Tochter wird heute nicht allein getestet. Karla, ein weiterer dreijähriger Dreikäsehoch muss ebenfalls beweisen, dass es die Milch auch wirklich macht. „Karla mag sowieso keine Milch", erklärt mir ihre Mutter, „Karla mag am liebsten Kuchen und Kekse!" Ich ringe mir ein Lächeln ab. Karla, die im Gegensatz zu Kelly schon jetzt ein kleiner Klops ist, nickt zustimmend. „Mama, hab Hunger", quengelt Karla. „Jetzt noch nicht Schatz, wir gehen gleich zu Mac Donalds", verspricht diese. „Mama, gehen wir da auch hin?", will Kelly wissen. „Nein." „Wieso nicht?" Mein Blick fällt auf ein Werbeplakat für den kommenden Zirkus. „Wegen des Clowns", lüge ich. „Häh, wieso das denn?" „Mama hat doch Angst vor Clowns", druckse ich herum. Leider fällt mein Kind nicht darauf herein. „Hast Du gar nicht, Mama. Keiner hat Angst vor Clowns!" „Doch doch", nicke ich, „warte nur ab bis Du groß genug bist um Stephen King zu lesen, dann hast Du das auch!"

Donnerstag, 24. Juli 2014

Katrin und Kischan kommen. Kischan, Kris und Kelly toben wie gewohnt durch die Wohnung, dabei auch diesmal alles auseinander nehmend, was nicht niet- und nagelfest ist. Meine Schwester ist nun in der zehnten Woche schwanger. „Kannst Du Dir vorstellen, dass hier im nächsten Jahr vier kleine Wirbelwinde wibbeln werden?", fragt sie mich lachend. „Also, hier schon einmal gar nicht", antworte ich zögerlich, „wir wohnen ja nicht mehr lange hier!" Ich überlege kurz. „Und außerdem habe ich Dir ja erzählt, dass ich dann sowieso nicht mehr da sein werde. Ich habe den Engel gefragt ob ich bleiben darf wegen Deines Balges aber es ist zu spät, die Strohhalme wurden schon gezogen!" Katrin schaut mich an als wäre ich gerade grunzend in ihre Hochzeitstorte gehopst. „Ach ja, Deine verrückte Geschichte. Schwesterchen, jetzt geht es wirklich mal um mich. Man kann nicht immer im Mittelpunkt stehen. Du hast schon als Kind immer solchen kuriosen Kappes erfunden. Du solltest wirklich mal langsam erwachsen werden, Du hast immerhin jetzt selber schon zwei kleine Kinder. Was bist Du denen denn für ein Vorbild. Höre endlich auf mit Deinen Horrormärchen!" Ich wusste es. Wäre ja auch zu schön gewesen wenn mir irgendjemand mal glaubt. „Ganz wie Du meinst, Schwesterherz", antworte ich Augen verdrehend.

Freitag, 25. Juli 2014

Unser Stadtgarten nach dem starken Sturm. Ein Bild des Grauens. Auch Wochen nach dem Orkan des Jahrhunderts sind die umgekippten Bäume noch nicht wieder aus dem Weg geräumt. Der einst penibel und pingelig gepflegte Park gleicht nun einem Urwald. Auch die Wiese wuchert nun wild. Dennoch haben sich die Leute inzwischen trotz der weiträumigen Absperrungen wieder einen Weg durch die Wildnis gebahnt. Wir kämpfen uns zum Spielplatz durch. Wir, das sind meine beiden Kiddies und ich. Ansonsten sind Stadtgarten wie auch Spielplatz völlig verlassen. Ich kann meinen Augen kaum trauen. Wie kann innerhalb weniger Wochen derart alles verwildern? So muss es nach dem Zweiten Weltkrieg hier ausgesehen haben, stelle ich mir vor. „Haben Sie eine Ahnung!" Ein junger Soldat in ziemlich heruntergekommener und schmutziger Uniform nimmt auf der Bank neben mir Platz. „Na, das wissen wir ja nur aus Büchern oder von unseren Vorfahren", erwidere ich nachdenklich. Er lächelt müde. Dann zündet er sich eine Zigarette an. Mir wird unwohl bei dem Gedanken, mit ihm und meinen Kindern hier allein im Nirgendwo zu sein. Diese spielen seelenruhig im Sandkasten. „Kelly, Kris, wir gehen!", rufe ich. „Warum?", will Kelly wissen. „Wegen dem … ." Ich drehe mich um, doch die Bank ist leer.

Samstag und Sonntag, 26. und 27. Juli 2014

Die Hitzewelle hält an. Das Thermometer erreicht täglich Temperaturen bis zu dreißig Grad im Schatten. Das gespenstische gestrige Gespräch lässt mir keine Ruhe. Ich gehe noch einmal in den Stadtgarten. Karsten passt derweil auf die Kiddies auf. Behutsam bahne ich mir meinen Weg durch das Dickicht des Dschungels. Keine Menschenseele weit und breit. Ich suche den Soldaten aber eigentlich weiß ich bereits, dass ich ihm nicht wieder begegnen werde. Ein paar Mal stolpere ich fast über die überall herumliegenden Äste und Baumstämme, kann mich jedoch jedes Mal gerade noch halten. Plötzlich tippt mir jemand von hinten auf die Schulter. Ich kreische los wie in „Blair Witch Project", fest überzeugt, in die verzerrte Fratze des verlotterten Vaterlandsdieners zu blicken, doch es ist … wie üblich bloß der Engel. „Hast DU mich erschreckt!" „Sorry!", grinst dieser verlegen. „Azrael, warum verfolgen mich Gespenster?", frage ich ihn. „Tun Sie das?", fragt der Engel schmunzelnd. „Ich denke schon", nicke ich. „Keine Ahnung, vielleicht spüren sie, dass Du auch bald abdankst!" „Aber warum gehen sie denn nicht? In den Himmel oder in die Hölle oder so?" „Das sind doch bloß Eure Fantasien", lacht der Engel, wir hätten weder oben noch unten Bock auf die ganzen Hirnis!"

Montag, 28. Juli 2014

Mein erster Arbeitstag nach meinem letzten Urlaub. Geraldine ist noch nicht wieder da und ich bin mit meinen Gedanken woanders. Der Engel erzürnt mich. Arroganter Azrael. Arrogantes Arschloch. Man will uns weder im Himmel noch in der Hölle. Das hätte er mir auch mal vorher sagen können. Beispielsweise bevor ich meiner Mutter mitteilte, sie solle ihrer im Sterben liegenden Freundin sagen, sie habe nichts zu befürchten. Von wegen. Nichts Genaues weiß man nicht. Und der Engel erzählt auch nichts. Nur tolle Tipps und freche Ratschläge hat er auf Lager. Im Hier und Jetzt solle ich leben. Wahrscheinlich hat er auch zu oft Eckhart Tolle gehört. Erinnert hat er mich an meine Entscheidung, jeden Tag etwas Neues auszuprobieren. Die Erlebnisse mit dem Esel, den Schwänen und dem Kapitän reichen mir eigentlich. Aber fein, wenn er es so will, mache ich mal wieder etwas Willkürliches. Mir fällt bloß nichts ein. Ich öffne am besten erst einmal meine Bürotür. Vorsichtig spähe ich über den Flur. Leer. Ich öffne die Pforte zur Hölle, ich meine die Tür zur Anmeldung und erblicke Paula van Pohl. „Paula, eigentlich konnte ich Dich immer schon ganz gut leiden. Ich habe Dich fast lieb!" Paula strahlt. „Klasse Kassandra, kannst Du heute Telefondienst für mich machen?"

Dienstag, 29. Juli 2014

Unwetter über Unwetter in NRW. Kein Ende in Sicht. Weiterhin werden täglich Niederschlagswerte erreicht, die früher in den gesamten Monaten der Jahresmitte nicht erreicht wurden. Etliche Keller stehen nach wie vor oder erneut unter Wasser, sämtliche Straßen sind noch oder abermals überflutet. Fahrzeuge werden von den Wassermassen auf Fußwege geschleudert, Ahnungslose ertrinken in ihren Autos. Ich müsste lügen, wenn ich sagen würde, dass diese Bilder mich kalt lassen. Ich überlege kurz, den Engel zu rufen und ihn zu fragen, was eigentlich mit unserer Welt los sei doch ich verwerfe den Gedanken wieder. Azrael gibt ohnehin nur ausweichende Antworten. Eigentlich könnte es mir ja egal sein, ich bin sowieso nicht mehr lange hier. Nach mir die Sintflut sozusagen. Aber erstaunlicher Weise ist es das nicht. Wenn ich schon nicht weiß, wohin mein Weg mich führen wird, so wüsste ich wenigstens gern, dass hier nicht alles weiterhin den Bach herunter läuft, schon allein wegen meiner Kinder. Ob man wohl nach dem Sterben schlauer wird? Antworten auf alle Fragen bekommt? Alle Rätsel des Lebens werden gelöst? Irgendwo aus der Ferne höre ich ein leises Kichern. Okay, schön, dass wir das geklärt haben. Hätte ich mir eigentlich denken können.

Mittwoch, 30. Juli 2014

Ich belausche ein Gespräch in der Krankenhaus-Cafeteria. Zwischen Herbert, Wolf-Dieter, Günter und Ali. Herbert, Wolf-Dieter und Günter sind als Handwerkskräfte im Klinikum angestellt. Ali, ein Inder, war ehemals ebenso bei uns beschäftigt, ist nun aber berentet, höre ich heraus. Ich frage mich, ob Ali überhaupt ein indischer Name ist aber er wird wohl wissen, wie er heißt und woher er kommt. „Woll Ali, Du bist bekloppt", sagt Wolf-Dieter, „berentet und dann immer noch andauernd am Arbeiten hier, und dann auch noch für umsonst!" Ali schenkt ihm ein strahlend weißes Lächeln. „Zuhause ist langweilig. Flau macht alles. Hiel ist viel lustigel!" „Du hast echt einen an der Waffel!", sagt Herbert. „Geht gar nicht!", nickt Günter zustimmend. Ali lacht herzhaft. „Ach Güntel, Helbelt, Wolf-Dietel. Ihl habt mil gefehlt!" Ich schaue den Vieren nach, wie sie mit ihren Latte Macchiatos und Frühstückshörnchen die Cafeteria verlassen. Jemand, der im Ruhestand freiwillig arbeitet und dann auch noch unentgeltlich und dann auch noch Freude daran hat und sogar seine Kollegen vermisst? Eines ist sicher: in meinem nächsten Leben möchte ich unbedingt als Inder wieder geboren werden.

Donnerstag, 31. Juli 2014

„Der Beißer" ist da. Noch bevor Klark Kleefisch seinen ersten Dienst angetreten hat, geraten wir bereits das erste Mal aneinander. Es war zu erwarten. Ich schreibe ihm eine E-Mail mit der Bitte um einen Tag Urlaub Ende nächsten Monats zwecks Tattoo-Termin. Er antwortet von seinem Urlaub in Uruguay aus. Klar könne ich den Urlaub kurzfristig nehmen (Kurzfristig? Hallo?). Voraussetzung sei allerdings, dass alle bis dato noch ausstehenden Briefe getippt und verschickt seien. Klar, kein Problem, Klark. Sind ja jetzt schon bloß an die hundert Stück! Ich werde wütend. Richtig wütend. Ich tue etwas, was ich vermutlich noch bereuen werde. Ich verpetze ihn. Beim Chef der Klinik, Herrn Prof. Dr. Dr. Schwäbli. Der reagiert prompt. „Ei, Frau Klombersch, isch tät Ihne jetsch hoch un heilisch versichere tun, der Herr Dr. Kleefisch bekommt einen uff den Deckel und uff den Detsch!" Und hoffentlich auch auf den Popo, füge ich gedanklich hinzu. Schön und gut, nur wird er mir dafür vermutlich den Kopf abbeißen sobald er aus seinem Urlaub zurück ist. Oder mir bei nächster sich bietender Gelegenheit ein Beinchen stellen. Oder auf meinem frisch gestochenen Tattoo „so ganz aus Versehen" seinen triefend heißen Traubentee verschütten. „Ich wünsche Dir ein schönes Wochenende, Geraldine!", sage ich bei Feierabend, ich habe dann mal bis auf weiteres ein paar Angst- und Panikattacken!"

Freitag, 1. August 2014

Weiterhin schweißtreibende Schwüle. Karstilein und ich entscheiden uns für einen kühlen Kopf und gehen ins Freibad. Das Highlight des Bades ist das stündliche Wellenbad, ich habe mich seit Ewigkeiten nicht mehr hinein gewagt. Früher war ich verdammt vorsichtig. Jetzt bleiben mir sowieso nur noch fünf Monate, also was soll's!?" Ich stürze mich in die Fluten. Mein Karstileinchen kneift. Ich schwimme fast bis ans Ende des Beckens um die wuchtigsten Wellen an mir auf schäumen zu lassen. Es tut unglaublich gut. Ich fühle mich so erfrischt, so mittendrin, so voller Elan und Energie. „So müsste jeder Tag sein, nicht wahr!?" Eine junge Frau neben mir schenkt mir ein schüchternes Lächeln. Mir fällt auf, dass sie ausgesprochen hübsch jedoch auch ziemlich blass ist. „Darauf können Sie Gift nehmen", lache ich, „das ist das pure Leben!" „Sie werden lachen, das hatte ich tatsächlich einmal vor. Es gab eine Zeit, da waren diese Wellen das Einzige, was mich das Leben fühlen ließ, ich kam jeden Tag hierher." „Warum haben Sie es nicht getan?", frage ich neugierig. Sie lächelt traurig. „Ich brauchte es nicht mehr!" „Warum nicht?", frage ich doch die nächste Welle spült mich weg. Die hübsche junge Frau ist nirgends mehr zu finden.

Samstag und Sonntag, 2. und 3. August 2014

Ein weiterer Tag im Freibad. Karstilein cremt mir meinen Rücken ein. Ich wippe ungeduldig hin und her. „Könntest Du Dich bitte etwas beeilen, Karsti?" „Wieso? Bist Du verabredet?", lacht dieser. „Ich will ins Wellenbad", weiche ich aus. Kaum in den Wellen, halte ich Ausschau nach der jungen Frau doch sie taucht nicht wieder auf. „Wen suchst Du?" Vor Schreck verpasse ich die nächste Welle und tauche unter. Der Engel! Geschickt weicht er den Wellen aus. Sein Flügelgeflatter bespritzt mich allerdings unablässig mit Wasserfontänen. „Azrael, ist hier schon einmal eine junge Frau ertrunken?", schreie ich. Der Engel lacht. „Sicher, schon mehrfach. So etwas passiert. Wieso fragst Du?" „Wenn Ihr uns weder oben noch unten wollt: wo gehen wir hin? Wo kommen wir her? Und vor allem: warum wandeln die weiterhin hier herum und lassen mich nicht in Frieden? Ich kann ihnen am Allerwenigsten helfen!" Der Engel runzelt die Stirn. „Guckst wohl zu oft *Ghost Whisperer.* Ich denke, die wollen nicht, dass Du denen hilfst oder so etwas!" „Was wollen die dann?" Er zögert. „Manche von denen wissen nicht wirklich, dass sie tot sind. Der Tod kann mitunter auf tragische Art und Weise traumatisieren. Weißt Du eigentlich, was für ein Glück Du hast, dass Du auf den Deinen vorbereitet wirst!?"

Montag, 4. August 2014

Fruktose-Intoleranz meiner Tochter. Ich werde wahnsinnig. Ernährungsratgeber und -experten argumentieren in sich widersprüchlich. Beispielsweise Banane wird in einigen Büchern und Broschüren aufgrund des hohen Fruktose-Gehaltes als nicht empfehlenswert eingestuft. In anderen wiederum wird Banane wegen des ebenso hohen Glukoseanteiles als besonders bekömmlich beschrieben. Möhren enthielten zwar nur eine geringe Menge Fruktose, sollten aufgrund ihrer blähenden Wirkung dennoch gemieden werden. Früchte und Süßspeisen jeglicher Sorte außer auf Traubenzuckerbasis sind totalitär tabu. Noch keine vier Jahre alt und schon schlägt des Lebens bittere Süße gnadenlos zu. Mein Sohn Kris stopft sich ein Stück Schokolade nach dem anderen in den Mund. Im Wechsel mit Keksen, Paula-Pudding und anderem Süß-Kram. Kelly schaut mich mit großen braunen Augen an und fragt: „Mama, darf ich Pudding?" „Nein!" „Darf ich Kuchen?" „Nein!" „Darf ich Kekse?" „Nein!" „Darf ich Schokolade?" „Nein!" „Darf ich Bonbons?" „Nein!" „Darf ich Obst?" „Nein!" „Darf ich Paprika?" „Nein!" „Möhre?" „Nein!" „Tomate?" „Nein." Kelly seufzt und stellt mir die Frage, auf die ich zurzeit auch keine Antwort weiß: „Mama, was darf ich denn dann?"

Dienstag, 5. August 2014

Die Ambulanz ist Urlaubszeit bedingt unterbesetzt. Heißt auf gut Deutsch: ich habe das Telefon. Zunächst darf ich diejenigen Patienten anrufen, die aufgrund des schönen Wetters einen heftigen Anfall von Unlust erlitten haben beziehungsweise spontan geheilt wurden. „Frau Klomberg, woher sollte ich denn bei Terminvergabe wissen, dass heute die Sonne scheinen würde?" „Ach so, ja warum haben Sie das denn nicht gleich gesagt?" Später erreicht mich ein Witzbold, der, wenn ich nicht ganz genau wüsste, dass Dirk Bach bereits seit geraumer Zeit verstorben ist, durchaus als dieser durchgehen könnte – sowohl mit Statur als auch mit schwarzem Humor des Schauspielers scheint dieser Schwindelpatient gesegnet zu sein. Er beschreibt sich selbst als ausnehmend adipös in Form von fataler Fettleibigkeit. Sein Schwabbeln sei schwindelerregend. Mehrfach hätte er bereits erwogen, sich einen Strick zu nehmen, befürchte jedoch, dass dieser in Anbetracht seines grenzwertigen Gewichtes gnadenlos reißen würde. Der Anruf versüßt mir den ganzen Vormittag. Ich liebe es wenn die Leute über sich selber lachen können. Wir haben doch alle unser Päckchen zu tragen. Und wieder einmal stelle ich fest: ganz gleich was geschieht, Humor hilft in jedem Falle!

Mittwoch, 6. August 2014

Eine Gute-Nacht-Geschichte. In der letzten Zeit bestehen meine beiden Kinder täglich darauf. Ich lese ihnen aus dem „König der Löwen" vor. Während Kris aus der Thematik hauptsächlich „Mama wa, Mama waaa" heraushört, stimmt Kelly das Märchen eher traurig. „Mama, gehs Du auch ma tot?", will sie wissen. „Ja!" Sie schaut mich wütend an. „Boah, warum das denn?" Ich überlege kurz. „Weiß ich auch nicht. Vermutlich um Platz für neue Mamas zu machen!" Kelly runzelt die Stirn. „Also ers, wenn ich eine Mama bin?" „Irgendwann dann", lüge ich. Kelly schüttelt den Kopf. „Nur weil ich eine Mama bin, muss Du doch nich tot gehen!" Ich bin sprachlos. Ich weiß keine Antwort. „Schlaf jetzt Schatz, das ist noch ganz lange hin", lüge ich abermals. „Schade wenn Du ma tot gehs Mama, ich mag Dich eigentlich!" Ich weiß nicht, ob ich lachen oder weinen soll. Jedenfalls stimmt das Gespräch mit meiner Tochter mich nachdenklich. Warum macht sie sich mit dreieinhalb Jahren schon solch schwermütige Gedanken? Und noch viel wichtiger: warum lüge ich sie an? Ich merke zunehmend, dass ich es nicht über mich bringe, ihr die Wahrheit zu sagen, bloß warum eigentlich nicht? Vermutlich weil ein kleiner Teil von mir selber noch nicht ganz daran glaubt.

Donnerstag, 7. August 2014

Vor dem Schlafen gehen telefoniere ich noch kurz mit dem Umzugsunternehmen. Im nächsten Monat soll es soweit sein. Was ich denn alles mitnehmen wolle, will der Herr am anderen Ende der Leitung wissen. Ich schaue mich in meiner Wohnung um. Sie wird mir fehlen. „Ich weiß es selber noch nicht so genau", sage ich. Viel werde ich wohl für knappe vier Monate nicht mehr benötigen, füge ich in Gedanken hinzu. Ich gehe früh zu Bett und falle in einen zunächst traumlosen Schlaf. Mein Sohn Kris ruft irgendwann nach der Milchflasche. Schlaftrunken taumele ich an sein Bett und gebe ihm diese. Er wird noch nicht einmal wach beim Trinken. Ich reibe mir meine Augen und schaue zur Seite. Ich erschrecke. Ein kleines Kind sitzt am Fußende seines Bettes. Vielleicht vier oder fünf Jahre alt. Ein Junge. „Hallo", sagt er. „Hallo", sage ich. „Schade, dass Ihr auszieht, Deine Kinder werden mir fehlen. Ich hoffe, es ziehen wieder so nette Kinder hier ein, mit denen ich spielen kann!" „Wer bist Du?", frage ich. Der Junge scheint zu überlegen. „Habe ich wohl vergessen, ist so lange her!" „Bist Du ein Geist?" „Was ist ein Geist?" „Ein Gespenst!" Er lacht. „Nein, ich bin kein Gespenst!" „Da hast Du Recht", lache ich. „Ich drücke Dir die Daumen, dass wieder nette Leute hier einziehen!" Er lächelt.

Freitag, 8. August 2014

Ich besichtige unsere neue Wohnung. Meine Mutter Karola ist ebenfalls vor Ort, was zwar unglaublich anstrengend und Nerv tötend ist, jedoch durchaus Sinn macht, schließlich gehört sie ihr ja. So viele Vorteile es auch mit sich bringen mag, in die Eigentumswohnung der eigenen Eltern zu ziehen – man sollte es sich lieber gut überlegen. Diese neigen nämlich zuweilen dazu, einem in Alles reinreden zu wollen. Im Falle meiner Mutter heißt das: wir können uns weder über den Anstrich noch über die Farbe der Vorhänge und Rollos geschweige denn über die Fliesenlegung einigen. Es war zu erwarten. Ich bestehe auf Rosa für das Zimmer meiner Tochter Kelly und das meinige. Meine Mutter möchte lieber Gelb. Ich möchte für die Küche sowie das Zimmer von meinem Sohn Kris einen Grünton. Meine Mutter möchte Blau. Ich hätte gerne lilafarbene Vorhänge für mein Schlafzimmer. Meine Mutter fände cremefarben passender. Und wenn meine Mutter etwas von cremefarben erzählt, dann meint sie eigentlich eher so etwas wie „Besenreiser-Beige". Falls Sie sich jetzt gerade zu Recht fragen, warum eine knapp 38-jährige Frau sich noch derart reinreden lässt, dazu kann ich nur sagen: Sie kennen meine Mutter nicht!

Samstag und Sonntag, 9. und 10. August 2014

Stefan holt Kris und Kelly zur Kranger-Kirmes ab, die ich jetzt einfach einmal fälschlicherweise mit K schreibe weil das irgendwie besser passt. Karsten macht sich früh am Vormittag vom Acker da er morgen einen Termin habe, der noch Vorbereitung erfordere. Nun denn. Was mache ich jetzt mit dem angebrochenen Sonntag? Sauna passt immer, entscheide ich. Sonntags sind saumäßig viele Senioren in der Sauna, stelle ich fest. Ich komme mit einem älteren Herrn mit Rollator ins Gespräch. „Wie geht es Ihnen, junge Frau?", fragt er im Vorübergehen. „Danke gut", lache ich, „und Ihnen?" „Bestens", erwidert er, „über meine Krankheiten spreche ich nicht!" „Eine gute Einstellung", nicke ich. Er bleibt stehen. „Wissen Sie, wenn Sie erst einmal so alt sind wie ich, dann haben Sie sowieso alles an Krankheiten und Wehwehchen, was sie sich nur vorstellen können. Und die Leute haben nichts Besseres zu tun als ihre ohnehin schon knappe Zeit dafür zu verschwenden auch noch permanent darüber zu reden!" „Da ist was dran", seufze ich, „jedoch bleibt Ihnen wohl noch etwas mehr Zeit als mir!" „Wer sagt das denn?", fragt er ungläubig. „Jemand, der es wohl wissen muss!" Der alte Mann schaut mir für einen kurzen Moment fest in die Augen. „Glauben Sie bloß nicht alles, was man Ihnen erzählt, junge Frau!", sagt er zwinkernd.

Montag, 11. August 2014

Montagmorgen in der Cafeteria. Draußen zwitschern die Vögel. Die Sonne lacht. Als ich gerade mein Frühstück bezahlen will, stelle ich fest: mein Mitarbeiter-Ausweis liegt zu Hause bei meinen Malsachen. Da liegt er gut. Ausgerechnet am heutigen Tage eine Aushilfskraft. „Mitarbeiter-Ausweis?" „So etwas Doofes, den habe ich dämlicher Weise nicht dabei!" Sie wirft mir einen skeptischen Blick zu. „Dann macht es fünf Euro!" „Fünf Euro für ein Frühstück, das lediglich aus einem Butterbrötchen und einer Bananenmilch besteht, halte ich doch für ein wenig überteuert", wende ich ein. „Haben Sie Ihren Mitarbeiter-Ausweis dabei?" „Nein, das sagte ich doch bereits!" „Dann bleibt es dabei, Sie zahlen genauso viel wie die anderen Gäste auch!" „Aber ich bin doch gar kein Gast", protestiere ich, „ich arbeite doch hier!" „Ts, kann ja jeder behaupten", sagt sie kopfschüttelnd. Ich überlege fieberhaft. „Warten Sie, der Typ mit dem Tintenfisch-Tattoo aus der Küche, der immer mit mir flirtet, DER kennt mich!", erwidere ich hastig. „Tomaaas, kuck ma kurz, kennz Du die hier?" Tomas, dessen Tintenfisch-Tattoo wohl doch eher einen Totenkopf darstellen soll, mustert mich missmutig und gibt dann ein mürrisches „Noch nie gesehen!" von sich. Vergisst Du Deinen Ausweis, da hilft kein Bitten und Flehen – Du zahlst den doppelten Preis!

Dienstag, 12. August 2014

Telefonat mit meinem Traummann. Bis auf ein desillusionierendes Detail: Karsten ist Kettenraucher. Am anderen Ende der Leitung das übliche Husten und Krächzen. „Warte mal einen kleinen Moment, Schatz!" Karsten hält den Hörer beiseite. „Geht schon wieder gut!" „Was denn?", will ich wissen. „Ach, nichts Besonderes. Manchmal platzen mir ein paar Lungenbläschen wenn ich zu schnell einatme. Das tut bloß saumäßig weh!" „Also nichts Besonderes?", fahre ich ihn an, „hörst Du jetzt nicht mit dem Rauchen auf, ist Dir echt nicht mehr zu helfen!" „Das kommt nicht vom Rauchen, das kommt von zu schnellem Einatmen", keift Karsten. „Das mag ja sein", kontere ich, „jedoch will Wiki wissen, dass es häufig bei Rund-um-die-Uhr-Rauchern eintritt und letztendlich zu einem Emphysem beziehungsweise Elastizitätsverlust der Lunge führt." „Was ist denn ein Emphydingensda?" „Überblähung und Überdehnung, letztendlich Schwund der Lunge." „Scheiß auf Wiki!" „Wenn Du das für hilfreich hältst. Hörst Du jetzt auf?" „Natürlich nicht!" Leise lege ich auf. Betroffen bin ich doch was bringt es? Welche Ironie des Schicksals, dass ich gehen muss obwohl ich gerne noch bliebe und jemand, dem das Geschenk des Greisentums gegeben ist, dieses mit Füßen tritt.

Mittwoch, 13. August 2014

Zwölfte Schwangerschaftswoche meiner Schwester. Ihr Bauch nimmt bereits Ballonform an. Während der Schwangerschaft ist Frau ja bekanntlich feinfühliger und sensibler als sonst. Ich versuche es. Ich beschließe, ihr erneut von meinem baldigen Ableben zu berichten. „Ich bin schwanger, nicht schwachsinnig", keift Katrin, „und auch als Schwangere habe ich keinen Bock auf so eine Scheiße!" Fein, ich habe es dreimal versucht, ein viertes Mal versuche ich es nicht. „Was gibt es ansonsten noch Neues außer Deiner andauernden Sterbe-Story?" Schmatzend schiebt sie sich ein Stück ihres McBacons in den Mund. „Krümele mir nicht auf meine Couch, Katrin!" Augenverdreher. „Lass mich mal überlegen. Gewisse Gespenster gehen mir auf die Nerven, der Engel erzählt aber nichts...!" „Kassandra!", knurrt Katrin. „Wenn Du wüsstest … die kommen im Krankenhaus, picknicken im Park, wuseln durch den Wald, spazieren über den Spielplatz, frohlocken im Freibad, ach ja und kaspern in den Kinderbetten." Katrin wird rubinrot im Gesicht. Ich kenne meine Schwester. Kichernd zähle ich innerlich bis Zehn. Ich komme bis Drei, dann macht es „POFF". „Kassandra, mich in meiner Schwangerschaft so zu verarschen mit Deinen gemeinen Geschichten! Lebst Du noch am Neujahrstag, bringe ich Dich eigenhändig um!"

Donnerstag, 14. August 2014

Nachricht von Kai. Der Dokken-Song klappe im Oktober. Juchhuuu, wieder eine Ballade, die die Welt nicht braucht. Mein letztes Lied. Die Kinder sind mit Stefan beim Zahnarzt. Idealer Zeitpunkt zum Üben. Ich lege los. „With the Dream Waaarrriiiooorrrsss …" Bis es klopft. Vorsichtig spähe ich durchs Guckloch. Mein Nachbar, Norbert Neim. Was der wohl will? „Guten Tag, Frau Klomberg. Nehmen Sie es mir bitte nicht übel aber der Gesang geht gar nicht. Was ist das für eine Hottentotten-Musik?" „Das ist Metal", lache ich. „Ach so, in dem Falle …", stammelt er, „Ihnen ist aber schon klar, dass Sie eher ein zartes Schlager-Stimmchen haben?" „Glasklar, aber ist mir schnuppe!", erwidere ich immer noch lachend. „Also, Andrea Berg mag ich zum Beispiel oder diese fesche Helene Fischer. Kennen Sie *Atemlos durch die* … " „Ja, die können Sie ja dann covern, seien Sie mir nicht böse aber ich will noch ein wenig üben!" „Warum machen Sie nicht etwas, zu dem Ihre Stimme besser passt?" Ich seufze. „Weil es nicht so viel Spaß macht. Ich habe keine vollen fünf Monate mehr zu leben." „Wenn das so ist, weiter so Frau Klomberg, aber ich will in jedem Falle die CD als Andenken!"

Freitag, 15. August 2014

Ich besuche Andreas und Burzum. Burzum ist seine in die Jahre gekommene Kreuzung aus Bulldogge und Rottweiler. Inzwischen ein müder Rüde. Und ja, der Hund hat tatsächlich einen derart bescheuerten Namen. Andreas ist nämlich seit jeher „Black-Metal-Fan". Burzum beschnuppert mich kurz, nimmt den von mir gereichten Schneekoppe-Keks zwischen seine Klauen, die beim Hund vermutlich eher Tatzen genannt werden und verschlingt diesen in einem einzigen Atemzug. Ich zähle kurz nach. Glück gehabt. Alle meine Finger sind noch dran. „Und, wie geht es?", fragt Andreas. „Kann nicht klagen", sage ich, „und selbst?" „Muss", antwortet er. Andreas leidet seit wir uns kennen an einer chronischen Krankheit, die nicht heilbar ist. Erwähnen werde ich sie an dieser Stelle nicht da er selber nicht gerne darüber spricht. Unterkriegen lässt er sich davon allerdings nicht. In meinem Leben habe ich selten so eine witzige Person kennengelernt wie ihn. „Was macht das Aktbild?", frage ich. „Drängele doch nicht!" „Andreas, Du weißt doch, dass mir nicht mehr ewig viel Zeit bleibt!" Er lacht. „Wem bleibt schon ewig viel Zeit? Du bekommst Dein Bild schon, keine Bange! Spätestens zu Deiner Beerdigung ist es beendet!", lacht er boshaft.

Samstag und Sonntag, 16. und 17. August 2014

Ich bin bei Karsten. Mitten in der Nacht schrecke ich hoch aus einem Alptraum. Ich hatte ihn schon häufiger in der letzten Zeit. Es ist immer das gleiche Szenario: ich werde entlassen. Bloß abwechselnd von Prof. Dr. Dr. Schwäbli und „vom Beißer". Jedes Mal schrecke ich schweißgebadet hoch, so auch dieses Mal. Ich verstehe den Traum nicht, ich kann ihn nicht deuten. Warum macht er mir nur solche Angst? Selbst wenn er zur Realität werden sollte, es kann mir doch im Prinzip völlig egal sein. Schließlich werde ich doch aus weit mehr entlassen als bloß einem Job, ich werde aus meinem Leben entlassen, das sollte mich beunruhigen. Oder steht Prof. Dr. Dr. Schwäbli hier etwa symbolisch für den lieben Gott? Dann ist Klark Kleefisch aber in jedem Falle sein gefallener Engel. Okay, ich gebe zu, eine sehr weit hergeholte und fragwürdige Traumdeutung. Den Rest der Nacht liege ich wach, was weniger mit dem Unheil verkündenden Traum als vielmehr mit Karstens Schnarchleistung zu tun hat, die heute Nacht nur schwerlich zu toppen wäre. „Es wird der Stress sein", versuche ich mich zu beruhigen, „die Arbeit, der Umzug, die Untoten, der Engel, den ich mehr oder weniger erfolgreich zu verdrängen versuche, wer würde dabei keine Alpträume bekommen!?"

Montag, 18. August 2014

Ich bin schlecht zurecht. Eine aufkeimende Erkältung. Ich gebe die Kinder nachmittags zu meiner Mutter Karola und haue mich aufs Ohr. Ich drehe mich zur Seite und sehe – den Engel! „Gehst Du mir aus dem Weg?" „Wieso sollte ich Dir denn aus dem Weg gehen? ... Hatschi! ... Du kommst und gehst doch wie es Dir gefällt!" „Du versuchst aber, mich aus Deinen Gedanken zu verdrängen!" „Nicht sehr erfolgreich, wie man sieht", seufze ich. „Ob Du mauerst oder nicht, spätestens an Silvester musst Du sowieso mit mir mit!" „Ja, erinnere mich bitte erneute einhundert Male daran!" „Kassandra, ist das jetzt der Dank dafür, dass ich mich in den letzten Monaten so lieb um Dich gekümmert habe? Meinst Du etwa, diese Geste wird jedem zu Teil, der mit uns gehen muss?" „Ist ja schon gut, brauchst mir trotzdem nicht meine ganze Decke zu klauen. Aber wer kümmert sich um Karsten und um meine Kinder wenn ich nicht mehr da bin?" „Die kommen schon klar!" „Aber ... Hatschi ... wer gewöhnt Karsten denn dann das Rauchen ab?" „Meinst Du etwa DU?", lacht Azrael, „sieh es endlich ein, sie brauchen Dich nicht!" „Okay, dann beantworte mir bitte noch eine Frage, ... Hatschi ... sterbe ich jetzt an der Schweinegrippe?"

Dienstag, 19. August 2014

The Beißer is back. Klark Kleefisch genehmigt mir meinen Urlaub, sowohl für meinen Tattoo-Termin in der nächsten Woche als auch für meinen Umzug im nächsten Monat. Sämtliche Briefe seien geschrieben, alle Rückstände restlos beseitigt, das sei ja riesig. Ich verkneife mir die Frage nach Filipchen oder Fleißkärtchen und lasse es gut sein. Die Geschäftsführung schickt eine Rundmail, dass in Kürze an Ebola Erkrankte im Klinikum aufgenommen würden und gibt entsprechende Warnhinweise und Vorsichtsmaßnahmen bekannt. Für den Bruchteil einer Sekunde denke ich an meine Erkältung aber das wäre nun wirklich zu absurd. Die Epidemie, die zurzeit in Westafrika wütet, hat bereits etliche erneute Todesopfer gefordert. Zahlreiche Ärzte und Krankenschwestern in den betroffenen Gebieten haben sich bereits angesteckt. Ich schaue mir die Fotos im Internet an. Eine entsetzliche Erkrankung. Meinem verbittertsten Feind würde ich sie nicht wünschen. Die Bilder sprechen für sich. Einem an der Ebola-Epidemie Erkrankten stehen erbitterte Qualen bevor. „Sterben ist die eine Sache aber wie kannst Du es bloß zulassen, dass irgendein Mensch oder Tier derart qualvoll verenden muss?" Wen ich konkret mit meiner Frage anspreche, weiß ich allerdings selber gerade nicht.

Mittwoch, 20. August 2014

Es klingelt am Nachmittag. Nicht in meinen Ohren sondern an der Tür. Meine Schwester Katrin war mit ihrem Sohn Kischan gestern schon bei mir. Neugierig öffne ich, Kelly und Kris an meinem Rockzipfel. Ich traue meinen Augen nicht. Ich sehe ein Gespenst. Oder so etwas Ähnliches. Tatsächlich ist es bloß Giana. Giana ist eine meiner festesten Freundinnen, ich hatte lange daran zu knacken, dass sie es vor etwa drei Jahren tatsächlich wagte wegzuziehen und dann noch wegen eines Kerls. Voller Freude schließe ich sie in meine Arme, die Überraschung ist gelungen. Die Beziehung zu ihrem „Boyfriend" sei gescheitert, teilt sie mir mit. Sie habe vor, im nächsten Jahr in unsere Zone zurückzukehren. „Great", Giana geht zurück, Kassandra geht ganz. Wieder einmal könnte das „Timing" nicht besser sein. Ich schweige jedoch still. Schrecklich sei es dort, wo sie zurzeit lebe, gesteht Giana. Dort wo die Dirnen Dirndl trügen und am Donnerstag mit den Deppen „auf die Wiesn" gingen, sei es kaum auszuhalten. Tränen laufen ihr über die vollen Wangen. Zutiefst traurig sei sie. Ich bin es auch ob der späten Einsicht jedoch auch dankbar, dass ich meine geliebte Giana vor meinem Gehen noch einmal gesehen habe.

Donnerstag, 21. August 2014

Meine Erkältung entkräftet mich zunehmend jedoch halte ich tapfer durch und gehe zur Arbeit. Kein Interesse an einem erneuten aneinander Rasseln mit „dem Beißer". Das Telefon wird auch heute wieder zu meinen treuen Händen gegeben und so huste, schniefe und niese ich abwechselnd in den Hörer. Nichts Spektakuläres. Die üblichen Psychos. Eine Mutter, die mit ihrem pubertierenden transsexuellen Sohn vorbeikommen möchte, der eigentlich eine Tochter ist aber statt mit Tanja viel lieber mit Timo angesprochen werden würde. Kein Problem bei uns, auch nicht unbedingt unüblich. Wir befinden uns neben der Urologie des Klinikums, in der unter anderem auch der ein oder andere Schniepi abgeschnippelt wird. Oder angenäht, je nachdem was „Mann" möchte. Man möge mir meinen zynischen Schreibstil heute verzeihen, ich bin wirklich extrem erkältet, derart gnadenlose grippale Infekte entfachen meinen Sarkasmus. Am Ende des Vormittages zur Krönung eine grenzwertige Auseinandersetzung mit meiner Arbeitskollegin, die nicht in Wirklichkeit Geraldine heißt, jedoch darauf besteht, in diesem Buch diesen derart bescheuerten und überaus unpassenden Namen tragen zu dürfen. Nun denn, ihr Wunsch ist mir Befehl! Was lernen wir daraus? Lesen lassen lieber nicht.

Freitag, 22. August 2014

Meine Erkältung erklimmt ungeahnte Höhen. Ich mache das Einzige, was mir in dieser Situation noch möglich ist – ich schaue fern, so weit ist es also schon gekommen. Müde zappe ich mich durch die Kanäle, der übliche belanglose Blödsinn. Anhalten kann ich erst bei „Arte". Es läuft „Bonjour Sagan", ein zweiteiliger französischer Fernsehfilm. Die beeindruckende Biographie der Françoise Sagan. Detailgenau sowohl in der Darstellung der bekannten Autorin als auch in der Aufmachung des Films. Der Schriftstellerin scheint trotz zahlreicher Höhen und Tiefen, bestehend aus frühem Ruhm und finanziellem Wohlstand aber auch ebenso raschem Verlust durch die fatale Verschwendungssucht, ihr trockener Sinn für Humor bis zum bitteren Ende nicht abhanden gekommen zu sein. „Frau Sagan, ich bewundere Sie!" „Danke, ich mich auch!" Ich könnte mich wegbrüllen vor Lachen. Allerdings hört es sich heute wohl eher wie ein Wegbölken an. Diverse Drogenexzesse runden das Profil der Persönlichkeit Sagan ab. Alkohol, Kodein, Kokain, die Autorin scheint nichts ausgelassen zu haben, wobei wir wieder einmal bei der Frage wären: erhöhen Drogen die Kreativität? „Kappes", denke ich mir und kippe die letzte Kanne Kaffee für heute hinunter.

Samstag und Sonntag, 23. und 24. August 2014

Meine Erkältung ermattet mich. Ich schaue in den Spiegel und stelle fest: ich sehe von Tag zu Tag beschissener aus. Ich fühle mich reizbar, bin übler Laune, üblen Aussehens und üblen Geruchs. Ein garstiger Gerstenkorn an meinem rechten Auge rundet diesen „Look" noch ab. Ich streite mit jedem, der sich in meine Nähe traut, selbst Karsten könnte ich an diesem Wochenende gegen die Wand klatschen. Nun liege ich in meinem blauen Bett, starre die Decke an, könnte mich selber dafür ohrfeigen, Freitag nicht mehr zum Arzt gegangen zu sein und will einfach nur noch sterben. „Sei vorsichtig mit Deinen Wünschen!", brummelt die Stimme im Hintergrund. „Ja ja, ich weiß!" Während ich darüber nach grübele, wie ich in diesem Zustand meine Kinder versorgen und außerdem in knapp vierundzwanzig Stunden wieder arbeitsfähig sein soll, kommt mir ein alter Ohrwurm von Bobby McFerrin in den Sinn. „Don't worry – be happy!" Alles klar! Oder die singenden Gehängten aus Monty Pythons „Leben des Brian", die „Always look on the bright Side of Life" munter vor sich hin pfeifen. Mein kläglicher Versuch zu pfeifen endet in einem Sabber und Schleim speienden Spucken und Krächzen aber wen kümmert das schon? „Always look on the bright Side of Death!" Wohl alles eine Frage der Perspektive!

Montag, 25. August 2014

Mein Hausarzt, Herr Dr. Zahn, wagt es, schon wieder Urlaub zu machen. Ich habe keine Wahl, ich muss abermals zu seiner Vertretung, Frau Dr. Wendy Wackelmann, auch das noch. Das Wartezimmer ist genauso wie beim letzten Mal für einen Montagmorgen untypisch ungefüllt. Warum wundert mich das nicht? „Frau Klomberg!" „Frau Dr. Wackelmann, wie geht es?" „Die Fragen stelle ich! Und jetzt freimachen!" Stahlhart drückt sie mir das eiskalte Stethoskop an die Brust. „Bronchitis", sagt sie bestimmt, „vielleicht leichte Lungenentzündung, nicht sicher. Ich verschreibe Ihnen ein starkes Antibiotikum, Sie bleiben diese Woche im Bett!" „Aber das geht nicht", will ich protestieren, „ich habe Ende der Woche einen Tattoo-Termin!" Sie schüttelt den Kopf. „Den werden Sie verschieben müssen!" „Das geht nicht!" Die Ärztin schaut skeptisch. „Wieso das denn nicht?" „Den habe ich schon vor Monaten ausgemacht!" „Und? Verschieben Sie ihn eben noch einmal für ein paar Monate, wo ist das Problem?" „Das Problem ist, dass ich sowieso nur noch fast vier Monate zu leben habe!" „Und diese Zeit wollen Sie jetzt mit aller Gewalt noch weiter verkürzen?"

Dienstag, 26. August 2014

Es geht mir ein wenig besser jedoch noch nicht wesentlich. Kaum die Kinder in die Kita gekurvt, lege ich mich direkt wieder in mein Bett und versüße mir den Vormittag mit Selbstheilungsmeditationen aus dem Internet. Und einatmen, und ausatmen. Und einatmen, und ausatmen. Mehr möchte ich momentan nicht von mir fordern. Untermalt von den in der letzten Woche so vertraut gewordenen Röchel- und Rasselgeräuschen aus Hals und Rachen. „Meinst Du, das hilft?" „Azrael!" „Heute komme ich Dir lieber nicht zu nahe. Habe keine Lust, mich an zu stecken!", kichert der Engel. „Ha ha, sage mal, diese Ärztin, die ist doch der Teufel, oder?" „Jesus, Maria und Josef, kommst Du denn immer noch nicht von Deinem Gott und Teufel- beziehungsweise Gut und Böse-Konzept ab?" „Nö!" Der Engel verdreht die Flügel. Diese Geste habe ich schon häufiger an ihm beobachten können. Vermutlich gleichzusetzen mit einem Augenverdreher. „Azrael, ich finde die echt unfreundlich!", huste ich den Engel an. In einer für ihn ungewöhnlich liebevollen Geste klopft Azrael mir über meinen Rücken. Er räuspert sich. „Herzchen, sie hat nur versucht, was ich seit mehr als einem halben Jahr erfolglos versuche, Dir zu verklickern: Leben heißt nicht, durchs Hintertürchen hechelnd immer wieder zurück ins Hamsterrad hinein zu hasten!"

Mittwoch, 27. August 2014

Okay, die Botschaft meiner Bronchien ist inzwischen auch zu meinem Gehirn durchgedrungen: „Halte bitte endlich den Ball flach Du „Bitch" und bleibe liegen!" Nichts fällt mir schwerer. Gefühlt gibt es etwa eintausend Dinge, die erledigt werden müssten. Einkaufen, Aufräumen, sauber machen, die Wäsche, Entsorgungen vor dem Umzug. Ausgerechnet jetzt hier flach zu liegen und nichts tun zu können, gibt mir ein gnadenloses Gefühl der Hilflosigkeit. Ich habe es inzwischen allerdings aufgegeben, dagegen an zu kämpfen und ergebe mich erschöpft der Erkältung. Widerstand zwecklos. Eventuell hat der Engel nicht so ganz Unrecht. Vielleicht ist das Hamsterrad tatsächlich schuld. Es war schon immer mein Verhängnis. Das Wissen ums baldige Sterben hat mein ewiges Hinterherhetzen und -hecheln von allem Möglichen gleichzeitig noch verstärkt. Es fühlt sich so an, als dürfe ich überhaupt nicht mehr anhalten. Die Zeit entgleitet mir zwischen meinen Fingern und ich kann sie nicht stoppen, so verzweifelt ich es auch versuche. Nie werden alle Briefe geschrieben sein, niemals ist ein Kind wirklich alt genug, um seine Mutter zu verlieren, nie wird alles sauber sein, niemals alle Wäsche gewaschen, nie jeglicher Krieg beendet, da könnt Ihr ruhig Andorra weißeln, so lange Ihr lustig seid! Gott bitte hilf, ich werde wirr!

Donnerstag, den 28. August 2014

Telefonat mit Andreas. Mein Buch habe keinen Spannungsbogen, wirft er mir vor. Ich stimme ihm zu, weder hat es noch braucht es einen. „Ein Buch braucht einen Spannungsbogen!", beharrt er auf seinem Standpunkt. „Wer sagt das?" „Kassandra, jetzt stelle Dich nicht dümmer als Du es bist!" „Andreas, ich habe niemals behauptet, dass mein Leben spannend sei. Ich bin eine alleinerziehende Schreibkraft, die gelegentlich von Engeln und anderen Geistwesen halluziniert, was sollte daran spannend sein?" „Warum dann überhaupt das Buch?" „Keine Ahnung, vielleicht um das Trauma des Wissens um meinen bevorstehenden Tod zu verarbeiten", verteidige ich mich. „Kassandri, nichts könnte für die Welt weniger von Belang sein! Im Übrigen haben Todesengel keine weißen Flügel sondern schwarze!" „Kann ich doch nichts dazu, wie mir Azrael in meinen Halluzinationen erscheint!" Andreas schnaubt in den Hörer. „Du hast auch für alles eine Entschuldigung!" „Das ist der Punkt Andreas, mir bleiben jetzt noch ziemlich genau vier Monate. Ich mache mir die Welt, wie sie MIR gefällt. Was sollte mich ihr Senf noch interessieren, werde ich doch bald sistieren zu existieren. Und außerdem, seit wann müssen Schreibkräfte wissen, wie man Spannungsbögen aufbaut?"

Freitag, 29. August 2014

Ich huste wie eine Hyäne mit Auswürfen, die in der Tat an Verstorbenes denken lassen. Es nützt alles nichts. Ich versuche, den Tattoo-Termin zu verschieben. Diesmal haben es die Götter gut mit mir gemeint, just vor ein paar Sekunden habe jemand den seinigen für Samstag abgesagt, erzählt mir Anais. Also morgen. Das heißt, alle Selbstheilungskräfte aktivieren, das heißt: SAUNA. Ich bin fast allein in den Thermen. Bis auf Andi, der heute die Aufgüsse macht, sind nur wenige Wärmeanbeter heute hier. Ich genieße die Stille und konzentriere mich ganz auf meine Atmung. „IST das heiß hier!" „Azrael, Du schon wieder!" Der Engel schlackert hektisch mit den Flügeln und wischt sich den Schweiß von der Stirn. „Wie hältst Du es hier bloß aus?" „Ich liebe es", lache ich, „was willst Du?" „Dir Deine Frage beantworten!" „Welche denn?", frage ich verwundert. „Warum ich keine schwarzen Flügel mehr habe!" „Ach so!" Neugierig rücke ich näher. „Ich hatte welche, ich habe die Farbe immer gehasst. Jahrtausende von Jahren habe ich gebettelt, irgendwann sind sie weich geworden. Ich wollte eigentlich rosafarbene aber das war denen wohl irgendwie zu schwul. Übrigens süß, dieser Typ!" „Wer?" „Na, dieser Bademeister hier. Wie der mit dem Handtuch wedelt ..."

Samstag und Sonntag, 30. und 31. August 2014

Termin im Tattoo-Shop. Hastig ein paar Hustenunterdrücker eingeworfen und ab die Post. „Hey, Du lebst ja immer noch!", begrüßt mich die Frau, die weder Namensvetterin der französischen Schriftstellerin noch des gleichnamigen Parfüms sein will. „Hallo Anais, Ende des Jahres, vergessen?" „Ach ja, ich vergaß", sagt diese lachend. „Und, hast Du Dir ein Motiv überlegt?" „Ja, habe ich", erwidere ich strahlend, „das Kronen-Chakra." „Eine Krone?", ruft die Tätowiererin erschrocken, „och nee, doch bitte nicht so eine Prolo-Scheiße!" „Keine Krone", krächze ich immer noch lachend, „das Kronen-Chakra." Sie runzelt die Stirn. „Noch nie was von gehört!" Sie kratzt sich am Kopf. „Shakra sind eine ganz nette Band!" „Ja, aber die meine ich nicht. Das Kronen-Chakra steht für innere Klarheit, Weisheit und eine große Ruhe. Man empfindet keine wirkliche Trennung mehr zwischen sich und der Welt. Die eigene Göttlichkeit ist in Verbindung und Interaktion mit dem größeren Göttlichen getreten. Von allen Dingen entrückt und doch aufs Engste mit ihnen verbunden, bestimmt dieses Chakra unser reines Sein. Das sage übrigens nicht ich sondern die Hexe Claire." „Wer? Häh?" „Kurz gesagt, ich bin jetzt erleuchtet", lache ich. „Ähm ja, dann fangen wir mal lieber an, so lange es hier noch hell genug dafür ist ... "

Montag, 1. September 2014

Wieder auf der Arbeit. Zwar bin ich noch nicht wieder ganz und gar gesundet, jedoch wüsste ich nicht, wie ich Klark Kleefisch klarmachen sollte, dass ich zwar fit genug für ein fettes Tattoo auf meinem rechten Handgelenk bin aber dennoch zu schwach zum Schreiben. Eine Vision taucht vor meinem inneren Auge auf, Klark umhüllt von einem schwarzen Umhang mit Kapuze „Der Arm kommt ab!" Ich erschauere. Geraldine hat diese Woche Urlaub, die Glückliche. Geraldine in Griechenland, Kassandra in Karnap, na ja. Übrigens wurde heute vor genau 75 Jahren einer von diesen kolossal fatalen Kriegen begonnen. Das weiß ich weil mein Vater Klaus, der in Wahrheit aber eigentlich Papa Peter heißt, heute Geburtstag hat. Früher dachte ich immer, die Glocken bimmelten für ihn. Ich rufe ihn rasch an, röchele nach Luft japsend in den Hörer und belle ein „Happy Birthday". „Kassandra, das klingt ja grauenvoll!", lacht Papa Peter, der offensichtlich inzwischen wesentlich besser drauf ist als noch vor einem halben Jahr auf der Schwelle des Todes. Ein gutes Beispiel dafür, dass jedes Blatt sich noch einmal wenden kann. Vielleicht bin auch ich noch nicht Schachmatt, denke ich mir beim Auflegen des Hörers.

Dienstag, 2. September 2014

„Der Beißer" ist auf Geschäftsreise in Bulgarien. Ein junger Assistenzarzt namens Kristof Torf macht seine Vertretung, von uns allerdings auch liebevoll „Torfi" genannt. „Torfi" ist eigentlich ganz in Ordnung, jedenfalls bei Weitem weniger wachsam als Klark Kleefisch. Das hat diese Gattung wohl einfach so an sich. „Torfi, was denkst Du eigentlich übers Sterben?", frage ich ganz unvermittelt, als dieser mir seine diktierten Briefe übergibt. „Du kannst ja vielleicht Fragen stellen", lacht er, „sterben müssen wir alle einmal!" Er wendet sich zum Gehen doch ich klammere mich an seinem Arztkittel fest. „Warte!" „Wieso?", lacht er, „musst Du etwa sterben? Jetzt gleich?" „Mache Dich bitte nicht lustig, Torfi! Nicht jetzt gleich, aber bald, in etwa vier Monaten." Sein Ausdruck wird ernst. „Wer sagt das, Dein Arzt?" „Nicht mein Arzt, aber Azrael", druckse ich herum. „Etwa Azrael, der Todesengel? Jetzt wird mir Einiges klar. Die Patienten auf den Stationen wollen ja angeblich auch ständig Engel um ihre Betten herumschwirren sehen", prustet er los, „also scheint es die wohl wirklich zu geben. Und ich Ungläubiger dachte immer, das seien bloß die vielen Medikamente." Er lacht. „Kassandra, wenn das stimmen würde, wärst Du wohl kaum so blöde noch hier zu sitzen und Briefe zu schreiben!"

Mittwoch, 3. September 2014

Ich stelle fest, dass ich tatsächlich vollkommen verblödet bin. Deswegen hat dieses Buch auch keinen Spannungsbogen weil es einfach nicht spannend ist. Keine Weltreise, kein Trip auf den Himalaya oder in den Mittleren Orient, keine Selbstfindung im Kloster oder auf dem Pilgerpfad. Stattdessen war ich im Sauerland, statt im Nahen Osten auf dem Kahlen Asten, Sagenhaft! Weder wirklich Geld verprasst noch Sex gehabt mit irgendeinem Ex noch sonst irgendetwas Verrücktes getan. Kein Bungee-Jumping, Cliff-Hanging, Fallschirmspringen, noch nicht einmal Achterbahn bin ich gefahren. Nein, das fleißige Bienchen sitzt hier weiterhin und schreibt brav die Briefe. „Vielleicht macht Dich ja gerade das glücklich!" „Wer war das?" Stille. „Azrael?" Stille. „Schorfi?" Stille. Warum sollte so etwas Bescheuertes wie Briefe schreiben mich glücklich machen, frage ich mich. Zumal die Briefe ganz genau wie mein Buch auch keinen wirklichen Spannungsbogen aufweisen. Bis es mir auf einmal dämmert. Genau das mache ich gerne: Schreiben. Irrelevant, dass ich nicht wirklich weiß, ob dieses Wort nun groß oder klein geschrieben wird. Egal ob es sich um Briefe, Bücher oder Beitragsbescheide handelt. Eins ist klar: so lange ich bleibe, schreibe ich!

Donnerstag, 4. September 2014

Wie könnte ich in mein Buch noch ansatzweise so etwas wie Spannung hineinbringen? Keinen blassen Schimmer. Ungeachtet der Tatsache, dass meine Tage nun schneller verstreichen als die Körner in der Sanduhr, macht es wohl letztendlich mehr Sinn, der Sanduhr zuzuschauen. Ich führe das durchschnittliche Leben einer alleinerziehenden Mutter, deren Blüte in Bälde bereits mit dem Welken beginnen würde. Selbst die Gespenster gehen mir in letzter Zeit aus dem Weg. Vermutlich bin ich selbst denen inzwischen schon zu „spooky" geworden. „Nicht alle!" Neben mir auf dem Sofa sitzt der kleine Junge, der letztens im Bett meines Sohnes saß. Ich hatte ihn gar nicht bemerkt bis jetzt. „Willst Du einen?" Lächelnd reicht er mir ein Kaugummi. „Danke", sage ich, das Kaugummi sogleich in meinen Mund schiebend. „Ich kann mich wieder erinnern", sagt er auf einmal. „Woran?" Er lacht. „An meinen Namen. Ich habe sehr lange nachgedacht. Helmut hieß ich. Obwohl ich eigentlich niemals sehr mutig war. Aber so hat meine Mutti mich stets gerufen. Sie war blond und sehr hübsch!" „Hallo Helmut, ich heiße Kassandra", sage ich. „Kassandra?" „Ja?" „Kannst Du meiner Mutti bitte sagen, dass es mir Leid tut, dass ich mich vor den braunen Männern versteckt habe, als sie sie abgeholt haben? Wenn Du im Himmel bist?"

Freitag, 5. September 2014

„AZRAEL, AZRAEL", kreische ich. „Kassandra, hast Du mal auf die Uhr geschaut, es ist ein Uhr morgens!" „Engel schlafen? Egal, es ist wichtig!" Der Engel gähnt. „Was könnte in dieser Hergottsfrühe schon wichtig sein?" „Dieser Junge, wer ist das?" „Na, ein Geist. Sollte Dich doch inzwischen nicht mehr verwundern, dass sie anscheinend gerne mit Dir Smalltalk halten!" „Aber was will er von mir?" Der Engel seufzt. „Er ist traurig." „Jetzt mache es nicht so spannend", sage ich ungeduldig, „wieso ist er traurig?" Azrael zögert. „Er denkt, dass er nicht zu seiner Mutter darf." „Darf er denn?" „Sicher", nickt der Engel. Ich verstehe nicht. „Wo ist dann das Problem?" „Das Problem sind seine Schuldgefühle. Er denkt, er habe seine Mutter verraten weil er sich im Schrank versteckt hatte als man diese abholte. Du kannst Dir sicherlich vorstellen, wer!" Ich nicke. Das kann ich nur zu gut. Ich sehe es bildlich vor mir. Ein Schauer läuft mir über den Rücken. „Aus Scham kam er nicht mehr heraus. Er ist in dem Schrank erstickt." „Ich verstehe." Ich habe Tränen in den Augen. „Das Ganze ist nicht zufällig in dieser Wohnung passiert?" Der Engel lächelt traurig. „Wie kann ich ihm helfen?" „Gar nicht, er muss selber dahinter kommen!"

Samstag und Sonntag, 6. und 7. September

Karsten kanzelt das gemeinsame Wochenende. Klar bereitet mir das Kummer, jedoch nicht mehr in der Form, dass ich Schwarz deswegen tragen würde. Um ehrlich zu sein, hatte ich damit gerechnet. In Anbetracht der Tatsache, dass er Anfang der Woche eine Praktikumsstelle antrat, war mir das so klar wie Kloßbrühe, dass er absagen würde. Ungewohntes Schaffen in der Schreinerei und frivole Freundin am Wochenende, manche Männer scheint so etwas zu überfordern. Ob es wohl etwas ändern würde, wenn er mir glauben würde, dass wir einander nur noch fast vier Monate haben werden? Ich denke eher nicht. Jedoch habe ich für mich beschlossen, auch wenn es sich nur noch um ein knappes Vierteljahr handelt, mich dennoch innerlich davon zu befreien und den Rest meines Lebens nicht mehr abhängig von seinen Entscheidungen und Handlungen zu verbringen. Besser spät als nie! Ich besichtige mit meinen Kindern die neue Wohnung, in die wir in gut zwei Wochen zusammen einziehen werden. Kellys Zimmer ist bereits rosafarben, das von meinem Sohn in einem freundlichen Grünton gestrichen. Die Wohnung ist wirklich wunderschön, nur noch vier Monate, zu schade! Wirklich zu schade! Und wieder einmal die an mir nagende Frage: welchen Sinn macht dieser Umzug jetzt noch?

Montag, 8. September 2014

Was macht man an einem Montagnachmittag im Spätsommer? „Mann"
macht vermutlich das, was er am zweit häufigsten tut, Bierdose in der
einen, Fernbedienung in der anderen Hand und in der Flimmerkiste
Fußball glotzen. „Frau" entfernt sich derweil den Nagellack von den
Füßen, werden diese doch ohnehin in Anbetracht der bereits kühler
werdenden Wochentage bald wieder verstrumpft werden. Wirklich
unschön, diese weißen Flecken unter dem schönen roten Lack, breiten sie
sich doch von Mal zu Mal deutlicher aus. Schon phänomenal, wie
farbiger Lack die Nägel verfärbt. Merkwürdig nur, dass an den
Fingernägeln keine Flecken zu sehen sind, verwende ich dort doch den
gleichen Lack. Ach, Du Schreck! Es fällt mir wie Schuppen von den
Haaren oder sollte ich eher sagen wie Pilze von den Füßen? Das sind gar
keine vom Lack verfärbten Nägel, das ist Nagelpilz! Wie überaus
ekelhaft, zum Verderben verurteilt in jeglicher Hinsicht, die Verrottung
hat begonnen! Ich sehe sie schon an meinem Sarg stehen: „Igitt, gucke
Dir mal die Nägel von der Leiche da an aber fasse den Fuß nicht aus
Versehen an, das ist ansteckend!" Ich will nicht mit Ekelfüßen sterben!!!

Dienstag, 9. September 2014

Es wird bereits dunkel draußen. Ich sitze auf meinem Bett. Missmutig
schaue ich auf meine Mauken, drehe sie nach links, drehe sie nach rechts
und stelle fest: „Einfach nur Pfui Bäh!" „Man kann es auch übertreiben!"
Der Engel reicht mir eine Flasche mit Essigessenz. Azrael hat es sich in
der Zwischenzeit zur Gewohnheit gemacht, abends noch kurz vorbei zu
schauen, also bin ich über seinen Besuch nicht weiter verwundert. „Was
soll ich denn damit?" „Trinken und zwar ex", scherzt er, „na auf Deine
verpilzten Nägel schmieren, was denn sonst?" „Höre auf, Deine Flügel
zu verdrehen, das ist wirklich eklig!" „Ja, schon ein bisschen", kichert
Azrael und rutscht ein Stück weg. „Trotzdem übertreibst Du, Schätzchen!
Vergleichen mit der Tatsache, dass sich täglich Tausende mit dem HIV-
Virus infizieren oder anderen Geschlechtskrankheiten, sind Deine
Pilzfüße ja wohl *Peanuts* dagegen." „Nenne sie nicht Pilzfüße! Und eines
kannst Du mir glauben: fängst Du Dir in unserer heutigen
überhygienisierten Gesellschaft einen Pilz ein, ganz gleich wo und auf
welche Weise, dann ist das für die Leute so, als HÄTTEST Du in der Tat
eine Geschlechtskrankheit. Deswegen wäre ich Dir dankbar, wenn Du
das nicht unbedingt an die große Glocke hängen würdest!" „Wem sollte
ich es denn erzählen, etwa den anderen Erzengeln? Nichts würde die
brennender interessieren", lacht Azrael. „Auch wieder wahr!"

Mittwoch, 10. September 2014

„Der Beißer" ist auf dem Weg nach Boston. Von unterwegs aus ruft er wie üblich an. Was denn die Briefe machen würden, fragt er mich. „Ooch, ich wollte gleich mal die Brieftauben rufen und fragen, ob sie heute noch ein paar befördern könnten", sage ich schmunzelnd. „Frau Klomberg, wie gewohnt stets einen frechen Spruch auf den Lippen, was?" Ja, Du bist ja nicht da, denke ich so bei mir, spreche es aber selbstredend nicht aus. Geraldine sei zwar erkrankt dennoch ginge alles seinen gewohnten Gang, versichere ich ihm. „Na fein, dann will ich Sie jetzt mal nicht weiter vom Schreiben abhalten. Was Du heute kannst besorgen, das verschiebe nicht auf morgen! Nicht wahr!?" „So in etwa", beende ich das Gespräch, „guten Flug!" Ansonsten verläuft der Vormittag ereignislos. Eine Patientin, die bereits an Beltane bei uns war, fragt nach ihrem Brief, der immer noch nicht angekommen sei. Ein kurzer Blick ins System … ah ja, verbummelt durch Frau Schlummert. War die eigentlich auch mal wach? Ich öffne das Fenster und rufe die Tauben. Die gucken jedoch nur blöd und gurren weiter. Na ja, einen Versuch war es wert!

Donnerstag, 11. September 2014

Eigentlich wollte ich heute auf ein komplett anderes Thema Bezug genommen haben, nämlich den Jahrestag von 9/11. Jedoch springt mir an diesem Morgen eine ganz andere Nachricht ins Auge. Dreizehn Jahre nach den tragischen Terroranschlägen der Taliban verstirbt „der Beißer". Falls Sie sich jetzt fragen, was denn das eine mit dem anderen zu tun habe – natürlich nichts. Falls Sie sich darüber entrüsten sollten, dass ich frecher Weise einfach den Taliban den Schwarzen Peter zuschiebe, auch das tue ich nicht (ich bin für jede auch noch so absurde Verschwörungstheorie stets offen). Sie müssen zugeben, dass das Taliban-Wort alliteratorisch oder t-technisch gesehen einfach gut in diesen Satz passt und glauben Sie mir – DIESES Wort existiert definitiv nicht im deutschen Duden, machen Sie sich also bitte gar nicht erst die Mühe, es nachzuschlagen. Und falls Sie sich jetzt immer noch fragen: „Häh? Welchet Wort meint die denn getz?" Weder noch! Aber zurück zum „Beißer". Ich meine natürlich nicht Klark Kleefisch. Der sitzt jetzt vermutlich gerade irgendwo in Boston, schlürft Birnensaft und isst Bagels oder Baguette-Brötchen. Ich spreche vom wirklichen „Beißer", dem legendären Bond-Bösewicht, Richard Kiel, der übrigens optisch ohne jegliche Ähnlichkeit zu Klark Kleefisch ist, welcher natürlich keine 2,10 Meter misst, eher 1,10 Meter. Dafür hat er aber wirklich schöne Zähne soweit sich das beurteilen lässt. „ Richard, wir sehen uns!"

Freitag, 12. September 2014

Der Umzugstermin rückt näher. Mein Stresspegel steigt merklich. Am Morgen noch auf einer harmlosen Eins, wandert er bereits auf eine Drei, nachdem meine Mutter Karola mich informiert, dass die Waschmaschine statt am Montagmorgen nun doch schon morgen früh abgeholt würde da sie in die neue Küche integriert werden wird. Gefühlt noch etwa acht Maschinen zu waschen, befindet sich der Pegel relativ rasch auf der Fünf um nach dem Gespräch mit dem Küchenmenschen, der mir zeigt, welche Griffe meine Mutter nachträglich für die Küche ausgesucht hat, dann deutlich die Sieben anzusteuern (ich hasse Hochglanz). „Ihre Mutter ist dominante Frau, Frau Klomberg. Haben Sie so schön ausgesucht, iste Ihre Mutter gekommen und hat gesagt: 'Nix da!'" Ich wusste es. Kurzerhand bitte ich den Küchenmenschen, die Griffe auszutauschen gegen matte Modelle, von denen er allerdings nur zehn vorrätig hat statt der benötigten zwanzig (Pegel inzwischen auf der Acht). Ich bitte ihn, halb halb zu machen, Hälfte matt, Hälfte Hochglanz. Er schaut, als hätte ich sie nicht mehr alle, was ja auch nicht ganz von der Hand zu weisen ist, stimmt aber äußerst irritiert zu. Abends in der Sauna erreiche ich dann aber letztendlich doch noch die volle Zehn auf der Skala, nachdem Andi der Bademeister mich vor versammelter Mannschaft fragt: „Ist das da ein Pilz auf Deinen Nägeln?"

Samstag und Sonntag, 13. und 14. September 2014

Nach zwei Wochen Abstinenz verbringe ich das Wochenende wieder bei meinem Karstileinchen, dessen Abwesenheit mir in den letzten vierzehn Tagen doch deutlich aufgefallen ist. Noch einmal Kraft tanken, in eine Welt vor all dem Alltagskram fliehen, noch einmal Ruhe vor dem großen Sturm. Ich erzähle Karsten von meinem Umzugsstress und den üblichen Meinungsverschiedenheiten mit meiner Mutter. „Und Du wunderst Dich, dass Dir Deine Sterbe-Story niemand abkauft", lacht er, „würdest Du wirklich weichen, wäre Dir so etwas wie Küchengriffe völlig egal, abgesehen davon, dass jemand, der in absehbarer Zeit sterben müsste, niemals zum jetzigen Zeitpunkt noch umziehen würde! So jemand wäre jetzt auf Weltreise oder irgendwo im Urlaub!" Ich schaue ihn an und mir wird bewusst, dass mein Freund mich tatsächlich nicht besonders gut kennt aber ich schweige still. Ich will doch nur, dass alles perfekt ist bevor ich gehe, warum will das eigentlich niemand verstehen? Ich möchte alles noch so gut wie irgend möglich machen vorher. In der Wohnung wird ja wohl Stefan mit den Kindern wohnen, der übrigens außer den Magazinen auch keinen Hochglanz mag.

Montag, 15. September 2014

Mein letzter Geburtstag. Ich verbringe ihn mit Packen. Ich verdränge die Tatsache, dass ich bereits mit 38 abkacken werde und konzentriere mich voll und ganz auf den bevorstehenden Umzug. Ein paar Gratulanten, die zwischenzeitlich mailen oder sogar anrufen aber diese wimmele ich mehr oder weniger geschickt ab. Päckchen packen kann durchaus ein meditativer Vorgang sein wenn man sich kontemplativ in ihn vertieft. Ein Karton, zwei Kartons, drei Kartons ... usw. ... nach einer Weile ist man tatsächlich zutiefst entspannt. „HAPPY BIRTHDAY!", flötet der Engel mir ins Ohr und die Oase der Entspannung löst sich binnen Sekunden auf. „Denkst Du etwa, ich vergesse Dich?", lacht er mich in die Seite stupsend an. „Azrael, ich mache mir nicht viel aus meinem Geburtstag!" „Ja, da hast Du leider was gemeinsam mit vielen Deiner Artgenossen in der heutigen Zeit. Für so etwas seid Ihr heute zu beschäftigt, was? Früher habt Ihr solchen Anlässen eine wesentlich höhere Bedeutung beigemessen. Den Geburtstagen, den Jahreskreisfesten, selbst den christlichen Festen, heute kennt Ihr allenfalls noch Weihnachten und selbst das ist verkommen vom Konsum. Heute regiert das *World Wide Web* die Welt aber unter uns", kichert der Engel, „so besonders helle wart Ihr Menschen ja nie!"

Dienstag, 16. September 2014

Diesen Tag kann ich nur mit einem einzigen Satz beschreiben. Wie mein ehemaliger Englischlehrer Herr Eisenbusch, stets zu sagen pflegte: „Stress, high Stress! Action, Action, Action!" Die Briefe im Büro werden nicht weniger. Was für eine Syphylis-Arbeit! Zuhause sind etliche Päckchen noch zu packen. Meine beiden Kinder sind davon allerdings alles andere als begeistert. Kris ist von der gesamten Unternehmung Umzug völlig irritiert. Ängstlich klammert er sich an meinen Beinen fest während Kelly, ganz und gar nicht damit einverstanden, dass ihre „doofe Mama" all ihr Spielzeug in Kisten verstaut, dieses Teil für Teil tatkräftig wieder auspackt und zurück in die Schränke räumt. Das alles unter einer Geräuschkulisse und einem derartigen Geschluchze und Gekreische, dass die Mama selber einfach nur noch weglaufen und schreien möchte. „Ich krich die Krise!" Jetzt hilft nur noch Eines: für den Rest des Abends Meeresmeditationen auf Youtube anschauen. Der Effekt ist nicht zu unterschätzen. Unter Wasser sieht die Welt ganz anders aus. Fische kennen weder Umzugs- noch Sterbestress, sie schwimmen einfach lässig im Strom. Kein Fisch mit Flügelflossen, der ihnen sagt: „Hey passe bloß auf, in einem halben Jahr wirst Du ein Fischstäbchen sein!"

Mittwoch, 17. September 2014

Ich räume ein paar Sachen in den neuen Keller. In erster Linie Krimskrams, Killefitt und Klimbim, kurz und knapp Kitsch. Ein paar alte Hüte, diverse Bilder, verschiedene Fotos. Beim Betrachten dieser kommt mir unwillkürlich der Begriff „Photophobie" in den Sinn, an selbiger leiden zahlreiche unserer Patienten. Ob die wohl jedes Mal schreiend raus rennen müssen wenn sie aus Versehen aufs Foto geschaut haben und der böse Blick der Schwiegermutter sie trifft? Bei Gelegenheit muss ich mal die Ärzte fragen. Ich setze mich auf eine der Kitsch-Kisten. Bis spät in die Nacht hatte ich noch mit Packen verbracht. Ich lehne mich zurück und döse vor mich hin. „Herzlich willkommen hier!" Eine alte Frau am Rollator stupst mich an. Die kenne ich doch. War das nicht die vormalige Vermieterin? Als könnte sie mich hören, nickt sie mir freundlich zu. „Ja, ich bin die Kristel. Die Hälfte meines Lebens habe ich in diesem Haus verbracht. Und es war ein gutes Leben, am Ende vielleicht ein bisschen zu kurz", lacht sie, „aber das geht wohl jedem so. Sie und Ihre beiden Kinder, Sie werden sich hier sehr wohl fühlen!" „Nicht für sehr lange Zeit", nuschele ich. Sie lächelt mir zu, dann plumpse ich plötzlich vom Paket. PLATSCH. Ich bin allein im kalten Keller.

Donnerstag, 18. September 2014

Prozentual zu den während dieser Woche weniger werdenden Tagen in unserer alten Wohnung, steigt mein Stresslevel. Gestresst hetze ich durch den Tabakwarenladen um mir die letzten drei Exemplare der „BLÖD-Zeitung" unter den Nagel zu reißen, die noch übrig geblieben sind. Man braucht ja schließlich was zum Einpacken. „Warum denn drei?", fragt mich die Fachverkäuferin verdutzt. „Warum denn nicht?", antworte ich, mich fühlend als würde ich mit meiner dreijährigen Tochter sprechen. „Die ist so spannend, ich muss die immer dreimal lesen", füge ich verschmitzt hinzu. Die kleine kurzhaar- und sichtige Verkäuferin kratzt sich fragend am Kopf. Jetzt rattert es dort oben. Man merkt es sichtlich an ihrem benommenen Blick. „Sie könnten doch auch ein und dieselbe Zeitung dreimal lesen, dadurch verschwinden doch nicht etwa die Zeilen oder doch? Dann würden Sie nämlich sehr viel Geld sparen!", nickt sie nachdenklich. Eins, Zwei, Drei … ganz ruhig bleiben, ermahne ich mich zur Selbstbeherrschung. „Ja, aber ein mehrfach gelesenes Exemplar fühlt sich immer schon so abgelesen an, verstehen Sie, was ich meine?" Ihre Miene hellt sich sichtlich auf. „Ja, DA haben Sie natürlich Recht!" Hätte ich die Zeit dazu, ich würde mich breitbeinig auf dem Boden wälzen vor Lachen.

Freitag, 19. September 2014

Stress lass nach, Du bist umzingelt! Zurzeit bräuchte ich eigentlich acht Arme. Zwei zum Einpacken, zwei zum Auspacken, zwei zum Sortieren und zwei zum Massieren – und zwar meine müden Beine. Zeitgleich komme ich mit meiner Mutter Karola vor der neuen Wohnung an. Zufall? Schicksal? Rasch wollte ich eigentlich mal eben noch ein paar Kleinigkeiten in den Keller geräumt haben. Aus dem „mal eben" wird natürlich nichts. „Die übrig gebliebenen Kacheln aus der Küche und die restlichen Fliesen aus dem Flur müssen noch in Deinen Keller!", begrüßt meine Mutter mich. „Morgen, Mama!" Ich begehe einen groben Fehler. Ich wage es zu widersprechen. „Ich brauche den Ballast eigentlich nicht!" Sie bleibt stehen. Sie dreht sich um. Sie schaut mich an als hätte ich den Verstand verloren und fragt: „Wie bitte?" „Ich will keinen Kachel-Krempel!" „Und wenn Du mal einen Wasserschaden oder Rohrbruch hast oder Beides? Keine Diskussion, Du kellerst die Kacheln ein!" „Nö!" „Und ob!" Mit verschränkten Armen stelle ich mich vor die knarrende Kellertür. „Ich schließe nicht auf!" „Wenn Du nicht sofort aufschließt und die Sachen in Deinen Keller räumst, bist Du für mich gestorben!" Wie witzig, denke ich mir, ich sterbe doch sowieso. Aber brav schließe ich natürlich die Türe auf und räume sämtliche Platten, Kacheln und Fliesen fleißig und fein säuberlich ein.

Samstag und Sonntag, 20. und 21. September 2014

Die letzte Nacht in unserer alten Wohnung. Alle Kisten und Kartons sind gepackt, sämtliche Sachen sind verstaut, jetzt gibt es nichts weiter zu tun außer zu warten. Ein merkwürdiges Gefühl – so eine leere Wohnung. Mir wird bewusst, wie sehr unsere Sachen uns doch ausmachen. Klar bin ich gegen zu viel Konsum, bin ja schließlich politisch korrekt dennoch ist dieses neue Nichts, in das ich jetzt starre besonders bedrückend. Leblos. Ablenkung gibt es keine, sind ja noch nicht einmal mehr Bücher da geschweige denn von anderen Dingen. Eine schnöde Gebrauchsanleitung wäre jetzt ein Geschenk. „Ist doch nur für eine Nacht", unterbricht der kleine Junge die Stille. Helmut! „Ich wollte mich noch von Euch verabschieden. Habe noch ein letztes Mal mit dem Jungen gespielt, das Mädchen sieht mich leider schon nicht mehr. Sie wird mich bald vergessen haben. Schade!" Ich zögere. Dann gebe ich mir einen Ruck. „Helmut, höre mir jetzt mal zu! Wenn wir morgen gehen, dann möchte ich, dass Du auch gehst! Siehst Du ein Licht, gehe hinein! Hörst Du eine Stimme, folge ihr! Es wird Deine Mutter sein. DU kannst nichts dafür, sie weiß das. Gehe mit ihr!" Schluchzend nickt der Junge. „Ist gut!"

113

Montag, 22. September 2014

Umzug. Dann sind wir da. In der neuen Wohnung. Die Kürze meiner Sätze spiegelt gekonnt den Grad meiner merklichen Müdigkeit wider aufgrund der inzwischen andauernden Aneinanderreihung von im Wachzustand verbrachten Stunden. War das nicht ein schöner Satz? Für diesen habe ich noch einmal alle hinterhergebliebenen Hirnzellen aktiviert, die noch nicht in ein kollabierendes Koma gefallen sind. Klingt in etwa so wie meine Übersetzungen aus der französischen in die deutsche Sprache noch zu Schulzeiten. Ein wenig wackelig halt aber man weiß im Prinzip, was gemeint ist. Um mal wieder auf den Punkt zu kommen: die neue Wohnung ist der Hammer! Ich wüsste nicht, wo ich anfangen sollte zu beschreiben, was man nicht in Worte fassen kann. Sie müssten sie selber sehen, dann sähen Sie, was ich meine. Welche Ironie, dass ich am Ende meines Lebens noch zu einem solchen Wohnkomfort gekommen bin. Nur blöd, dass man nichts mitnehmen darf. „Ach Petrus komm, nur die eine Couch, die fällt doch kaum auf!" „Nö!" „Jetzt hab Dich doch nicht so!" „Gesetz ist Gesetz und verboten ist verboten und Vorschrift ist Vorschrift. Alles muss raus!"

Dienstag, 23. September 2014

Die erste Nacht in der neuen wahnsinnig weiten und wendigen wuchtigen Wohnung. Diese ist in der Tat riesig. Ich kann mich umdrehen, ohne dass etwas zu Bruch geht. Ein ganz neues Lebensgefühl. Auch meine beiden Kinder sind bis über beide Ohren begeistert. Das merke ich daran, dass sie hören, wenn ich etwas sage, was wirklich weder an Weihnachten noch an Neujahr vorkommt außer sie sind außerordentlich angetan. Staunend und strahlend stolzieren sie durch die Szenerie, dabei sorgfältig alles angrapschend, -patschend und -tatschend, was allerdings in Anbetracht des Ausnahmezustandes in den letzten Wochen meinerseits völlig in Ordnung geht. Ich sehe es an ihren bewundernden Blicken, sie haben ihre neue Heimat bereits in ihr Herz geschlossen. Sie sind genauso glücklich wie ihre Mama, die derweil noch mit halbem Herzen gedanklich am Helmut hängt. Von Tränen überströmt war das kleine Gesichtchen zum Abschied. Wird er es tun? Wird er gehen? Wird es ihm gut gehen? Wird seine Mama ihn wirklich mitnehmen? Ich hoffe heftigst, der Vater unser Herrgott im Himmel vergibt mir meine kleine Notlüge. Ich musste es einfach auf einen Versuch ankommen lassen. Ein Dreivierteljahrhundert in dieser Wohnung sind genug. „Das hat er bereits getan!" „Wer war das?" Stille. „Was jetzt? Ging das Gör oder hat es der Vater vergeben?" „Beides!" „Gott sei Dank!"

Mittwoch, 24. September 2014

„Sie haben Post!" Ich hatte gar nicht bemerkt, dass außer mir noch jemand um diese Uhrzeit im Hausflur herum geistert. Die Sonne ist noch nicht aufgegangen, was nur eines heißt: wir haben Herbst! „Ja, die Tag- und Nachtgleiche war doch schon am Anfang der Woche", stellt jemand hinter mir fest, der offensichtlich entweder Gedanken lesen kann oder ein Gespenst ist oder vermutlich Beides. „Letzteres", lacht das Gespenst. „Ach Sie sind es, Kristel! Ohne Rollator habe ich Sie nicht gleich erkannt!" „Den brauche ich doch jetzt eigentlich gar nicht mehr. Die Macht der Gewohnheit, wissen Sie?" Ich weiß nix, nicke aber so tuend, darin bin ich ganz gut. „Wollen Sie denn gar nicht wissen, was drin ist?" „Wo?" „Na in dem Umschlag!?" Will ich eigentlich auch nicht, wirkt wie Werbung. Na Klasse, ein Gutschein für ein kostenloses „Zehn-Minuten-Make-up" in Marzahn, vermutlich von Cindy persönlich aufgemalt. Manchmal hat man aber auch Glück im Leben. „Sie sollten nicht so zynisch sein, junge Frau!" „Was wissen Sie schon?" „Dass Sie eine junge in vielen Facetten feinfühlige Frau sind, die momentan ihre Welt aber nicht wirklich wahrnimmt. Lichten Sie den Schleier, sehen Sie hin!" Ich sehe … nichts … nur den inzwischen wieder unbeleuchteten Hausflur.

Donnerstag, 25. September 2014

„Lichten Sie den Schleier!" Na, die hat ja vielleicht gut reden, denke ich mir während ich wie seit Anfang der Woche weiter die Wohnung voll räume. „So ganz Unrecht hat sie aber damit nicht!" Der Engel! „Ach Azrael, fühle Dich ganz wie zu Hause. Pass aber auf, dass Du nicht stolperst! Es stehen noch überall Kisten und Kartons herum." Neugierig schaut er sich um. „Schön hast Du es hier, so geräumig!" „Ja, leider werde ich es nicht mehr sehr lange genießen können, wie Du ja ganz genau weißt!" „Ach, werden wir jetzt wieder depressiv drauf, ja?" „Sind." „Wie sind?" „Es muss heißen: sind wir jetzt wieder depressiv drauf oder alternativ werden wir jetzt wieder depressiv – ganz wie Du willst!" „Bist DU wieder zickig heute!" „Azrael, ich mache seit Wochen nichts anderes mehr als ein- und auszupacken, die Hälfte aller Habseligkeiten habe ich noch nicht wieder gefunden und eigentlich möchte ich nur noch schlafen, ich bin völlig erledigt!" „Schlafen kannst Du noch, wenn Du tot bist!", neckt mich der Engel. „Guter Witz, Azrael! Kennt man gar nicht von Dir! Hätte eigentlich von mir sein können!" Er verpasst mir einen Flügelstupser, der mich fast stolpern lässt. „Dann ruhe Dich aus, Herzchen. Du wirst es sehen, morgen früh um sieben wird die Welt wieder in Ordnung sein! Da gebe ich Dir meinen Flügel drauf!"

115

Freitag, 26. September 2014

Wir leben uns langsam ein. Der Zunder aus den Päckchen verschwindet zunehmend hinter Zedernholztüren, das Stresspendel kommt zum Stillstand beziehungsweise stagniert der Stress spontan und die Laune wird luftiger. Falls Ihnen meine letzten Worte ein bisschen spanisch vorkommen (ich meine natürlich nicht „DIE letzten Worte", die kommen erst Ende des Jahres und werden hoffentlich etwas bedeutender sein als dieser Nonsens), so haben Sie selbstredend Recht, doch was bringt es Ihnen? Was mich betrifft, so lebt eine jede Sprache von der Kreation neuer Wörter und konstruierter Konstellationen der selbigen, sprich: sie sollte in erster Linie lebendig sein. Ich war noch niemals Freundin fester Vorschriften und starrer stiefmütterlicher Standards. Ich habe bisher nur wenig Wichtiges vollbracht in meinem Leben aber wenn ich Euch außer meinen kunst- und lustvoll fabrizierten Kindern noch eines hinterlassen darf Leute, dann ist es dieses: werdet kreativ! Hebt den Popo hoch! Schwingt den Stift oder Pinsel oder was auch immer (nicht den Joystick, der zählt natürlich nicht!) und legt los. Wenn Euch irgendjemand erzählen will, Euer Buch hätte keinen Spannungsbogen oder Euer Bild keinen interessanten Blickwinkel oder Euer liebevoll selbst gestrickter Pullover zwei linke Arme, wen interessiert es denn eigentlich? Umso mehr macht es das zu unseren Unikaten!

Samstag und Sonntag, 27. und 28. September 2014

Bleiben wir jetzt beim Du? Ihr habt im letzten dreiviertel Jahr einen Einblick in meinen chaotischen Kopf erhalten, so dass sich das „Sie" für mich persönlich jetzt nicht mehr stimmig anhört. Da Ihr hier kein sonderlich großes Mitspracherecht habt (eigentlich gar keines da ich ja zugleich Hauptprotagonistin als auch Kreateurin dieses Kauderwelschs bin), lege ich das jetzt einfach mal so fest. Wenn Ihr jetzt protestieren wollt: vergesst bitte nicht, ich muss bald sterben, ich habe praktisch Narrenfreiheit! Ansonsten gibt es an diesem mit nur wenigen Ereignissen behafteten Wochenende auch nicht viel zu berichten, außer dass ich beim Baumarkt war, beim Bauhaus um genau zu sein, was nicht als Werbung gemeint sein soll sondern lediglich so schön passt wegen des Bs (in Wirklichkeit war ich nämlich im Hellweg). Der Baumarkt war übersäht mit Bummelanten, was ja normalerweise ganz nett ist wenn man ZEIT hat, die ICH nicht mehr habe. „Hör mal, wer da hämmert?" Nö. Mein einziges Bestreben liegt darin, als finalen Akt das neue Heim für meine Kinder noch niet- und nagelfest zu machen. „Dir bleiben noch drei Monate!", tönt es aus dem Lautsprecher. Ich hänge ein Handtuch drüber.

Montag, 29. September 2014

Ich statte unseren neuen Balkon mit neuen Kräutern aus. Diese seien garantiert winterhart, hat die Fachverkäuferin im Gartencenter mir versichert. Sie würden in jedem Falle das nächste Frühjahr noch sehen, fügte sie verschmitzt hinzu. „Ich nicht!", hatte ich ihr herausfordernd erwidert, was sie jedoch geschickt überging und sich leicht irritiert direkt dem nächsten Kunden zuwandte. Mittlerweile macht es mir wirklich Spaß, die Leute auf die Schippe zu nehmen beziehungsweise eigentlich tue ich das ja nicht, ich bin ja bloß ehrlich. Aber gerade das ist es ja, was sie am Wenigsten ertragen. Mit Tod oder gar Krankheit wird kaum jemand gerne konfrontiert in unserer westlichen Zivilisation. „Ist mir schnuppe", denke ich mir und schnuppere stattdessen am Lavendel. Er duftet herrlich. Ich nehme einen tiefen Zug und drifte ab – ins Land der Lavendelträume. Ich stehe inmitten eines riesigen Feldes. Die Sonne scheint. Wo ich auch hinblicke – Lavendel. Plötzlich winkt mir aus weiter Ferne jemand zu. Jemand mit langen grauen Haaren, scheint schon eine etwas ältere Frau zu sein. Nein, es ist DIE Alte, die ich bereits dreimal vergeblich verfolgte. So auch dieses Mal. Ich renne los, sie rennt weg. Dabei lachend als wäre das ein Riesenspaß für sie. Ist es vermutlich auch. Jegliche Verfolgung zwecklos. Ich halte an und öffne die Augen.

Dienstag, 30. September 2014

„Und Gott sprach, es werde Licht!" Nein, so einfach geht das natürlich nicht, das wäre jetzt auch zu schön gewesen um wahr zu sein! Statt an den, die oder das Allmächtige wende ich mich an Azrael. Wenn einer mir bei dieser Sache weiterhelfen kann, dann wohl er. „Wer ist diese alte Frau?", frage ich ihn, ihm einen frisch zubereiteten Thymian-Tee aus eigener Kräutersammlung reichend. „Lecker", weicht er aus. Ich bleibe stumm. „Kommst Du denn nicht von selber drauf?" „Würde ich Dich dann fragen?" Er zögert. „Eigentlich habe ich Dir schon viel zu viel verraten!" Ich schüttele den Kopf. „Das denke ich nicht! Ich werde hier mit allem allein im Dunkeln gelassen. Ihr habt mir gesagt, dass und wann ich gehen muss, das stimmt. Aber seitdem habe ich mehr als merkwürdige Begegnungen, auf die ich mir allesamt keinen Reim machen kann. Mich überfordert das. Lasse mich bitte nicht so dumm sterben, Azrael!" Der Engel nippt an seinem Tee, dann schweigt er und starrt geradeaus. „Was ist es, dass Ihr Menschen immer alles wissen wollt, jedes Mysterium bis ins kleinste Detail entmystizieren müsst!?" „So lernen wir", unterbreche ich ihn. „Eines lernt Ihr dabei ganz sicher nicht!" „Und das wäre?", frage ich neugierig. „Zu vertrauen!"

Mittwoch, 1. Oktober 2014

Ich sehe einen Film mit Simone Thomalla. Für mich die sowohl erotischste als auch attraktivste Frau im Deutschen Fernsehen und das nicht erst seit dem „Tatort". Ich überlege, ob mir aufgespritzte Lippen wohl stehen würden. „Nein!" „Ruhe da oben!" Ich stöbere im Internet und in Illustrierten nach „Lippenwundern" und konstatiere, es hatten nicht alle Perlen so viel Pech wie Goldie Hawn oder Meg Ryan, bei manchen sieht es echt gar nicht mal so schlecht aus – also nicht „schlauchbootmäßig". Beim Durchstöbern meiner Post stelle ich fest, dass mir der Betriebsrat unseres Klinikums etwas zugeschickt hat. Ein Werbeblatt für Wahlen, die wieder einmal anstehen. Ganz groß vorne drauf ist wie üblich die aktuelle Betriebsratsvorsitzende. Aktuell ist gut, ich habe bislang noch kein anderes Gesicht auf der Vorderseite entdecken dürfen in all den Jahren. Nebenbuhler natürlich unerwünscht. Diese Frau wirkt unglaublich unsympathisch auf mich. Ein voll verbissener Blick, dazu derart verkniffene Lippen – mir kommt der Gedanke, ob diese Frau sich die Lippen vielleicht ab- statt aufspritzen lassen hat. „Ich möchte so unsexy wie irgend möglich wirken, verstehen Sie? Ich bin schließlich Betriebsratsvorsitzende. Schmollmund, Busen und Brust – alles muss weg, das lenkt bloß ab!"

Donnerstag, 2. Oktober 2014

Ich versuche, ein paar Bilder in der neuen Wohnung aufzuhängen. Die Betonung liegt auf dem Wort „versuchen". Dieses scheitert kläglich. Die 3,8 x 100 Millimeter-Nägel markieren allenfalls die Wand, als dass sie diese auch nur einen Millimeter weit durchbohren würden. Ich probiere es von allen möglichen Seiten und allen zugänglichen Stellen doch es ist hoffnungslos, die Nägel fliegen mir jedes Mal umgehend wieder um die Ohren. Hinter mir hängt mir zusätzlich Kris am Rockzipfel, der in einer Tour an selbigem zieht und „Bonbon!" befiehlt. Ein paar Mal geht das so und ich gebe entnervt nach denn jeglicher Widerspruch führt zu Wutausbrüchen, die in Kopf gegen die Wand, den Boden, die Blumentöpfe, die Boxen und sonstige Gegenstände schlagen enden. Oder es wird gleich an den Boxen mit den Blumentöpfen darauf gerüttelt. Gegen Abend gebe ich entnervt auf. Erstens bin ich schweißgebadet, zweitens habe ich keine Bonbons mehr. Nachdem Stefan die Kinder fürs Wochenende geholt hat, sinke ich erschöpft in die Badewanne. „Bis Ende des Jahres werden alle Bilder hängen!", nehme ich mir fest vor. „Auch wenn ich weiß, dass das heißt: „Bohren, bohren und nochmals bohren – geht nicht nur auf die Nerven sondern auch auf die Ohren!"

118

Freitag, 3. Oktober 2014

Seit fünfundzwanzig Jahren sind wir jetzt wieder vereinigt. Mich freut das vor allem weil wir aufgrund des Feiertages frei haben. Die Sommersonne gibt noch ein allerletztes Mal ihr Bestes und von Sommersonne muss man schon sprechen bei 25 Grad im Schatten. Wir laufen in Lavesum, wandern durch wunderschöne Waldlichtungen. Mit „wir" meine ich noch immer mich und meinen Karsten. Ich hebe einen riesigen Regenwurm auf, der sich allerdings als Blindschleiche entpuppt und mir sogleich wieder entgleitet. Rechts und links des Weges Warnschilder der Bundeswehr mit der Aufschrift „Sperrzone – Schießübungen. Betreten strengstens verboten!" „Leider kann ich nicht lesen!" „Weiß ich doch, Karsten!" „Häh? Ich habe nichts gesagt!" Ein kleines Mädchen in einem lilafarbenen Kleid schaut mich an, vielleicht zwölf Jahre alt. „Die dumme Lotte kann nicht lesen, haben sie immer zu mir gesagt. Ich lief einfach an dem Schild vorbei. Jeden Tag nach der Schule habe ich alleine hier gespielt. Aber einmal hörte ich die Schüsse doch da war es schon zu spät!" „Das tut mir sehr leid für Dich!", sage ich mitfühlend. „Was?", fragt Karsten. „Braucht es nicht, niemand hänselt mich jetzt mehr, dem Wald ist es egal, ob Du lesen kannst oder nicht!" „So kann man es wohl auch sehen!", nicke ich. Karsten läuft entnervt voraus. „Nett, Dein Freund", sagt Lotte, „der Andere aber auch!" „Wer?", frage ich irritiert doch das kleine Mädchen ist schon wieder weg.

Samstag und Sonntag, 4. und 5. Oktober 2014

Sinnierend sitze ich in der Sauna. Ich frage mich, wen das kleine Mädchen namens Lotte wohl gemeint haben könnte. Ich schließe die Augen und versuche, bedeutungsschwangere Bilder zu erhalten, doch nichts. Plötzlich öffnet sich die Sauna-Tür und mir wird mit einem Mal klar, wen sie gemeint hat. „Süß", hatte der Engel einmal gesagt. Der, den er gemeint hat, wirft mir einen belanglosen Blick zu bevor er aphrodisie … ich meine aromatisches Aufgusswasser nachgießt. Ich starre ihn an. Er schaut mich an als sei ich etwas plemplem. Vermutlich denkt er an meinen Nagelpilz. Verschämt ziehe ich die Füße ein. Warum in drei Teufels Namen wirkt dieser Andi auf einmal ansatzweise anziehend auf mich? Hier stimmt doch etwas nicht! Ist das die Torschlusspanik? Denke ich etwa ernsthaft daran, drei Monate vor meinem Tod noch etwas Unvernünftiges zu tun? „Canesten", sagt er auf einmal zu mir gewandt. Ich schrecke hoch. „Aber ich heiße doch Kassandra!", stammele ich. „Die Pilzsalbe heißt Canesten", sagt er. Mit hochrotem Kopf verlasse ich die Sauna. wenigstens bekommt mein Buch jetzt einen Spannungsbogen.

Montag, 6. Oktober 2014

„Tue es nicht!" „Was?" „Du weißt genau, was ich meine!" „Weiß ich nicht, aber so langsam könnte man Deine Aufdringlichkeit als Stalking bezeichnen, Azrael. Los, gehe Leute holen und lasse mich in Frieden!" „Nö, ist sehr bequem auf Deinem Schreibtisch!" Da Azrael offensichtlich keine Anstalten macht zu gehen, ignoriere ich ihn mehr oder weniger erfolgreich. „Du willst das doch gar nicht!" „Ach ja, was weißt denn Du schon über mich?" „Vermutlich inzwischen mehr als Du selbst!" Ich merke, wie ich anfange zu zittern. Das Gespräch mit dem Engel regt mich innerlich auf. „Was denkst Du wohl, was der von Dir will?" Ich habe die Nase voll. „Azrael, was denkst Du wohl, was ich von ihm will?" „Das willst Du nicht wirklich!" „Sage Du mir nicht was ich will und was nicht! Verdammt noch mal … ." „Pssst, lieber nicht fluchen!", versucht er mich vergeblich zu beschwichtigen. „Azrael, ich bin es leid, immer nur das Richtige zu tun oder das, was von mir erwartet wird. Herrgott nochmal … ." „Pssst!" „Habe ich nicht das Recht, auch mal etwas Unvernünftiges zu tun?" „Du hast schon genug Unfug für drei Leben gemacht, wir sehen da oben ALLES! Aber das ist nicht der Punkt, Du WILLST es nicht wirklich!" „Wieso nicht?" Er lächelt mitfühlend während er mir mit seinem Flügel eine Träne von meiner Wange wischt.

Dienstag, 7. Oktober 2014

Der Dienstagmorgen fängt an mit … Dörte? „Du solls ma zum Chef!" Bevor meine Verdutzung auch nur ansatzweise nachlässt, ist die Dörte auch schon wieder weg. „Au Backe, was will der denn bloß von Dir?", fragt mich Geraldine mit sorgenvollem Blick. Schulterzucken. Mit mulmigem Magen mache ich mich auf den Weg über den breiten Gang zum Büro „des Beißers". „Frau Klomberg, nehmen Sie Platz, nehmen Sie sich einen Keks!", begrüßt er mich. Ich traue mich nicht, man kann ja nie wissen … „Ich will nicht lange um den heißen Brei herum reden", sagt „der Beißer" bestimmt, „man munkelt über Sie!" „Was denn?", frage ich perplex. „Sie würden sich merkwürdig verhalten, noch merkwürdiger als sonst. Sie seien geistig abwesend, unkonzentriert, nicht ansprechbar, Sie würden angeblich mit sich selber reden oder mit irgendwelchen imaginären Gestalten." „Ist das so schlimm?" „Sie arbeiten hier in einer Klinik. Wenn die Patienten rausfinden, dass hier Leute arbeiten, die selber gaga sind … " „Was wäre daran so neu?", frage ich herausfordernd. „Jetzt hören Sie mal gut zu", fletscht Klark Kleefisch die Flossen, „wenn Sie meinen, hier unbedingt auf „Luna Lovegood" machen zu müssen, dann … dann passen Sie ja super in unser Team!"

Mittwoch, 8. Oktober 2014

Vollmond im Widder. Vielleicht drehen deswegen auf einmal alle so am Rad. Ich denke über die widerspenstige Zähmung „des Beißers" nach, beschließe aber, mir darüber nicht groß den Kopf zu zerbrechen sondern es einfach als gegeben hinzunehmen. Vielleicht werden meine letzten drei Monate ja doch noch ganz gut. Ein Anruf eines Patienten sorgt für zusätzliche Erheiterung. In seinem Arztbrief habe er gelesen, dass er „Schlafhygiene" einhalten solle. Eine Unverschämtheit sei das. Jede Woche würde er sein Bett neu beziehen und seinen Pyjama täglich wechseln sowie auch seine Socken und Unterhosen. Vergeblich versuche ich, dazwischen zu kommen, aber der Patient lässt mich nicht. So etwas hätte ihm noch niemals jemand unterstellt, selbst seine Ex-Frau nicht und diese habe ihm schon so einiges an den Kopf geworfen. Wenn sich das herum spräche, dann hätte er ja den Ruf des „Stinkers" weg und er sei doch Deodorant-Fachverkäufer. Wer würde denn noch Deos von jemandem kaufen, der selber keine „Schlafhygiene" einhalte? „Schlafhygiene", unterbreche ich den Wortschwall schließlich, „heißt lediglich, Sie sollen regelmäßige Ruhezeiten einhalten!" „Oh!", sagt er da. „Oh!", erwidere ich. „Das ist mir jetzt aber peinlich, Frau Klomberg. Ich schicke Ihnen als kleine Entschuldigung ein Deodorant aus unserer neuesten Kollektion. Es heißt *L'Amour pour la Mort.*"

Donnerstag, 9. Oktober 2014

Mein Sohn boykottiert meine heutigen Versuche zu schreiben. „Is das?" „Ein Buch." „Machs zu?" „Schreiben." „Schreibs zu?" „Von Engeln." „Is das?" Meinen kleinen Klugscheißer von der Kommode, auf die er inzwischen geklettert ist, zurück auf seinen Spielteppich setzend, sage ich: „Krissy, lasse die Mama jetzt bitte mal in Ruhe schreiben hier!" Kris kreischt. „Neiiin, Krissy auch schreiiiben!" Seufzend drücke ich ihm ein paar Bunt- und Filzstifte sowie einen großen Malblock in die Hand und wende mich dann wieder meinen Memoiren zu. Doch Pustekuchen! Statt es mir gleichzutun, schraubt der Schlaufuchs lediglich alle Hüllen von den Filzstiften, um mit diesen seine Schwester zu bewerfen, die ihm zur Strafe mit selbigen Stiften einen Schnurrbart malt. „Mama, komma schnell, kuck ma, ich hab den Krissy bemalt!", ruft meine Dreijährige aufgeregt. Meine Begeisterung hält sich in Grenzen, während ich meinen Mops wieder sauber schrubbe und währenddessen darüber sinniere, was ich heute bloß schreibe. „Mama, schreib doch von die Schnurrbart von den Krissy!", giggelt die kleine Kelly. „Eigentlich gar keine so schlechte Idee!", erwidere ich seufzend.

121

Freitag, 10. Oktober 2014

Slibowitz-Aufguss in der Sauna. Natürlich kein echter. Dennoch beduseln mich die Dämpfe. Ich bilde mir ein, den Engel auf der gegenüberliegenden Sauna-Bank zu sehen. Nur, dass ich es mir nicht einbilde – er sitzt wirklich dort. War ja klar, dass der heute kommt. Ich tue, als würde ich ihn nicht sehen. Er muss gewusst haben, dass Andi heute wieder den Aufguss macht. Er versucht es zumindest. Er versucht, nach dem Handtuch zu greifen doch Azrael zieht es ihm dreimal hintereinander unter der Nase weg und wirft es auf den Boden. „Höre doch mal auf damit!", furze ich den Engel an. „Das mache ich doch nicht extra!" erwidert der ahnungslose Andi. Der Engel hält sich die Flügel vors Gesicht um ein Kichern zu unterdrücken. In dem Moment, als er nach dem Eimer greifen will, kippt Azrael dem armen Andi das Aufgusswasser über die Füße. „Zum Teufel nochmal!", schimpft dieser. Der Engel schüttelt sich vor Lachen. „Das ist mir zu doof!" Ich verlasse die Sauna-Kabine. „Jetzt warte doch mal", hält Andi mich auf. „Hier spukt es manchmal", kratzt er sich verlegen am Kopf. „Scheint so", erwidere ich scheinheilig. „Was ich Dich noch fragen wollte … ist er weg?" Ich seufze. „Nein, mein Freund ist immer noch da!" „Schön zu hören", antwortet Andi, „ich meinte allerdings Deinen Nagelpilz!" „Der ist weg!", flüstere ich.

Samstag und Sonntag, 11. und 12. Oktober 2014

Nach fast halbjähriger Abstinenz freuen wir uns auf Hardrock in unserer Stammdiskothek. Es kommt anders als geplant. Nach fast zweistündiger Fahrt aufgrund einer Autobahnvollsperrung, erfahren wir an der Kasse: „Hair-Metal heute im Mottenkeller!" „In der Mottenkugel", moppert Karsten, „na toll!" Sprachs und lässt mich stehen. Zwar nicht im Regen aber zumindest am Eingang. Wir treffen bekannte Gesichter: Sven und Katar, die übliche Schar doch zwecklos denn Karstilein bleibt miesepetrig. Eingeschnappt sein kann Kassandra aber besser und setzt sich trotzig an die Bar vor der „Mottenkugel". Es dauert nicht lange, da kommt der erste hirntot getrunkene Heini auf mich zu: „Hassu meinen Neffen gesehen?" „Nö!" Ich drehe mich weg. „Aber dat is doch der Detlef!" „Kenne keinen Detlef!" Karstilein läuft an mir vorbei, sieht mich mit dem Trunkenbold und dreht sich wütend weg. „Hassu den Detlef gesehen?", säuselt dieser erneut. „Ich kenne keinen Detlef!", schreie ich und springe vom Barhocker. „Karsti!", rufe ich. Keine Reaktion. „Karstilein!" Nase rümpfen. Immerhin bleibt er stehen. „Egal was Du sagst, ich will es nicht hören!" „Auch nicht, dass ich Dich liebe?"

Montag, 13. Oktober 2014

„War lustig am Freitag, was?" Ich schrecke hoch. „Azrael, Du kannst jetzt nicht ständig hier an meinem Arbeitsplatz auftauchen, ich habe schon Ärger bekommen wegen Dir!", flüstere ich. „Böh!", schmollt der Engel. „Sorry, ich bin noch nicht ganz wach Kassandra, hast Du was gesagt?" „Nö nö, ich rede bloß wie üblich mit mir selbst", sage ich zu Geraldine gewandt. „Ach so, na dann!" „Aber das war doch wirklich lustig!", flüstert jetzt auch der Engel. Ich tue, als müsste ich zur Toilette. Azrael folgt mir unauffällig. Aber er könnte auch im Karnevalskostüm kreischend Purzelbäume schlagen. Es hört und sieht ihn ja ohnehin keiner. „Ja, es war lustig, das muss ich zugeben!", kichere ich. Ein Mann mittleren Alters mit zerzausten zotteligen Haaren läuft ziellos an uns vorbei. Plötzlich blickt er auf und zeigt mit vor Schreck geweiteten Augen auf Azrael. „Ein Engel, ein Engel!" „Da vorne ist er!" Zwei Pfleger schnellen um die Ecke. „Jetzt beruhigen wir uns mal und kommen schön brav wieder mit, Herr Kowalski!" „Aber ich habe einen Engel gesehen, die kleine dicke rothaarige Frau da sieht ihn doch auch, fragen Sie sie doch!" Die Pfleger schauen mich fragend an. Ich zögere. Der Engel schüttelt vehement den Kopf. „Sorry", sage ich achselzuckend zu den Pflegern gewandt. „Wir müssen uns entschuldigen, der ist uns von drüben abgehauen – aus der Psychiatrie. Schizophrenie, wissen Sie!?"

Dienstag, 14. Oktober 2014

Heute hätte eine sehr liebe Freundin von mir Geburtstag gehabt. Leider ist sie noch nicht einmal fünfundvierzig Jahre alt geworden. In ihren frühen Zwanzigern stellte man eine sehr boshafte degenerative und unheilbare Erkrankung des Nervensystems bei Kristiana fest. Ihr körperlicher und geistiger Verfall war rasch und rapide. Diese einst lebenslustige Vollblutfrau, die man niemals ohne Minirock und Stöckelschuhe sah, war vor ihrer Diagnose der wohl schlagfertigste und lustigste Mensch den ich kannte. Nächtelang heulte ich mich in meiner pummeligen Teenager-Zeit an ihrer Schulter aus während sie mir beibrachte zu kontern. Ich erinnere mich an Sprüche wie „Ich kann abnehmen aber Du bleibst hässlich!" oder „Gegen Doofheit helfen keine Pillen!" Kristiana starb lange Zeit vor ihrem eigentlichen Tod. Jemand, der sie von früher kannte, hätte sie nicht mehr wieder erkannt. In Windeln, gefüttert und versorgt durch ihre Mutter und zuletzt durch Schläuche, ist sie schließlich in eine Art Wachkoma verfallen. Ich bedaure es, mich zum Schluss von ihr abgewandt zu haben. „Ich hoffe, dass du gefühlt hast, wie sehr ich Dich geliebt habe, meine tapfere Tina!"

Mittwoch, 15. Oktober 2014

„Guten Morgen Kassandra, könntest Du bitte das Telefon heute übernehmen?", begrüßt mich Paula van Pohl postwendend als ich den Klinikbereich betrete. Sie müsse unsere neue Kollegin Keppra einarbeiten. „Ich heiße wirklich wie die Pille", lässt diese mich wissen, „mein Vater war ein kleiner Spaßvogel", fügt sie hinzu als befürchte sie, ich würde ihr sonst nicht glauben. Am frühen Vormittag nach dem Eingang von bereits gefühlt über fünfzig Patientenanrufen beschließe ich, mir erst einmal meine tägliche Koffein-Droge aus der Cafeteria zu holen. Doch was sehe ich da? Fünf (nein, nicht Freunde) jedoch fünf Frauen in der Ambulanz, die theoretisch das Telefon übernehmen könnten. Ich presche auf Paula zu und frage sie, ob sie mich veräppeln wolle. Wir gehen vor die Tür und schlagen hemmungslos aufeinander ein (nein, natürlich nicht). Paula bricht in Tränen aus. Überfordert sei sie zurzeit. Bis in die späten Abendstunden habe sie gestern noch hier gesessen und Patienten zurückgerufen. Sie wisse momentan kaum noch, wo ihr der Kopf stünde. Verschämt reiche ich ihr mein Taschentuch. „Habe erst einmal rein geschnäuzt, ist noch fast sauber!", sage ich Schultern klopfend. „Dann gib schon her das blöde Telefon!", füge ich hinzu. Sie gibt einen tiefen Schnäuzer von sich. Dann lächelt sie. Manche Dinge sind des Widerstandes einfach nicht mehr wert, beschließe ich.

Donnerstag, 16. Oktober 2014

Heißhungerattacke hoch Hundert. Ich bestelle mir eine Jumbo-Pizza. Ich will gerade den ersten Bissen tätigen, da klingelt es. Der Engel. „Seit wann klingelst Du?" „Fand ich gerade einmal witzig! Hmmm, bekomme ich ein Stückchen ab?" Ich schüttele energisch den Kopf. „Vergiss es, ich habe Kohldampf!" „Du Geizkragen!" Seufzend teile ich die Pizza in zwei Hälften. „Das glaubt mir kein Mensch, dass der Todesengel mich um meine Pizza anbettelt!" „Zum Glück!", erwidert dieser schmatzend. „Das wäre nicht gut wenn alle Menschen uns wahrnehmen würden!" „Der Mensch am Montag nahm Dich wahr!" „Der zählt nicht", antwortet Azrael, „der ist verrückt!" Nachdenklich schiebe ich die Pizza beiseite. „Ist da ein Zusammenhang?" Der Engel schmunzelt. „Vielleicht." Ich hake nach. „Heißt das, die Verrückten sind es im Grunde genommen gar nicht?" Er wischt sich mit dem Flügel ein Stückchen Feta-Käse von der Wange. „Jedenfalls sind es manche von denen weitaus weniger als die, die bei Euch als „normal" gelten. „Ist es dann richtig, diese Leute derart zu stigmatisieren?" Der Engel seufzt. „Herzchen, Ihr lebt um zu lernen. Aber einige von Euch brauchen dann doch ein paar Versuche mehr!"

Freitag, 17. Oktober 2014

„Schlechte Nachrichten, Lady! Ihr Auto wird diesen Winter wahrscheinlich nicht mehr durchkommen. Die Batterie ist hinüber und der Auspuff ist auch im Arsch!" Der Mann aus der Werkstatt mit nahezu null Zähnen schüttelt bestimmt den Kopf. Ich habe lediglich noch ein müdes Schulterzucken für ihn übrig. „Ist mir egal!" „Also, ich würde Ihnen eine Ente empfehlen aber die gibt es ja leider nicht mehr, die neuen Käfer kacken auch ständig ab. Ein Fiat wäre fein, ein Golf wäre auch gut. Twingos sind im Trend. Ein BMW hieße wohl auch wieder bloß 'Bring mich Werkstatt' …" Ich unterbreche den Wortschwall. „Haben Sie nicht zugehört? Ich sagte, es sei mir egal. Da wo ich hingehe, werde ich ohnehin kein Auto mehr benötigen!" Er runzelt die Stirn. „Das ist aber sehr schade, dass Sie weggehen, Lady!" Eine so lockere und lustige (und leckere würde er seinem Blick zufolge wohl noch gerne hinzugefügt haben) lernt man selten kennen!" Merkwürdiger Weise muntern mich die Worte des Mannes auf. „Haben Sie vielen Dank! Einen Toyota fände ich übrigens toll!" Er winkt ab! „Ach, hören se mir doch auf mit de Japsen!"

Samstag und Sonntag, 18. und 19. Oktober 2014

Wir erkunden unsere neue Umgebung. Karsten mit mir und meinen beiden Kiddies. Ein eher spät sommerlich anmutender Herbsttag, der gemalt nicht schöner sein könnte. Unser Weg führt uns auch über einen sich in der Nähe befindenden Friedhof. Von jeher suche ich gerne Friedhöfe auf. An Ruhe und Idylle kaum zu übertreffen, haben sie schon so manche seelische Wunde bei mir heilen können, dieser insbesondere. Viele verschiedene Verwandte von uns liegen hier begraben. „Gott habe Euch selig, Opa Heinz und Tante Helga!" „Mama, wo is der Opa Heinz, ich seh den gar nich?", fragt Kelly mich mit Kulleraugen. „Der Opa Heinz ist schon sehr lange tot!", antworte ich wahrheitsgemäß. „Was is tot?" Ich weiß keine Antwort. „Wenn man nicht mehr lebt!" Kelly runzelt die Stirn. „Wo is man denn dann?" „Man kommt dann hier auf den Friedhof!" „Tun die dann Erde auf einen drauf? Iiiieh!" „Man ist dann ja nicht wirklich hier!" „Häh?" „Nur der Körper!" „Häh?" Wie soll man einer Dreijährigen das bloß erklären? „Der wird aber meistens verbrannt!", kontert Karsten. Meine Tochter sieht mich mit vor Schreck geweiteten Augen an, dann fängt sie hemmungslos an zu weinen. „Mama, ich will aber nicht, dass die Erde auf Dich tun oder Feuer auf Dich machen und ich will auch nicht, dass Du tot gehs!" Tröstend nehme ich meine kleine Kelly in den Arm. Leider weiß ich nicht einmal im Ansatz, wie ich ihre Fragen auch nur halbwegs beantworten sollte.

Montag, 20. Oktober 2014

Montagmorgen. Hektisch wie üblich. Ich haste mit meinen beiden Kiddies die Treppe herunter, in Gedanken noch halb beim gestrigen Gespräch auf dem Friedhof mit meiner Tochter und schon halb auf der Arbeit. Doch dort soll ich heute nicht mehr ankommen denn ich stürze im wahrsten Sinne des Wortes ab, ein ganzes Stockwerk hinunter („Hey hey hey, ich war so hoch auf der Leiter …"). Kelly und Kris kreischen. Ich schreie auf vor Schmerz („hey hey hey, ich war der King dieser Stadt …"). Mein linker Fuß fühlt sich an, als hätte er soeben eine 180-Grad-Drehung vollzogen, was er vermutlich auch hat („doch dann fiel ich ab …"). Tränen steigen in mir hoch. Tränen der Wut und der Verzweiflung („doch dann fiel ich ab …"). Ich beschließe, einfach liegen zu bleiben. Ich bleibe hier jetzt einfach für den Rest dieses Jahres auf der Treppe liegen, es hat doch ohnehin alles keinen Sinn mehr! „Sie müssen jetzt wieder aufstehen!" Mit von Tränen verschmiertem Gesicht blicke ich hoch. Es ist Kristel. Auf ihren Rollator gestützt reicht sie mir ein Taschentuch. „Ich kann nicht!", protestiere ich immer noch schluchzend. „Frau Klomberg, Ihre Kinder können Sie immer noch sehen, für die sind sie kein unsichtbares Gespenst. Ich verstehe Ihren Kummer aber Sie müssen jetzt wieder aufstehen!" Sie schiebt den Rollator beiseite und zieht mich hoch.

Dienstag, 21. Oktober 2014

„Ihr Knöchelgelenk ist verstaucht, Frau Klomberg!" Mein Hausarzt Herr Dr. Zahn schaut mich nachdenklich an. „Sind Sie nicht Anfang des Jahres erst gestürzt?" Ich will ihn gerade fragen, woher er denn davon wüsste doch der als Allgemeinmediziner und Unfallarzt tätige Mann in Weiß unterbricht mich. „Wendy Wackelmann und ich sind seit langem befreundet. Selbstverständlich tauschen wir uns aus über unsere Patienten." „Na super!" „Frau Dr. Wackelmann scheint sehr besorgt um Sie zu sein!" „Frau Dr. Wackelmann kennt mich überhaupt nicht!" Er seufzt. „So gut kenne ich Sie auch nicht aber in den Malen, die Sie dieses Jahr hier waren ist mir dennoch aufgefallen, dass Sie etwas zu bedrücken scheint. Frau Dr. Wackelmann ist der gleichen Ansicht. Sicher, eine kleine „Little Miss Sunshine" waren Sie noch nie aber derart durcheinander und depressiv waren Sie vorher nicht! Oder ich habe es einfach nicht bemerkt." Ich stehe auf um das Behandlungszimmer zu verlassen doch dann drehe ich mich doch noch einmal zu Herrn Dr. Zahn um. „Ich hatte es vorher lediglich gut getarnt denn depressiv bin ich seit ich denken kann. Ich muss es jetzt bloß nicht länger verbergen!"

Mittwoch, 22. Oktober 2014

„Ich wusste das gar nicht!" Der Engel schaut mich traurig an. „Was?" „Das mit Deinen Depressionen." Ich runzele die Stirn. „Ich dachte, Ihr wüsstet dort oben alles?" Er grinst. „Na ja, die ganze Zeit schauen wir Euch bei Eurem Schauspiel auch nicht zu. Wir haben schließlich auch noch etwas anderes zu tun!" „Ach ja", zische ich, „merke ich nichts von!" „Ich versuche doch bloß, Dich aufzuheitern!" „Das kannst Du Dir knicken!", seufze ich, „das klappt während einer depressiven Phase nicht. Musst auf meine Manien warten. Außerdem tut mir mein Watschen momentan zu weh!" Er seufzt. „Jetzt verstehe ich aber besser, warum dieses Buch, das Du Dein Memorandum nennst manchmal so heiter bis albern anmutet und manchmal eher nicht." „Bingo." „Willst Du es eigentlich wirklich veröffentlichen?" Gegen meinen Willen muss ich lachen. „Ich wohl kaum!" Azrael bekommt auf einmal feuerrote Wangen, fast so als wäre ihm zu warm. „Warum wirst Du denn auf einmal so rot?", frage ich verwundert. „Werde ich?", stammelt der Engel. „Habe ich gar nicht bemerkt!", lügt er, „ich muss jetzt auch langsam los!" „Jetzt?" „Ja ja, massives Massensterben im Mittelmeerraum, ich muss sofort hin!" Und mit diesen Worten flattert er von meinem Balkon zu in baldiger Bälde bevorstehenden Balkankrisen oder wohin auch immer.

Donnerstag, 23. Oktober 2014

Kaum habe ich die Kinder in die Kita gefahren und mich hingesetzt um meinen immer noch ziemlich geschwollenen Knöchel zu kühlen, klingelt es auch schon an meiner Tür. Der Engel! Sonnenbrille auf, Badelatschen an, Badehandtuch unterm Flügel. „Fährst Du in den Urlaub?" „Sei nicht albern!", sagt er, „wir machen jetzt Anti-Depressions-Donnerstag!" „Aha, und wie?" „Sauna!", sagt er bestimmend. „Du glaubst doch nicht, dass ich da noch einmal hingehe, schon gar nicht mit Dir!" Doch der Engel duldet wie üblich keine Widerrede. „Keine Bange, dieser böse Bube ist heute bestimmt nicht da!" Das ist er nicht. Ein anderer Andi macht den Aufguss, dieser ist allerdings klein und kahl und hat zudem krumme kurze Beine. Dafür sind Wolfgang und Rosi da. Tut das gut, sie zu sehen! „Mädel, Du humpelst ja!", begrüßt mich Wolfgang. „Na komm, Wärme tut immer gut!" „Die Beiden sind doch viel netter als dieser blöde Bademeister!", sagt Azrael mich in die Seite stupsend. „Weiß ich selber!" „Mit wem sprichst Du bloß, Mädchen?", fragt mich Rosi irritiert. Ich schweige still. Nachdem sich die Sauna bis auf den Engel und mich geleert hat, frage ich diesen: „Woher weiß ich eigentlich, dass ich mir Dich nicht bloß einbilde?" „Gar nicht!", grinst er.

Freitag, 24. Oktober 2014

„Die Schwellung ist schwächer geworden!", stellt mein Hausarzt Herr Dr. Zahn fest. „Es gibt jemanden, der sich um Sie kümmert!?" Ich nicke. „Den gibt es in der Tat!", antworte ich leise vor mich hin lächelnd und an Azrael denkend. „Jemand, der Ihnen nahe steht?" Ich überlege. Entgegen jeglicher Logik muss ich die Frage meines Arztes mit „Ja" beantworten. „Das freut mich sehr für Sie!" Beim Hinausgehen ruft er mir hinterher: „Frau Klomberg, ich möchte Sie in diesem Jahr hier nicht mehr bei mir sehen!" Ich lächele. „Werden Sie nicht!"
Ich haste humpelnd zum Haus meiner Eltern. Meine Mutter Karola öffnet die Tür. „Ist denn schon Weihnachten?" „Ach Mama, sei nicht albern!", lache ich. Meine Mutter bemerkt mein Humpeln nicht wohl aber, dass ich schon sehr viele Falten hätte wenn ich lache. „Mutti, mit achtunddreißig Jahren darf eine Frau getrost ein paar kleine Lachfältchen um die Augen herum haben!", antworte ich. „Kind, was ist denn das bloß für eine Einstellung!?", erwidert sie seufzend. „Wie willst Du denn dann bloß mit achtundvierzig ausschauen?" Lachend nehme ich meine moppernde Mutter in den Arm. „Muttchen, darüber mache ich mir dann Gedanken, wenn es soweit sein sollte …"

Samstag und Sonntag, 25. und 26. Oktober 2014

Wochenende wie üblich bei Karsten. Beim Einkaufen treffen wir seine Nachbarin Frau Klein. Ein adäquater Name für diese Frau, der rein von der optischen Größe her zu ihr passt. „Haben Sie schon gehört, in dem Haus da vorne ist letztens jemand gestorben!? Den armen Kerl ham se erst nach Wochen in seiner Wohnung gefunden, da waren aber bereits die Maden an dem dran!" Karsten und ich schütteln synchron den Kopf. „Der war ja mal verheiratet", fährt Frau Klein fort, „aber der soll ja schwerer Alkoholiker gewesen sein, hat seiner Alten dann wohl irgendwann gereicht. Hätte ich aber auch gemacht. Wat will man schon mit so nem alten Suffkopp, woll?" Sie wird still. „Aber trotzdem tragisch, früher wäre so etwas nicht passiert! Aber egal, ich muss dann mal weiter!" „Ja ja, früher war ja alles besser!", sagt Karsten lachend zu mir gewandt. Ich frage mich, ob es das war. Die übliche verklärte Vergangenheit, die wir uns so gerne herbei reden. Alkoholiker gab es da auch, einsame Menschen mit Sicherheit auch. Aber in der Form wie heute? In einer Zeit, in der die restliche Welt nur einen Mausklick weit entfernt und alles machbar scheint? Und dennoch wird der alte Mann von nebenan vergessen. Ins Abseits der Isolation gedrängt. Sorry, aber wir sind ja jetzt schließlich auch mit der ganzen Welt verbunden!

Montag, 27. Oktober 2014

Die Temperaturen, die in der letzten Woche einen rapiden winterlich anmutenden Absturz erlitten, klettern Anfang dieser Woche langsam wieder hoch, ähnlich meiner Stimmung: die Talsohle ist Tee von gestern. „Ah Klasse, dass Sie wieder da sind, Frau Klomberg!", begrüßt „der Beißer" mich, „erstens müssen Sie unbedingt unsere neue Kaffeemaschine testen, zweitens müssen eintausend Einladungen für meinen Schwindel-Vortrag Ende des Jahres noch heute verschickt werden!" „Och, das ist doch jedes Jahr der gleiche Schmarrn!", will ich protestieren. „Ich begrüße Sie ganz herzlich. Fährt Ihr Kopf Karussell, kommen Sie zu Klark. Schwankt Ihre Umwelt graduell, kommen Sie zu Klark, dies ist kein Quark! Kommen Sie zu Klark Kleefisch! Geraten Sie manchmal ins Wanken oder beim Schwindeln ins Schwanken? Kommen Sie einfach zu Klark, *dem Shark!*" Ich kichere albern vor mich hin. „Frau Klomberg, ich weiß ja nicht auf was für einem Trip Sie heute mal wieder sind, allem Anschein nach muss es sich aber ziemlich lustig da oben in den weiten Sphären Ihres Gehirns anfühlen. Wenn Sie dann wieder zurück sind, wäre es nett, Sie würden mit der Vorbereitung der Einladungen beginnen!" „Alles klar, Chef!", lache ich. „Zur Belohnung gibt es später auch 'ne Buttermilch!", zwinkert „der Beißer" mir zu.

Dienstag, 28. Oktober 2014

Ich versuche, ein Pentagramm zu zeichnen. Schlagartig wird mir bewusst, warum ich die Sechs in Geometrie damals tatsächlich verdient hatte. „Sandra, Du bist einfach sau doof!", sagte mein Mathematiklehrer Herr Dr. Sawatzki eines Tages zu mir. Warum hatte ich ihm bloß nicht geglaubt? Mein Pentagramm ähnelt eher dem Seestern aus „Spongebob". Warum ich das überhaupt tue? Malen? Nun, es beruhigt die Nerven, habe ich festgestellt denn in Anbetracht des sich bereits dem Ende nähernden Jahres geht mir mein Arsch so langsam aber sicher auf Grundeis. Und da ich nicht schon wieder Kreise malen wollte, dachte ich, ein Pentagramm wäre prima. Zumal es auch als ein schönes Symbol meinen späten Sprung in die Spiritualität überaus anschaulich verdeutlicht. Mein altes Selbstbild der sowohl Agnostikerin als auch Atheistin kann ich wohl nur schwerlich aufrecht erhalten, wollte ich nicht die Tatsache ignorieren, dass mir ständig ein (wenngleich auch merkwürdig anmutender) Engel am Rockzipfel hängt und gelegentlich der ein oder andere Untote Unterhaltungen mit mir anfängt. Das Pentagramm bekomme ich dennoch nicht hin. Frustriert gebe ich auf, beschließe jedoch, sollte ich Herrn Dr. Sawatzki im Himmel treffen, diesen noch einmal um Hilfe zu bitten.

Mittwoch, 29. Oktober 2014

„Kassandra, wir müssen reden!", begrüßt mich Paula van Pohl. Neugierig folge ich ihr über den breiten Gang bis zu Bertas Büro, vor dem sie stehen bleibt. Berta ist die Psychologin der Poliklinik. „Was tun wir hier?", frage ich verwundert. Als hätte sie mich gehört, öffnet Berta auch schon die schwere Buchentür ihres Büros und bittet uns herein. „Frau Klomberg, ich will gleich zur Sache kommen!", druckst sie herum, „die Frau van Pohl hat da so ein Dokument auf Ihrem Rechner gefunden." Paula wird postwendend rot. „Ich musste es Berta berichten!", stammelt sie, „wir machen uns Sorgen!" Ich lache los. „Worüber denn?" Paula zögert. „Berta befürchtet, Du planst Deinen Suizid!" Ach das haben sie gefunden, denke ich so bei mir, mich über meine eigene Blödheit ärgernd, es nicht besser gesichert zu haben. „Ihr habt aber schon gelesen, dass ich da von einem Engel schreibe?" Sie schauen sich Hilfe suchend an. „Glauben Sie an Engel?", stellt Berta die Gegenfrage. „Ja!" „Erscheinen Ihnen welche?" „Nein!" Sie glauben mir nicht. Ich sehe es an ihren Gesichtern. „Das Buch ist reine Fiktion. Ich habe mir Anfang dieses Jahres die *Was-wäre-wenn-Frage* gestellt. Was wäre wenn ich wirklich sterben müsste …" „Ach so!", lachen die Beiden sichtlich erleichtert. „Und wir dachten schon an schizoide Persönlichkeitsstörung oder so etwas!", fügt Berta noch hinzu. „Wie witzig!", lache ich verlegen irritiert. „Ja, wie witzig!" erwidern die Beiden immer noch lachend.

Donnerstag, 30. Oktober 2014

„Schizoide Persönlichkeitsstörung?", sage ich, Bertas Worte immer noch nicht ganz begreifen können. „Klingt doch witzig!", lacht der Engel. „Ja klar, wenn man selber nicht betroffen ist. Die Berta hält mich für behämmert!" „Lass sie doch!", sagt Azrael, sich seine Flügel ein sprühend. „Das ist übrigens Fußdeodorant!", kläre ich ihn auf. Er hält einen Moment inne, dann sprüht er weiter. „Ach, was für die Füße geht, geht auch für die Flügel!" Frustriert setze ich mich auf den Badewannenrand. „Irgendwie ist das echt gemein!" Azrael unterbricht abermals seinen Sprühvorgang. „Was?" „Na, ich muss sterben, doch niemand glaubt mir. Ich kann noch nicht einmal mehr eine letzte große Sause machen weil *Ohne Moos nix los.* Keine Abenteuer mit Männern! Und zu guter Letzt hält mich die Berta auch noch für bekloppt!" „Hmmm, die Paula aber auch!" „Vielen Dank Azrael!" Der Engel seufzt. „Herzchen, es gibt Schlimmeres auf dieser Welt als für verrückt gehalten zu werden!" „Das wäre?" Er schaut mich an. „Beispielsweise wenn Du tot wärst und man würde Dich erst finden wenn Maden an Dir nagen!"

130

Freitag, 31. Oktober 2014

„Samhain". Eigentlich mein Lieblingsfest. Jedoch wird meine Tochter Kelly in Kürze mit mir ins Krankenhaus müssen zwecks einer Darmbiopsie, die bei ihr durchgeführt wird. Leider haben sich ihre Verdauungsbeschwerden trotz fruktosearmer Ernährung nicht wesentlich gebessert. Mein Sohn Kris hat zudem eine heftige Mittelohrentzündung. Also nicht wirklich ein „Happy Halloween" heute. Dennoch trage ich natürlich demonstrativ den obligatorischen Hexenhut am heutigen Tage. Ich wünschte, ich hätte tatsächlich das Wissen und die heilenden Hände einer Hexe, jedoch besitze ich weder die Kräuter noch die entsprechenden Kräfte. Na ja, der Hut sieht ganz schick aus! Man muss alles positiv sehen! Ding Dong! „Süßes oder Saures!" Ach Du Scheiße, vergessen einzukaufen habe ich auch noch. Hektisch krame ich im Kühlschrank, der bis auf ein paar Karotten und einen letzten Kinderriegel allerdings nichts mehr hergibt. Die als Henker und Belzebub verkleideten Buben schauen mich an, als würden sie mich jetzt am liebsten gleich zum Schafott bringen. „Deine depperten Möhren kannst Du behalten und Dir Deinen doofen Kinderriegel sonst wohin schieben! Happy Halloween!"

Samstag und Sonntag, 1. und 2. November 2014

Allerheiligen. „Full House" auf dem Friedhof. Nächstes Jahr kommen die alle wegen mir, denke ich mir beim vorbei schlängeln an den Massen. „Die kommen aber auch wirklich NUR dann!", grinst mich ein langhaariger langer Lulatsch so um die Zwanzig an. „Und das ist für die meisten von uns hier auch ehrlich gesagt der nervigste Tag des Jahres. Man sollte ihn umbenennen in *Allernervigen.*" „Oh, mal ein Geist mit Humor!", lache ich. „Wie bitte?", dreht sich ein älterer Herr zu mir um. „Nicht Sie!" „Also so was!", sagt er beim Weggehen. Der Hippie-Geist kratzt sich am Kopf. „Ja, viele Leute nehmen das Thema Tod leider etwas schwer!" „Ist es das denn nicht?", frage ich erstaunt. „Nicht die Bohne!", erwidert er belustigt. „Tot zu sein ist ehrlich gesagt gar nicht mal so übel obwohl manche von uns haben schon dran zu knacken, geistern ewig weiter an den alten Orten hin und her, können nicht loslassen, wie öde! Sind meist die gleichen Gestalten, die sich schon zu Lebzeiten an alles und jedes geklammert haben." „Und was macht man dann so wenn man tot ist?", frage ich neugierig. „Das ist es ja gerade, Du kannst tun und lassen, was Du willst! Kennst Du den Song *Abenteuerland* von Pur?" „Klar!", nicke ich. „So in etwa, aber man muss auch die Augen öffnen um das eigene Abenteuerland zu sehen!" „Wie bist Du gestorben?", frage ich. „Bin vom Bus überfahren worden", sagt der grinsende Geist.

Montag, 3. November 2014

Elternsprechtag in der Kita. Kellys Kindergärtnerin Klaudia schaut mich ernst an. Kelly könne noch keine Köpfe malen beziehungsweise hätten die Figuren, die sie male keinen Hals und sähen auch ansonsten „etwas sonderbar" aus. Sie zeigt mir die Bilder meiner Tochter. Diese sehen in der Tat etwas lustig aus, die Abbildungen gleichen wohl eher Außerirdischen als Menschen. „Wenn man sich diese Kritzeleien so anschaut, könnte man meinen, Ihre Tochter habe sich *ET* als Vorbild genommen", seufzt die Kindergärtnerin. Ich muss schmunzeln. „Sie hat eben eine lebhafte Fantasie!" Klaudia schüttelt den Kopf. „Das ist ja gut und schön, Frau Klomberg. Aber etwas, das ansatzweise als Mensch zu erkennen ist, sollte Ihre Tochter mit fast vier Jahren schon malen können!" Ich zucke mit den Schultern. „Ich bin auch kein Picasso!", sage ich. „Sie hat noch etwas gemalt!", unterbricht sie mich. Beim Betrachten des Bildes stockt mein Atem. Unwissende könnten es für einen Pinguin halten aber ich erkenne es ganz deutlich als Azrael. Ich lasse mir nichts anmerken. „Ihre Tochter behauptet, diese Gestalt bei Ihnen zu Hause gesehen zu haben – in Ihrem Wohnzimmer!" Lachend stehe ich auf. „Ja, zusammen mit Conan – dem Zerstörer und Balu – dem Bären. Wir hatten ja auch schließlich HALLOWEEN!"

Dienstag, 4. November 2014

In den USA verstirbt eine junge Frau, noch keine dreißig Jahre alt. Nicht weiter ungewöhnlich, soll vorkommen. Jedoch hat sich diese Frau bewusst für den Zeitpunkt ihres Todes entschieden. Erst seit kurzer Zeit frisch verheiratet, erfuhr sie Anfang dieses Jahres, dass sie an einem unheilbaren und sich rasch ausbreitenden Hirntumor leide. Keine Chance auf Heilung! Prognose: ob mit oder ohne Behandlung voraussichtlich keine vier Jahre mehr zu leben. Wenn man diese bildhübsche Frau auf ihren Hochzeitsfotos oder mit ihrer Familie sieht, möchte man das kaum glauben. Bereits seit Monaten ging der Fall der Brittany Maynard durch die Weltpresse. Aktive Sterbehilfe. Bei uns nach wie vor verboten. In einigen US-amerikanischen Staaten inzwischen erlaubt. Ein heikles und umstrittenes Thema. Wenn ich mir die letzten Interviews dieser tapferen Frau so anschaue, muss ich feststellen: sie wirkt weitaus gefestigter und in sich selber ruhender als ich oder aber sie war eine perfekte Schauspielerin. In einer ihrer letzten Aufnahmen sagt sie, dass es im Prinzip nicht darauf ankäme, WIE viel Zeit einem noch verbliebe sondern lediglich, dass man diese sinnvoll und im Kreis der Lieben verbringe. Welch weise Worte für ein so junges Wesen!

Mittwoch, 5. November 2014

Kaum meine Kinder zu Bett gebracht, tippt mir jemand von hinten auf die Schulter. Nein, es ist nicht Gottlieb Wendehals, das wäre selbst in meiner Fantasie zu absurd – bloß Azrael. „Ich habe uns einen Film mitgebracht!", strahlt er mich an. „Pssst, Kelly hat Dich letztes Mal schon gesehen, sie hat Dich im Kindergarten gemalt!" Der Engel zuckt mit den Flügeln. „Na und? Fast alle Kinder tun das, sie verlernen es meistens erst bei ihrer Einschulung." „Trotzdem!" Ich schiebe ihn sanft aus dem Kinderzimmer. „Dann zeige mal her Deine DVD! *Der müde Tod?* Och nee, ich kuck mir doch getz keinen bald hundert Jahre alten Schinken an, nur weil der über Dich ist!" Azrael verschränkt die Flügel. „Du kannst mich doch nicht mit dem Sensemann vergleichen! Ich sehe dem noch nicht einmal ansatzweise ähnlich! Mal wieder typisch, die meisten Leute werfen uns Beide in einen Topf, dabei könnten wir unterschiedlicher gar nicht sein! Der ist übrigens geradezu vortrefflich dargestellt in diesem Film. Er selber sieht das zwar etwas anders … man, war der eingeschnappt über diese Darstellung aber ich sage Dir, ganz genauso grummelschnutig und miesepetrig kommt der rüber. Bei dem musste echt zum Lachen in den Keller gehen!" Seufzend schiebe ich die DVD ein. „Na dann Danke für die Vorwarnung!", erwidere ich.

Donnerstag, 6. November 2014

Vorsorgeuntersuchung mit meiner Dreijährigen bei der Kinderärztin. Hörtest: hervorragend! Sehtest: Spitze! Malen: mittelmäßig! Klar kann Kelly einen Kreis malen, Drei- und Viereck mit links. „Jetzt möchte ich, dass Du mal ein Männchen malst, Kelly!", sagt Frau Dr. Dobermann. Die Augen meiner Tochter blitzen begeistert auf. Eifrig malt sie die kleinen „ETs" und reicht sie nach getanem Werk freudestrahlend der Ärztin. Diese wirft mir einen skeptischen Blick zu. „Überaus ungewöhnliche Darstellung! Versuche es bitte noch einmal!", sagt sie bestimmt. „Mama, soll ich den Typ mit die lange weiße Flügel malen, mit dem Du imma sprichs?", flüstert meine Tochter mir zu. „Lieber ein anderes Mal!", sage ich. „Male doch mal ein ganz normales Männchen bitte!" „Is der denn nich normal?", fragt sie enttäuscht. „Doch doch!", winke ich ab und nehme selber einen Stift zur Hand, mit dem ich ein popeliges stupide drein blickendes Strichmännchen male. „Male das mal so wie die Mama. BITTE!" Meine Tochter schaut mich an, als hätte ich sie nicht mehr alle auf dem Zaun. Aber sie tut, wie ich ihr sage. Missmutig schiebt sie der Ärztin das gemalte Männeken zu. Begeistert ruft diese: „Klasse Kelly! Ihr Balg … ich meine Kind … hat bestanden, Frau Klomberg!"

Freitag, 7. November 2014

Sauna-Abend. Den Alltag einfach aus schwitzen. Vorher ausgiebiges Duschen. Ich spüre das heiße Wasser auf meiner Haut. Ich bin ganz allein im Duschraum. Oder doch nicht? Der Raum ist inzwischen voller Wasserdampf, lässt sich schwer sagen. „Nirgendwo kann man so gut entspannen wie hier, nicht wahr!?" Wohl doch nicht ganz allein. Eine junge schwarze Frau seift sich neben mir ein. „Sie habe ich doch schon einmal hier gesehen, im Dampfbad!", sage ich. „Dann waren Sie auf einmal sehr schnell verschwunden!" Sie lächelt. „Gleich kommt meine Lieblingsserie im Fernsehen." Ich stutze. „Seit wann haben die denn hier einen Fernsehraum?" „Schon immer!", erwidert die junge Frau. „Ich heiße übrigens Braunie", stellt sie sich vor. „Wie passend!", erwidere ich lachend, „ich heiße Kassandra." „Weiß ich doch!", schmunzelt die junge farbige Frau namens Braunie. Ich will sie fragen, woher sie das weiß, erkundige mich aber stattdessen nach ihrer Lieblingsserie. „Fackeln im Sturm", sagt sie mit schwärmerischem Blick. Erstausstrahlung. Patrick Swayze ist göttlich! „Da irren Sie sich aber!", korrigiere ich sie. „Diese Serie habe ich in den letzten dreißig Jahren bestimmt schon dreißig Mal gesehen. Und Patrick Swayze ist sogar schon verstorben!" „Ach wirklich?", sagt diese verwundert. „Vielleicht ist das ja so aber Orry Main wird ewig leben!" Sprachs und verschwand. „Wahre Worte!"

Samstag und Sonntag, 8. und 9. November 2014

Hardrock-Nacht. Zumindest geplant. Gegen Abend beim obligatorischen Auftragen der vorbereitenden um gefühlte fünf Jahre verjüngenden Feuchtigkeitsmaske stelle ich mit Entsetzen fest: ich habe mein Make-up zu Hause vergessen. „So kann ich nicht fahren!", protestiere ich. „Fährste halt einmal ohne Kriegsbemalung!", erwidert Karsten. „Nö!" „Und was jetzt?" „Wir fahren das jetzt holen!" Mit vor Schreck geweiteten Augen schaut er mich an. „Etwa so – mit dieser Matschepampe in Deinem Gesicht?" Ich nicke. Achselzucken. „Na gut!" Auf leisen Sohlen schleichen wir uns durch den dunklen Hausflur ungesehen zu meinem Auto. Die Fahrt zu meiner Wohnung ist kurz. Zwar sehe ich nicht allzu viel weil ich meine Brille ja schlecht über diesen Maskenmatsch in meinem Gesicht pappen kann aber ich erahne in ungefähr die Autobahn. Im Dunkeln aus dem Wagen gesprungen und durch einen abermals dunklen Hausflur gepirscht, haben wir diesmal weniger Glück. Das Licht geht an. „Papa, ein Gespenst!", schreit ein kleines Kind von oben mit ausgestrecktem Zeigefinger auf mich zeigend. „Ach iwo!", winkt dieser gähnend ab, „dat is doch bloß die Frau Klomberg!"

Montag, 10. November 2014

Die Kuh auf der 300 Gramm Tafel Schokolade zwinkert mir zu. „Komm schon Kassandra, reiß das Papier auf, vernasche mich, Du willst es doch auch!" „Sei still!", zische ich. „Ich habe doch gar nichts gesagt!", beschwert sich Geraldine. „Nicht Du!" Mir fällt ein, dass mir noch nicht einmal mehr ganze zwei Monate verbleiben. Ich schiebe den ersten Riegel in den Mund. „Das war ja jetzt wohl nicht alles!", muht die Kuh vorwurfsvoll. „Pssst!" Geraldine wirft mir einen giftigen Blick zu. Ich denke daran, dass ich seit geraumer Zeit sowieso schon nicht mehr in meine Lieblingskleider passe. Ich schiebe mir den zweiten Riegel zwischen die Backen. „Kassandra, das kannst Du aber besser!", wiehert die Kuh jetzt empört. „Jetzt halt endlich Dein Maul, Du dummes Vieh!" Geraldine haut mit der Faust auf den Tisch. „Also Kassandra, Deine Montagslaune in allen Ehren aber beleidigen lasse ich mich von Dir nicht! Ich berichte es *dem Beißer!"* Und damit braust sie aus dem Büro. Seufzend schiebe ich mir die restlichen Riegel rein. Nach wenigen Minuten steht Geraldine mit Klark Kleefisch im Türrahmen. „Frau Klomberg, haben Sie jetzt etwa die ganze Schokolade alleine verschlungen?" „Die Kuh hat es mir befohlen, ich konnte nichts dazu!"

Dienstag, 11. November 2014

„Dr. Detlef Döppler in den Doppler!", tönt es aus der Krankenhaussprechanlage. „Och nö!", schimpft dieser, „ich habe gerade eine Doppelschicht in der Psychiatrie hinter mir, den Doppler kann der Herr Dr. Kleefisch doch heute machen!" Ich möchte einwenden, dass der Herr Dr. Kleefisch nur Donnerstags mit dem Doppler dran sei, besinne mich aber eines Besseren. Dr. Detlef Döppler, ein junger Assistenzarzt, der dem depperten Hauptdarsteller aus der US-amerikanischen Sitcom „Scrubs" optisch durchaus nicht unähnlich sieht, setzt sich auf den Drehstuhl und seufzt. „War das eine Nacht! Eine Patientin, die steif und fest behauptete, die Reinkarnation von Trude Herr zu sein, was rein von der Optik zwar durchaus hingekommen wäre, hätte die Patientin nicht eine grauenvolle Stimme gehabt, was sie die ganze Nacht hindurch mit einer Endlosschleife von *Niemals geht man so ganz* unter Beweis stellte." Ich kichere. „Sie Ärmster!" „Geht noch weiter!", unterbricht er mich. „Das wäre noch gegangen, hätte diese Person sich nicht mit einer anderen Patientin zerstritten, die denkt, Juliane Werding zu sein und ständig *Stimmen im Wind* dazwischen trällerte. *Die kannst du nicht sein, die lebt noch! ... Mir doch egal! ...* So ging das die ganze Nacht. Bin bald selber reif für die Klapse!"

Mittwoch, 12. November 2014

Nichtsahnend schlurfe ich in die Krankenhaus-Cafeteria, um mich mit der allmorgendlichen Dosis meiner Koffein-Droge zu versorgen. Dort treffe ich auf den Engel – und zwar im orangen Bereich. Man muss dazu wissen, dass die Cafeteria in orange und grüne Stuhl- und Tischgruppen eingeteilt ist. Schnurstracks steuere ich auf Azrael zu. „Du darfst hier nicht sitzen!" Herzhaft beißt er von seinem Hanuta ab. „Wieso nicht?", schmatzt er. „Weil die orangefarbene Fläche nur für die Oberärzte ist!" Der Engel bricht in schallendes Gelächter aus. Zum Glück hört und sieht ihn ja keiner außer mir und ein paar anderen offensichtlich Irren, die jedoch hysterisch kichernd an uns vorbeihuschen ohne anzuhalten. „Und die Grünfläche ist dann wohl nur für die Gärtner und Gartenzwerge oder wie?" Ich verschränke die Arme. „Nein, die ist für alle anderen!" Abermals lacht Azrael mich aus. „Mensch Mädchen, wer hat Dir denn DEN Bären aufgetischt?" „Der Dr. Kleefisch!", entgegne ich trotzig. „Der wollte Dich bloß auf den Arm nehmen, denke doch mal nach!" Ich schüttele den Kopf. „So was macht der nicht, jedenfalls nicht mit mir!" „Offensichtlich gerade mit Dir, Du bist echt ein leichtes Ziel! Hast praktisch *Bitte veräppelt mich alle!* auf der Stirn stehen." „Nur für Oberärzte!", kreische ich. „Sicher!", kichern diverse Krankenschwestern.

Donnerstag, 13. November 2014

Trotzig trotte ich von der Arbeit nach Hause. Ich bin immer noch angesäuert wegen Azrael. Was denkt der sich bloß? Reicht wohl noch nicht, dass Paula van Pohl und Berta mich für behämmert halten, nein alle anderen Personen müssen wohl auch mitbekommen, dass ich plemplem bin. Danke Azrael! „War doch nicht so gemeint!", seufzt dieser, wie aus dem Nichts heraus plötzlich hinter mir her watschelnd. „Wie war es denn gemeint?", frage ich und bleibe demonstrativ die Arme verschränkend vor ihm stehen um der Dramatik meiner Worte Ausdruck zu verleihen. „Ich wollte Dich damit nur etwas zum Nachdenken anregen!", druckst er herum. Ich verstehe nicht. „Worüber denn?" Er seufzt. „Mal ein klein wenig Deine Komfortzone zu verlassen. Ich meine, Du hast noch weniger als sieben Wochen nur noch übrig und lässt Dich von Sätzen zurückhalten wie *Orange ist nur für Oberärzte!?* " Der Engel schüttelt den Kopf. „Weißt Du, genau solche Sätze sind es, die Menschen aus bremsen und es verwundert mich nicht weiter, dass diese keine Oberärzte werden!" „Soll ich in den letzten sieben Wochen meines Lebens etwa noch ein Medizinstudium aufnehmen?" „Stellen wir uns etwa gerade einmal wieder blöder als wir sind, Kassandra?"

Freitag, 14. November 2014

Freitag. Der schönste Tag der Woche. Morgendliche Entspannung in der Sauna. Geliebte Routine. Die neue Saunameisterin Sabine begrüßt mich. „Wir haben heute eine kleine Programmänderung – Spirituelle Sauna – magst Du dran teilnehmen?" „Nein!", antworte ich automatisch doch dann fallen mir Azraels Worte wieder ein von wegen Komfortzone verlassen und so und ich sage: „Klar!" Zunächst scheint alles wie sonst. Dieselbe Sauna, der gleiche Ort jedoch für mich nur unbekannte Gesichter heute. Außer mir haben die Programmänderung wohl alle mitbekommen. Egal – ich bin ja offen! „Wann geht es denn los?", frage ich in die Runde, bekomme allerdings keine Antwort sondern lediglich ein paar giftige Blicke zugeworfen, die mir nahelegen, lieber leise zu bleiben. Erinnert mich das heutige Publikum schon unterschwellig an eine „Hare-Krishna-Sekte" aus den späten Sechzigern, so übertrifft der Typ, der den Aufguss zelebriert alles! „Ich bin Großmeister Shari Shalimar Sharasavar Avasatru, ich grüße Euch!" „Shari Shalimar Sharasavar Avasatru, Shalom!", antworten die anderen im Chor. Ich lächele verlegen. Der nackte langhaar und   -bärtige Mann mit dem Stirnband hat eine Trommel dabei, auf die er nun mit mehr oder weniger Taktgefühl einschlägt. Der Rest der Gruppe murmelt: „Om Shalom, Om Shalom, Om Shalom." Ich schleiche mich zurück in meine Komfortzone.

Samstag und Sonntag, 15. und 16. November 2014

Nach zwanzig Jahren treffe ich meine ehemalige Schulfreundin Susanne im Supermarkt. Ich will mich noch hinter den Dosensuppen verstecken doch es ist bereits zu spät, Susanne hat mich entdeckt. Freudestrahlend stürmt sie auf mich zu. „Sandra, Du hast Dich ja kein Stück verändert!" *Bis auf die Tatsache, dass ich jetzt „Kassandra" heiße,* möchte ich erwidern, besinne mich aber eines Besseren. „Wie geht es Dir denn?" *Die Sonne scheint mir aus dem Arsch, in sechseinhalb Wochen kacke ich ab!* Auch diese Worte bleiben natürlich ungesagt. „Gut siehst Du aus!", sagt Susanne. *Glatt gelogen, ich habe ja bloß gefühlte fünfzehn Frustkilos in den letzten fünf Wochen zugenommen!* „Mensch, hast Du gehört, einer von unserer Schule hat ein Buch geschrieben, sogar einen Bestseller!?" „Nee, habe ich nicht!", lüge ich. „Gelesen habe ich den natürlich nicht, ich weiß nur, dass eine drin vorkommt, die wohl *Schantall* heißt." *Sehr aufschlussreich!* „Jeder Depp muss heute ein Buch schreiben, was?" „Du Susanne, ich muss dann mal, der Schmalz in meiner Tasche schmilzt!", wimmele ich sie ab und eile nach Hause um an einem weiteren Buch zu schreiben, das die Welt nicht braucht.

Montag, 17. November 2014

Aus einem Impuls heraus nehme ich spontan einen Tag Urlaub und fahre nicht wie gewohnt zur Arbeit sondern auf den Friedhof. Es ist herbstliches nasskaltes Wetter. Lediglich ein paar Sonnenstrahlen bahnen sich noch ihren Weg durch die Wolken. Eine Weile schlendere ich ziellos zwischen den Gräbern hindurch, im Unklaren darüber, was ich an diesem Ort überhaupt schon wieder will. Eine Grabstätte sticht aus den anderen heraus. Ein frisches Grab, denke ich, aber nein – die junge Frau ist bereits vor einem halben Jahr verstorben. Ein Blumenmeer. Zudem etliche Vasen mit frischen Schnittblumen darauf. Eine Kette mit Bild der Maria und Jesus auf ihrem Schoß hängt über dem Holzkreuz. Darunter ein Foto der verstorbenen Frau. Schlagartig wird mir bewusst, dass ich sie kannte. Nicht persönlich, nur vom Sehen. Sie ging auf meine Schule. Tagtäglich fuhr sie mit mir im selben Bus und ich erinnere mich noch gut daran, jedes Mal gedacht zu haben, wie hübsch sie doch sei. Zudem habe ich sie als eine ausnehmend freundliche Person in Erinnerung. Anscheinend können auch hübsche freundliche Menschen jung sterben. Tränen steigen in mir hoch und ich finde keine Erklärung für die Tatsache, dass ich um eine Frau weine, die ich kaum kannte. 36 Jahre alt ist Irena nur geworden. Kann nur Krebs gewesen sein. Schweigend lege ich eine Kastanie auf ihr Grab. „Ich wünsche Dir von ganzem Herzen einen Engel an Deiner Seite, wie ich ihn habe! Ruhe in Frieden, Irena!"

Dienstag, 18. November 2014

In der Psychologie wird von fünf Phasen des Sterbens gesprochen. Genau genommen geht die Identifizierung dieser Phasen auf die schweizerisch-amerikanische Begründerin der Sterbeforschung, Frau Elisabeth Kübler-Ross zurück, die selber bereits vor etwa zehn Jahren verstarb. Frau Kübler-Ross spricht von: Verdrängung, Wut, Verhandlung, Depression und Akzeptanz. Warum bloß scheine ich über das Stadium der Depression nicht hinauszukommen? Ich hatte jetzt schon fast elf Monate Zeit um mich an den Sterbegedanken zu gewöhnen und ich schaffe es immer noch nicht. Ich BIN einfach noch nicht bereit, ich WILL einfach nicht! Da kann dieser Engel mich ruhig mit seiner „Komfortzone" zuschwallern. Sterben liegt definitiv weit außerhalb meiner Komfortzone. Zumal ich bis dato noch nicht einmal (zumindest nicht wissentlich) erkrankt bin. So intensiv wie in diesem Jahr habe ich mich in meinem ganzen bisherigen Leben noch nicht mit dem Tabuthema Tod auseinandergesetzt. Sollte der liebe Gott aus irgendeinem Grund gnädig sein, werde ich das Thema nicht länger „tot"-schweigen.

Mittwoch, 19. November 2014

Mein Scheidungstermin. Da habe ich heute ungefähr genauso wenig Bock drauf wie auf Borreliose oder ein Blasenkarzinom. Aber da ich sowieso nichts anderes vorhabe, kann ich auch hingehen. „Den Kaffee können se aber nich mit hinein nehmen, junge Frau!", weist der Wachmann am Eingang des Amtsgerichtes mich zurecht. „Wir hatten schon ma ne Olle, die hat ihrem Macker den ins Gesicht geschüttet." Gehorsam kippe ich den köstlichen „Starbucks-Kaffee" auf die Straße vor dem Gerichtsgebäude. Wie befürchtet, muss ich ebenfalls den Inhalt meiner Jackentaschen entleeren. „Was ist das denn?", fragt der Pförtner, einen meiner beiden mitgebrachten Kieselsteine in den Händen haltend und betrachtend, als hätte er noch niemals zuvor einen solchen gesehen. „Mein Kraftstein!", antworte ich aufrichtig. Der Wachmann kratzt sich am Kopf. „Die müssen leider auch hier bleiben! Hinterher werfen se die Ihrem Macker noch an den Kopp oder so!" Resignierend reiche ich den beiden Männern meine Steine und trotte die lange Wendeltreppe nach oben zum Gerichtssaal. Ich warte eine Weile, bis Stefan mit seinem Rechtsanwalt Herrn Dr. Röring auftaucht. Mein Rechtsanwalt Herr Dr. Ratze wartet bereits im Saal auf mich. Beim Hineingehen höre ich den Anwalt meines Mannes mit ihm scherzen. Tränen steigen unwillkürlich in mir hoch. Ich kann sie weder verstehen noch unterdrücken. Aber ich sterbe als geschiedene Frau.

Donnerstag, 20. November 2014

Gedankenverloren schüttele ich meinen Kakao. Irgendwie schaffe ich es, die Plastikflasche am zentralsten Punkt der Küche fallen zu lassen. Diese platzt auf und verteilt ihren Inhalt im gesamten Raum. Man könnte die Kakao-Tropfen auf den roten Hochglanzfronten, den schneeweißen Arbeitsplatten und der grasgrünen Tapete glatt für ein Kunstwerk halten. „Ach Du grüne Neune!", sagt der Engel, wie aus dem Nichts heraus plötzlich durch das ebenfalls mit Kakao beschmierte Fenster flatternd. „Warte, ich helfe Dir!", sagt er, derweil fleißig durch die Küche fliegend und das Wischtuch schwingend. „Azrael, ich bin so deprimiert!", schluchze ich. „Und ich weiß gar nicht genau, warum! Jemand von meiner Schule hat einen Bestseller geschrieben und ich konnte den noch nie leiden und ich bin neidisch und ich habe das Grab einer jungen Frau gefunden, die auch auf meiner Schule war und ich kannte sie kaum und ich bin so traurig, dass sie tot ist und ich bin geschieden und ich muss bald sterben …" „STOP! Gibt es wirklich NICHTS Positives?" „Azrael, ich STERBE verdammt!" „Ja", sagt er leise, „und ich begleite Dich!"

Freitag, 21. November 2014

Ich schaue einen Kinowerbespot im Internet an während ich über die gestrigen Worte des Engels sinniere, ob es denn wirklich NICHTS Positives gäbe. „Wenn man den Tod vor Augen hat, was kann man da noch tun?", fragt Bilbo. „Du sprichst mir aus der Seele, kleiner Hobbit!", antworte ich lächelnd. „Mach doch Strickwürste!", sagt die Stimme in meinem Kopf. „Häh?" Stille. Ich schaue in meinen Wohnzimmerschrank. „Habe nur noch rosa Wolle übrig von der Strickkette, die ich Kelly zum Geburtstag geschenkt hatte." „KASSANDRA, DU MACHST JETZT STRICKWÜRSTE, SOFORT!", sagt die Stimme jetzt lauter. „Is ja gut, ich mach ja!" Zögernd nehme ich die Wolle aus dem Schrank. Mache die erste Wurst, dann die zweite, die dritte, die vierte, die fünfte. Noch bevor der Vormittag um ist, habe ich bald ein Dutzend Strickwürste gemacht. Was zwar jeglichen Sinnes entbehrt ist, dennoch einen Heidenspaß mit sich bringt. „Und was mache ich jetzt damit?", frage ich laut. Stille. „HAAALLLOOO?" „Hinterlasse Ihnen etwas, was sie an Dich erinnert!" „Ja super, die Kassandra konnte zwar nicht viel aber die konnte ganz klasse Strickwürste mit ihrer Strickliesel machen, oder wie?" Vernehme ich etwa ein Lachen der Stimme in meinem Kopf? „Also gut!", sage ich seufzend, „dann mache ich mal ein paar rosafarbene Armbänder!"

Samstag und Sonntag, 22. und 23. November 2014

Ich nehme das letzte Lied meines Lebens auf. „Dream Warriors" von Dokken habe ich mir dafür ausgesucht. Monatelang hatte ich es geübt. Wie üblich singe ich den Song einmal am Stück „zum warm werden". Als ich fertig bin, herrscht Stille im Tonstudio. „Kai?", frage ich vorsichtig. Der ist nicht etwa stumm vor Begeisterung, ganz im Gegenteil. Er räuspert sich. „Kassandra, Du hast in dem ganzen Stück keinen einzigen Ton getroffen!" „Oh!" „Don Dokken ist definitiv nicht Deine Tonlage!" Er seufzt. „Mir bleibt nichts anderes übrig als das Ganze noch einmal etwa drei Oktaven höher aufzunehmen!" Was er tut. Der Background-Gesang auf dem Stück klingt danach ziemlich „Micky-Maus-mäßig" aber nun gut, vermutlich ich selber auch. Wir brauchen Stunden. Ich muss nicht nur jede Zeile etliche Male einsingen sondern jede Silbe. Es wird bereits dunkel, als Kai gähnend durch den Hörer haucht: „Ich denke, jetzt hast Du überall zumindest einmal den richtigen Ton getroffen. Daraus kann ich was machen!" „Sorry!", seufze ich. Mein heutiges Unvermögen ist mir überaus unangenehm. Mir ist bewusst, dass ich weder eine Bonnie Bianco noch Tyler bin. Aber ich gehöre nicht zu den Leuten, die sterben, ohne ihr Lied gesungen zu haben.

Montag, 24. November 2014

Eine Nacht vor der stationären Aufnahme mit meiner kleinen Kelly quälen mich schreckliche Alpträume. Ein Mann erscheint mir im Traum, der mir eine mehr als merkwürdige Frage stellt. Er fragt mich, welcher Engel nicht wesentlich wichtig für die Menschheit sei. Ich antworte ihm, dass es so einen Engel nicht gäbe und dass alle Engel von ähnlich hoher Bedeutung für die Menschen seien. An der Reaktion des Mannes merke ich, dass ihm meine Antwort nicht gefällt denn er wird rot vor Zorn. Meine Antwort sei falsch, weist er mich zurecht denn kein einziger Engel sei von Belang für den Menschen. Ich schüttele den Kopf. „Jeder Mensch hat seinen eigenen Engel!", verbessere ich ihn. „Für jeden von uns ist ein anderer von Bedeutung!" Woher ich dies im Traum auf einmal mit so großer Sicherheit weiß, vermag ich nicht zu beantworten aber ich antworte dem Mann aus tiefster Überzeugung. Der Typ tickt völlig aus. Trat dieser Typ am Anfang meines Traumes noch als äußerst attraktive Erscheinung auf, so ändert sich dies binnen Sekunden schlagartig. Sein Gesicht verzerrt sich zu einer wütenden Fratze. Mit einem Mal weiß ich, dass ich dem leibhaftigen Teufel gegenüberstehe, was umso unverständlicher ist, als dass ich an diesen nicht glaube. Die Deutung des Traumes erschließt sich mir nicht aber er beunruhigt mich ungemein.

Dienstag, 25. November 2014

Ich begleite meine kleine Kelly ins Krankenhaus. „Achtung, Achtung, Sie verlassen jetzt offiziell Ihre Komfortzone!", klingelt die Alarmglocke in meinem Kopf. In zwei Tagen soll eine Darmbiopsie bei meiner Tochter durchgeführt werden. Das heißt: vorab nur Flüssignahrung mit zusätzlicher Verabreichung von Abführmitteln damit der Darm gemäß den Worten von Herrn Professor Dr. Licht beim Eingriff dann auch „schön sauber" sei. Bei seinem Namen muss ich unwillkürlich an Galadriels Worte aus dem „Herrn der Ringe" denken. „Möge dies Dir ein Licht sein, kleiner Frodo, wenn alle anderen Lichter ausgehen!" Die Elfenkönigin hat mit Sicherheit nicht den Oberarzt aus dem Oberhausener Krankenhaus gemeint aber mein Gehirn kann es einfach nicht lassen bei jeder sich bietenden Gelegenheit den auch noch so absurdesten Zusammenhang künstlich zu konstruieren. So ist das eben wenn man in einer Traumwelt lebt. Kelly scheint von meiner Unsicherheit jedoch momentan zum Glück (noch) nichts mit zu bekommen. Geduldig malt sie in ihrem Malbuch und hält ihre Puppe „Lilli" fest umklammert. Ob sie ihrer kleinen Puppe wohl die gleiche Prozedur zumuten würde wenn sie müsste?

Mittwoch, 26. November 2014

„Mami, ich habe Huuungeeer!", schreit meine Tochter. Wer mag es ihr verdenken? Ihre Mutter schiebt sich fleißig Schoko-Muffins in die Schnute während die kleine Kelly bei Suppe und Wackelpudding bleiben muss, der ihr am Ende des Tages auch gehörig zum Hals heraushängt. Dazwischen gibt es Einläufe und Abführmittel im Wechsel. Kellys Laune ist dementsprechend lädiert und sie löchert mich mit der „Warum-Frage". Aber wie soll man bitteschön einer Dreijährigen erklären, dass DAS wirklich notwendig ist? Das schlechte Gewissen nagt an mir. Ist es wirklich erforderlich? Wird es tatsächlich etwas bringen? So wie es vorher war, ohne entsprechende die Verdauung fördernde Medikamente, war es kaum auszuhalten. Das „große Geschäft" war, wenn überhaupt, nur unter enormen Schmerzen möglich. Mit den Medikamenten klappte es eigentlich ganz gut, was mich bereits wieder ins Wanken brachte bezüglich der Sinnhaftigkeit dieses Eingriffes. Aber ein Leben lang Medikamente? Auch nicht so das Wahre! Also lasse ich meine Tochter in den „sauren Apfel" beißen obwohl der Spruch hier nicht so wirklich passt denn gerade sowohl süße als auch saure Äpfel stehen bei einer Fruktose-Intoleranz ja auf der ganz roten Liste. Wie man es dreht und wendet – es ist und bleibt einfach eine ganz große SCHEIßE!

Donnerstag, 27. November 2014

Der Vormittag zieht sich wie ein Kaugummi. Da es sich gemäß den Worten von Professor Dr. Licht um einen „unsauberen Eingriff" handele (was auch immer das heißen mag), ist sie als letzte für heute angesetzt. Alle „sauberen Operationen" würden standardmäßig vorgezogen. Nach dem gefühlt inzwischen einundzwanzigsten Einlauf in den letzten zwei Tagen ergibt sich mein Kind dann auch irgendwann widerstandslos und vegetiert wunschgemäß vor sich hin. Letztendlich ist es soweit, man holt uns ab. Mit dem Fahrstuhl fahren wir in die unterste Etage. Von dort aus schiebt man Kellys Bett über einen langen grell beleuchteten Flur, auf dem sich eine dicke rote Linie über die gesamten Wände hinaus ins scheinbar Unendliche zieht. Wir fahren an der Pathologie vorbei, am Abschieds- und Andachtsraum, was in mir postwendend einen Anflug von Panik auslöst. „Alles wird gut!", tröstet mich der Engel, der urplötzlich neben uns her fliegt. „Woher weißt Du das?" „Häh?", fragt der junge Herr, der das Bett schiebt, plötzlich hoch blickend. Azrael zwinkert mir zu. „Ich sitze schließlich an der Quelle. *Trust me, I know what I am doing!*" „Ist das nicht *Sledge Hammer?*", frage ich lachend. „Och nö, jetzt nicht diese olle Serie aus den Achtzigern!"

Freitag, 28. November 2014

Wir dürfen wieder nach Hause. Meine Tochter darf wieder essen. „Die Ergebnisse der Biopsie erfahren Sie in etwa vierzehn Tagen!", klärt mich Herr Professor Dr. Licht auf. „Zwei Wochen, das kommt noch hin!", murmele ich. „Wie bitte?", fragt mich der Arzt. „Ach nichts, haben Sie vielen Dank!" Meine Mutter Karola, die noch unter Schock steht weil meine kleine Kelly ihr bei der Hinfahrt ins Krankenhaus auf die gesamten Rücksitze ihres nagelneuen (Rolls Royce würde jetzt von der Alliteration her gut passen aber wir wollen mal schön auf dem Teppich bleiben) Mercedes Benz gekotzt hatte, holt uns auch heute wieder ab. Die Sitze sind diesmal fein säuberlich mit Trockentüchern abgedeckt, es kann also nichts schief gehen. Volle zwei Stunden lang hätte sie die Sitze reinigen müssen und im Übrigen hätte ich auch schon wieder einmal einen Strafzettel für falsches Parken erhalten und bla bla bla … aber ich höre gar nicht zu. Kelly schläft friedlich in ihrem Kindersitz und auch ich bin heilfroh, dass wir die ganze Tortur überstanden haben, wobei ich nicht weiß, für wen es schlimmer war: für mein Kind weil es nicht essen durfte oder für mich weil ich dabei zuschauen musste. Ich bekomme den Ansatz einer Ahnung davon, wie Mütter in der Dritten Welt sich wohl fühlen müssen – hoffnungslos hilflos! Und ja, ich bin mir darüber bewusst, dass dieser Vergleich mehr als hinkt! Ich führe ihn dennoch auf.

Samstag und Sonntag, 29. und 30. November 2014

Mein Einjähriger wird zwei Jahre alt. Ich kann es nicht verhindern, bis auf meinen cleveren Papa Klaus, ich meine natürlich Papa Peter, kommt die ganze Familie. Oma Henny, Mama Karola, Tante Jutta, meine Schwester Katrin samt ihrer Kugel und ihrem Mann Volker und dem kleinen Kischan sowie mein Bruder Kirk mit seiner Frau Birte und den Zwillingen Hanni und Nanni. „Oh Gott Kind, Du läufst ja herum wie eine Zigeunerin!", begrüßt mich meine Oma Henny, „dabei sind die Sprecherinnen von der Tagesschau immer so schick angezogen und meine eigene Enkelin sieht aus wie eine Baba!" Wie sie auf diesen Vergleich kommt, vermag ich nicht zu sagen, das würde bedeuten, ich hätte Einblick in das Gehirn meiner Großmutter. „Ich kuck sowieso kein Fernsehen!", nimmt Karsten mich in Schutz, welchen meine Mutter Karola sogleich mit „Hallo Torsten!" begrüßt. In Anbetracht der Tatsache, dass Karsten ohnehin fast taub ist – auch nicht weiter tragisch! Bin ich böse heute? Meine Familie ist zwar verrückt aber wenn ich daran denke, dass mein letzter Monat in Bälde beginnt, wird mir bewusst, dass ich sie vermissen werde und zwar jeden einzelnen von ihnen!

143

Montag, 1. Dezember 2014

Mein letzter Monat. Und der Countdown läuft. Merkwürdiger Weise habe ich seit geraumer Zeit gar keine Angst mehr vor meinem Abtreten. Meine Bürotür geht auf. Wo er denn hier mal austreten könne, fragt mich ein älterer Herr. Treten sei bei uns verboten aber wenn er mal Wasser lassen müsse, so könne er dies am Ende des Ganges links tun, antworte ich ihm. „Häh? Auf dem Gang?" „Vorzugsweise bitte nicht auf dem Gang sondern in der entsprechenden Vorrichtung namens Herren-Toilette!" Der Patient wirft mir einen mürrischen Blick zu aber selbst unfreundliche Leute können meiner lockeren Laune heute nichts mehr anhaben. Ich habe mich damit abgefunden, dass ich mit Azrael gehen werde und das ist auch ganz gut so. Auf diesem Planeten leben sowieso vorrangig Verrückte. Gut, laut Quentin Tarantino platzt denen nicht der Schädel wenn das Sonnenlicht sie trifft aber das ist auch schon alles! Sie streiten sich, sie zanken sich, sie hauen sich für Kappes die Köppe ein und gönnen dem Gegenüber ganz und gar nichts. „Im Himmel ist bestimmt *High Life* und *Halli Galli!*" „Häh?", fragt Geraldine. „Ach nichts, habe nur laut gedacht, muss ich gestehen!" Geraldine gibt mir gerade das Balla-Balla-Handzeichen, als Klark Kleefisch im Türrahmen steht: „Ihr dürft heute Euer erstes Törchen im Adventskalender aufmachen!"

Dienstag, 2. Dezember 2014

Ich frage mich, ob es noch irgendetwas Wichtiges gibt, dass ich der Welt gerne mitteilen möchte. Ich denke nicht. Im Prinzip ist alles bereits gesagt. Vielleicht eines noch. Anfang dieses Jahres dachte ich noch voller Panik, in Anbetracht meines Versterbens viele verrückte ausgefallene Dinge tun zu müssen, mein letztes Jahr um jeden Preis voll aus zu kosten. Es mag merkwürdig klingen und auf den ersten Blick vielleicht nicht jedem ersichtlich sein aber genau das habe ich getan. Sein Leben voll auf zu saugen muss nicht gleichbedeutend mit einer Weltreise, wilden Partys oder Partnertausch sein. Eigentlich ist es sogar meilenweit davon entfernt denn bevor wir nicht bei uns selber angekommen sind, werden wir die schönsten Länder auf diesem Globus nicht wirklich sehen, die Leute, die in ihnen leben nicht wirklich verstehen, niemandem wirklich nah sein können. Ich bin bei mir selber angekommen. Und wenn ich heute gehen müsste, es wäre in Ordnung. Aber ich muss es nicht. Daher freue ich mich auf meinen letzten Winter, meinen letzten Weihnachtsmarkt, mein letztes Weihnachtsfest, meinen letzten Schnee, das letzte Mal das Gefühl in meinen Fingern bei Minus-Graden, ich freue mich auch darauf, noch ein letztes Mal Winterwind auf meinen warmen Wangen zu spüren.

Mittwoch, 3. Dezember 2014

Ich muss doch noch etwas mitteilen. Hört auf mit diesen dämlichen Schönheitsoperationen, Ihr seht damit einfach nur bescheuert aus! Ich bin heute zufällig über ein aktuelles Foto von Renée Zellwegger im Internet gestolpert, der einst niedlichen Bridget-Jones-Darstellerin aus „Schokolade zum Frühstück". Diese Frau muss sich selber beziehungsweise ihren eigenen Anblick wirklich sehr hassen, habe ich mir gedacht denn sie hat sich praktisch ihr gesamtes Gesicht samt Mimik weg operieren lassen. Wie kann man bloß sein einzigartiges Aussehen derart ablehnen, dass man es komplett abändert und dem Einheitsbrei der Masse anpasst!? Ich erinnere mich an ehemalige Zeiten meines eigenen Mager- und Fitnesswahns. Wie dumm ich doch war! „Gott vergib Ihnen denn sie wissen nicht, was sie tun", fällt mir in diesem Zusammenhang ein. Am Ende Eures Lebens werdet Ihr sehen, dass Euer Körper gar nicht so „kacke" war, wie Ihr immer dachtet. Ihr konntet damit laufen, lieben, lachen, von innen her leuchten und Euch lebendig fühlen. Und was gibt es letztendlich Wichtigeres in diesem Leben zu tun? Ganz bestimmt nicht „Schnippe di Schnapp – Nase ab, Heck meck meck – Hintern weg, Bauch und Po sowieso – weil ich es mir wert bin – ach so!"

Dienstag, 4. Dezember 2014

„Alle Arbeitskräfte ins Foyer!", begrüßt uns „der Beißer". „Wieso?", fragen Geraldine und ich im Synchron-Ton. „Professor Dr. Dr. Schwäbli will, dass wir Weihnachtslieder zusammen singen!" „Da mache ich nicht mit!", protestiert Paula van Pohl. „Sorry, Frau van Pohl, das Singen gilt als angeordnet!" Widerwillig watscheln wir in das weihnachtlich geschmückte Foyer. Professor Dr. Dr. Schwäbli erwartet uns bereits. „Fantastisch, Berta, Dieter, Dörte, Dr. Döppler, Dr. Kleefisch – Sie singe definitiv in D-Dur, Frau Klombersch – Sie gehe ansch Klavier!" „Ich kann kein Klavier!" „Improvisiere Sie ebbe! Geraldine, Sie übernehme bidde die Sopranstimme, Franzi, Frau Schlummert, Herr Hefe, Herr Dr. Torf und Keppra – Sie schütte derweil den Schnee über die Singende!" Paula verschränkt die Arme. „Ich singe die Sopranstimme oder ich singe gar nicht mit!" „Frau van Pohl ...", setzt Professor Dr. Dr. Schwäbli an. „Nö!" „Also, wir fange jetsch einfach a mal an!", schneidet er ihr das Wort ab. „Ich singe nicht mit!", sagt Paula patzig. „Dann singe ich auch nicht mit!" Geraldine will gehen. „Keiner tut des Foyer verlasse, bevor wir net alle zsamme gsunge habbe!", schreit Professor Dr. Dr. Schwäbli jetzt. „Un jetsch alle *Alle Jahre wieder"* Ein Weihnachtswunder wird wahr – wir singen! Ich spiele dazu am Klavier „Alle meine Entchen" ...

Freitag, 5. Dezember 2014

Mein letztes Tattoo. Dafür habe ich „Kassandra" auf alt-griechisch oder auch kyrillisch ausgewählt, direkt unter meinem Kronenchakra. „Wie witzig!", erwähnt Anais. „Die meisten lassen sich ja eher den Namen ihrer Liebsten oder Kinder tätowieren – aber den eigenen Namen – schon eher ungewöhnlich! Wie kommt es?" Ich muss schmunzeln. Aber ich antworte Anais aufrichtig. „Ich bin zwar als Sandra geboren worden aber ich werde als Kassandra sterben!", antworte ich wahrheitsgemäß. Für den Bruchteil einer Sekunde zittern der Tätowiererin die Hände aber sie fängt sich in Sekundenschnelle wieder. Anais unterbricht für einen kurzen Augenblick den Arbeitsvorgang. Sie schaut mir fest in die Augen. „Diese Sterbegeschichte – Du meinst das tatsächlich ernst, oder?" Ich lasse die Frage im Raum stehen. Sie braucht eine Zeit um sich zu sammeln dann fährt sie mit gewohnter Sorgfalt fort. Die surrende Nadel auf meiner Haut gibt mir ein unglaubliches Gefühl von Lebendigkeit und wirklich im Hier und Jetzt zu sein. „Ich weiß nicht warum aber ich glaube Dir!", sagt die Tätowiererin. Es macht mich irgendwie traurig obwohl ich Dich ja eigentlich kaum kenne oder nur als Kundin … " Ich lächele. „Du musst nicht traurig sein! Ich bin es nämlich selber auch nicht!"

Samstag und Sonntag, 6. und 7. Dezember 2014

Meine letzte Metal-Nacht in der Matrix. Ich beschließe, meine Komfortzone weiträumig zu verlassen und mich mehr als auffällig zu kleiden. Ich trage ein knallrotes Asia-Hochglanz-Kleid mit blauem Blümchenmuster. Um ehrlich zu sein ist es eigentlich eher als Faschingskostüm gedacht aber das weiß ja außer mir (hoffentlich) keiner. Ich bin auch ein wenig zu wuchtig für dieses Kleid aber da ich bis zum heutigen Abend nicht ein Gramm abgenommen habe, ist die Wahrscheinlichkeit, dass dies während der nächsten Stunden geschehen wird wohl eher gering. Wen interessiert es? Es ist schließlich mein letzter Disko-Abend! Ob es gefällt oder nicht, vermag ich schwerlich zu beurteilen aber ich falle in jedem Falle auf. Eine Frau fragt mich, ob sie einmal meine Brust berühren dürfe. Ich zögere kurz, denke mir aber dann: „Wieso eigentlich nicht?" und lasse sie gewähren. Ein Typ namens Gerd fragt mich, ob er auch mal grapschen dürfe. „Nicht wenn Du zeugungsfähig bleiben willst!", antworte ich ihm. Ich erblicke Katar. Sie steht mit einem bärtigen Typ (dem Nikolaus?) an der Bar. „Eigentlich wollte ich aus Euch Beiden ja bis spätestens heute Abend ein Paar gemacht haben!", sage ich zu Sven. „Vielleicht zieht mich ja eine Andere an!", sagt Sven. „Wer?" Sven schweigt. „Zwanzig Jahre zu spät, Sven!"

Montag, 8. Dezember 2014

Meine Mutter Karola kommt uns überraschend besuchen. Sie hat ein paar verspätete Nikolaus-Geschenke für die Kinder dabei. Ich will noch rasch meine Schlafzimmertür schließen aber zu spät – sie hat das rote Asia-Kleid bereits gesehen. „Was ist das denn?", fragt sie mich sichtlich schockiert. „Ein Kleid!", kontere ich kleinlaut. „Wo um alles in der Welt trägst Du denn so etwas?" „In der Disko!", antworte ich aufrichtig. „Ich dachte, Du seist eine Mutter von zwei kleinen Kindern!", sagt meine Mutter. „Was hat das eine denn mit dem anderen zu tun?", frage ich frech. Sie schüttelt den Kopf. „Und dann so ein Kleid! Du siehst darin bestimmt aus wie eine Prostituierte aus Schanghai!" Ich verschränke die Arme. „Vielleicht!" Seufzend setzt sie sich auf mein Sofa. „Ich verstehe Dich nicht, Kind! Du bist mir so fremd! Du änderst Deinen Namen in Kassandra, Du trägst komische Kleider, Du gehst mit fast vierzig Jahren noch in Diskos!" „Ja Mama", schneide ich ihr das Wort ab, „ich lebe!" Sie schnaubt verächtlich. „Leben nennst Du das? Aus Dir ist in all den Jahren noch nichts Gescheites geworden!" Der Spruch sitzt. Anmerken lasse ich mir nichts. „Wenn Du das so siehst Mama, so tut es mir sehr leid! Leider sind Deine Ratschläge für mich nicht länger von Relevanz!"

Dienstag, 9. Dezember 2014

Jährliche Routineuntersuchung beim Betriebsarzt. Ich bin neugierig. Normalerweise müsste sich jetzt langsam ja mal etwas Maliziöses zeigen. „Hm!", hüstelt die Betriebsärztin beim Blick in meine Ohren, die offensichtlich „bohnenfrei" sind. „Sie haben ja eher wenig Ohrenschmalz! Zu wenig ist auch wieder nicht gut, dann trocknen die Ohren so aus! Machen Sie mal ab und zu einen Tropfen Öl hinein – am besten Olivenöl! Ansonsten sind Sie kerngesund, Sie werden Einhundert-und-Elf!", lacht sie. „Dämliche Ziege, das hat die mir auch gesagt!", spricht mich auf einmal eine Stimme von der Seite an. „Und genau einen Monat später gehe ich an einer gewöhnlichen Grippe ein!" Ein barfüßiger bärtiger junger Mann im Patientenhemd gekleidet und einen Infusionsständer in der Hand haltend steht plötzlich neben der Ärztin. „Shit happens!", sage ich verlegen lächelnd. „Wie bitte?", fragt Frau Dr. Ratlos mich. „Ich wollte nur sagen, wenn unsere Zeit gekommen ist, dann ist sie gekommen, das können Sie auch mit noch so vielen Vorsorgeuntersuchungen nicht verhindern!", antworte ich. Der Geist verlässt gähnend den Raum. „Was wollen Sie denn damit sagen?", fragt Frau Dr. Ratlos entrüstet. „Gehen Sie es gelassen an, Frau Doktor! Ob mit oder ohne Gehhilfe, gehen müssen Sie trotzdem irgendwann!"

Mittwoch, 10. Dezember 2014

„Bitte bleiben Sie stehen!", ruft eine weibliche Stimme mir hinterher auf meinem morgendlichen Weg zur Arbeit. Ich drehe mich um. Eine Frau in den späten Vierzigern holt mich ein und haucht mir gehetzt ins Ohr: „Ich möchte Ihnen ja nicht zu nahe treten aber Ihr Rock ist etwas kurz! Man kann ja fast schon in Ihren Schritt gucken!" „Dafür habe ich nicht so viel Ohrenschmalz!", antworte ich ausdruckslos und lasse die selber stiefmütterlich gekleidete alte Schachtelwachtel stehen. „Häh?", ruft diese mir noch hinterher aber ich höre schon gar nicht mehr hin. Frauen untereinander beziehungsweise zueinander. Das ist so ein Ding, das werde ich wohl bis zum Ende meines Lebens nicht mehr verstehen. Alles Stutenbeißerinnen! Recht machen kann man es denen sowieso nicht! Für die einen ist man eine Baba, für die anderen die Hure von Babylon – ich bin beides und stehe dazu! Wir sollten überhaupt in so viele Rollen wie irgend möglich in diesem Leben schlüpfen! Wer nicht als verbitterte alte vertrocknete Frau sterben möchte, der sollte darauf pfeifen ob er in den Augen der anderen die „richtige" Rocklänge hat! Und wer wollte sich überhaupt anmaßen, diese festzulegen? Die Hemd- und Pullover-Polizei? Die Beinbekleidungsbehörde? Das Amt für zu tiefe Ausschnitte? Die Verwaltung für Verkleidung? Hallo! Geht es denn noch? Alles in Ordnung da oben im Dachstübchen, *McFly?*

Donnerstag, 11. Dezember 2014

Ich will gerade zur Tür hinaus, da steht der Engel davor. „Azrael, ich habe es unglaublich eilig, ich muss zum Krankenhaus, die Ergebnisse der Biopsie in Erfahrung bringen!" Der Engel schüttelt die Flügel. „Erübrigt sich, die Berichte habe ich bereits begutachten können!" Ich verstehe nicht. „Wie das denn?" „Ich war sowieso gerade vor Ort", erörtert der Engel, „Du glaubst gar nicht, wie viele Suizide zurzeit stattfinden, habe echt viel um die Flügel momentan!" Ich runzele meine Stirn. „Aha! Und was kam raus?" „Nix!" „Wie, nix?" „Na, nix nix, Dein Gretchen ist völlig gesund!" „Kelly!" „Ach ja!" „Na wenigstens noch eine schöne Nachricht zum Lebensende!", seufze ich. „Darf ich jetzt mal rein?" „Sorry, ja klar!" Während der Engel durch mein Wohnzimmer fliegt, wundere ich mich: „Merkwürdig, ich bin ja laut umfassender Untersuchung auch ultra-gesund, wie kann es da bloß sein, dass ich sterben muss?" „Die Wege des Herrn sind unerforschlich oder so ähnlich … " Ich schüttele den Kopf. „Gott ist aber doch nicht wirklich ein ER, oder? Bitte bitte Azrael, verrate es mir, ich erzähle es auch nicht weiter! Großes Indianerehrenwort! Gott ist eine Frau, oder? Es muss so sein!"

Freitag, 12. Dezember 2014

Warm und wohlig eingepackt schlendere ich über den Wittener Weihnachtsmarkt. Wie schön es doch ist, Freitagvormittags völlig frei zu haben! Warum Witten? Warum nicht!? Ein paar Wittener Weihnachtswichtelmännchen kommen mir entgegen und lachen mich wissend an. Was Weihnachtswichtelmännchen sind und was sie wissen weiß ich leider auch nicht. „Ho ho ho!", ruft mir eine als Weihnachtsmann verkleidete Frau zu. „Danke, auch so!", sage ich. „Merkwürdige Menschen hier!", murmele ich und mampfe mir erst einmal ein paar Marschmellos. Da sehe ich sie. Die alte Grauhaarige. „Diesmal entwischst Du mir nicht!", rufe ich und werfe die Marschmellos in die Menge. Eine Bonbon-Bude beraube ich eines braunen Bratapfels und werfe ihn nach der Alten. Leider verfehlt dieser sein Ziel und trifft eine zickige Zigeunerin, die mir einen „bösen" Blick zu wirft. „Sorry!", rufe ich im vorbei laufen. „Stupido!", schreit diese. Keine Zeit verlierend verfolge ich die alte Frau doch diese ist hinter der nächsten Weihnachtsbude – wie immer weg. Ich könnte kotzen! Zornig zicke ich die Zigeunerin an, die mir als Dank dafür ihre Zuckerwatte in meinen Zopf schmiert. Erschöpft trotte ich zu meinem Auto zurück. Meinen letzten Weihnachtsmarkt hatte ich mir ja doch anders vorgestellt!

Samstag und Sonntag, 13. und 14. Dezember 2014

Ich überlege, ob noch Vorkehrungen vor meinem Versterben zu treffen sind. Prüfend checke ich meine „To-do-Liste": - Stefan bitten, die Kinder zu nehmen! Erledigt. - Strickwürste stricken! Erledigt. - Bild für Mama malen! Erledigt. Karstlein sagen, dass ich ihn liebe! Mehrfach erledigt (kann ich ja nochmal wiederholen zur Sicherheit). Grübelnd zerkaue ich den grasgrünen Gummistift. Ich überlege ob es sinnig sei, die Beerdigung schon im Vorfeld zu regeln. Vermutlich würden sie sich verarscht vorkommen. Vielleicht aber auch nicht, einen Versuch ist es wert! Ich klicke auf die Homepage eines „Bestattungs-Discounters". „Rasch und ohne Rappeln in der Kiste!", heißt es dort. Ob das gut ist? Jedenfalls günstig! Ich genehmige mir einen rosaroten Plastikgrabstein für nur 9,99 Euro beziehungsweise klicke auf das Angebot inklusive smaragdgrünem mit Samt und Seide (nein – mit Sand!) gefülltem Sarg (Plastik) für nur 99,99 Euro. Günstiger kann man ja gar nicht sterben! Gekauft! Als Wunschtermin für die Beerdigung wähle ich den 2. Januar 2015 (am ersten sind ja alle meist so verkatert). Ich wähle eine gediegene Grabsteininschrift: *Kassandra Klomberg – sie hatte definitiv einen an der Klatsche!* Ich beende meine Bestellung indem ich auf „Senden" drücke.

Montag, 15. Dezember 2014

Es hat mich erwischt – das kreative Loch. Ich weiß nicht, was ich noch schreiben soll. Müde mache ich mich daran, die Weihnachtsgeschenke zu verpacken: die Strickwurstketten für meine sonderbare Familie, das Kreisbild für meine Mutter Karola, ein Foto für meinen Vater Klaus (Peter) von Kelly, Kris und mir, das im Kindergarten geschossen wurde und die nachfolgende Generation zu der Frage animieren wird: „Was, Tante Kassandra hat gekokst?" Egal, wir sind ja schließlich nicht eitel! Gefangen in grasgrünem Geschenkpapier schlafe ich schließlich auf dem Sofa ein. Ich träume von der Alten, wie sie lachend vor mir davon rennt und ich sie nicht fangen kann. Jedoch laufen wir auf Lebkuchen-Pudding und ich sacke ständig darin ein. Bis ich schließlich wie in einem Moor tiefer und tiefer in dem Pudding versinke. Als schließlich nur noch mein Kopf heraus guckt, kommt zufällig meine Mutter Karola des Weges und ich rufe: „Mama, bitte ziehe mich heraus!" doch diese demonstriert ihr diabolischstes Dämonenlachen und schreit mir aus der Ferne zu: „Keine Katastrophe Kassandra, Du trägst sowieso immer so komische Kleider!" Dabei schiebt sie sich kichernd ein Stück Lebkuchen zwischen die Backen. „Mmmh … lecker!", ist das Letzte, was ich höre …

Dienstag, 16. Dezember 2014

„Na, alle Weihnachtsgeschenke zusammen?", ruft der Engel von meiner Schlafzimmerdecke aus? Ich schrecke hoch. „Komm' da sofort wieder runter, das erinnert mich irgendwie zu sehr an Dracula!" Mit gespreizten Flügeln flattert Azrael auf meinen feuerroten Flickenteppich. „Wollen wir uns noch einmal eine DVD zusammen anschauen? In den nächsten beiden Wochen habe ich nicht mehr viel Zeit für Dich – zu viele Selbstmörder und Leute, die aus Versehen die Bude und sich selbst abfackeln zu dieser Jahreszeit!" Ich verstehe nicht. „Wieso? In zwei Wochen hast Du mich doch sowieso dauerhaft an der Backe!" Er schüttelt die Flügel. „Ich begleite die Sterbenden, nicht die Toten, die müssen selber klarkommen!" „Oh!", antworte ich ängstlich. „Das packst Du schon!", sagt er zuversichtlich. „Du bist wirklich super-gut vorbereitet jetzt!" „Ah ja", stammele ich unsicher. Er greift sich „Harold und Maude" aus meinem Regal. „Den hier gucken wir!", sagt er bestimmend. „Mein Lieblingsfilm", seufze ich. „So wie die alte Frau in dem Film wäre ich gerne irgendwann geworden!", sage ich bedauernd. Er lacht. „Echt? So bist Du doch eigentlich jetzt schon!" „Du kennst ihn?" „Klar!", lacht er, „ich bin ja doch schon eine ganze Weile hier!" „Wie lange?" Er zuckt mit den Flügeln. „Ich habe es wohl vergessen!"

Mittwoch, 17. Dezember 2014

Zwei Anrufe. Der eine ist von Kai. Kai hat zwar zum Glück keine Cholera aber zumindest „so komische Koliken", weshalb das in diesem Jahr mit dem Dokken-Song nichts mehr wird. Ich vermute ja eher, mein Unvermögen, an diesem Tag die Töne zu treffen hat zu absoluter Unverwertbarkeit der Aufnahmen geführt, lasse mir meine Zweifel aber nicht anmerken und wünsche eine baldige Besserung. Der zweite Anruf ist von Andreas, meinem Ex-Freund. Im Frühjahr dieses Jahres hatte er Aktaufnahmen von mir gemacht. Eine Zeichnung dieser wäre das Weihnachtsgeschenk für mein Karstileinchen gewesen. Wäre da nicht Anke, eine Frau, die Andreas im Herbst dieses Jahres kennen, lieben und fürchten gelernt hatte, die die Aufnahmen kurzerhand wutschnaubend zerrissen hat. Gut, die Nachwelt wird wohl auch ohne meine Sangeskünste und Darstellungen meiner stämmigen Statur auskommen können! Immerhin habe ich ja die Strickwürste gemacht! Und noch eine gute Nachricht: der „Beerdigungs-Discounter" hat mir sowohl meine Bestellung als auch meinen Wunschbeerdigungstermin bereits bestätigt. Zwar haben sie den rosaroten Plastikstein nur in Fuchsia vorrätig, aber hey – ich bin ja schließlich nicht pingelig!

Donnerstag, 18. Dezember 2014

Mein allerletzter Arbeitstag „ever". Irgendwie ein merkwürdiges Gefühl! Man weiß, dass man alle Kollegen hier niemals wiedersehen wird. Ein paar von denen kommen auch definitiv nicht in den Himmel. Die meisten Menschen würden vermutlich drei Kreuze machen aber mir ist wehmütig zumute. Nie wieder Geraldines und Paulas gegenseitiges „Dallas- und Denver-Clan-Drama" erleben dürfen? Nie wieder „vom Beißer" gebissen werden, der sich letztendlich als weitaus weniger bissig erwies als befürchtet? Nie wieder „Dörtes Dreamworld" und auch keine Frau Schlummert mehr im Schlafmantel? Unvorstellbar! Während gerade ein paar kleine Tränchen auf meine Tischkante tropfen, steht plötzlich Kristof Torf im Türrahmen. „Warum weinst Du denn, Kassandra?" „Ach Torfi", schluchze ich, „Ihr werdet mir alle so sehr fehlen!" Torfi reicht mir ein Taschentuch. „Wieso, wir sehen uns doch in zwei Wochen wieder!" „Eben nicht!", sage ich schnäuzend, „das habe ich Dir doch gesagt!" Torfi schweigt für einen Moment. Dann kramt Torfi in seiner Schultertasche und zieht ein kleines Polaroid-Bild heraus. „Das sind wir alle beim Weihnachtssingen, die Franzi hat das Foto gemacht!", sagt er. „Nimm es – als Erinnerung!" „Torfi, ich darf bestimmt nichts mitnehmen da wo ich hingehe!" „Ganz bestimmt!", sagt Torfi mir zu zwinkernd.

Freitag, 19. Dezember 2014

Plötzlich bekomme ich Hunger auf eine Pizza, was im Prinzip kein Problem darstellen würde, wäre es nicht bereits nach Einbruch der Dunkelheit und mein Portemonnaie leer. „Ich fahre noch rasch zur Bank – Geld holen!", rufe ich Karsten zu, schnappe mir meine Strickjacke und rase los bevor dieser irgendetwas à la „Jetzt noch?" sagen kann. Es regnet in Strömen, meine Scheibenwischer haben ordentlich zu tun. Ich springe aus dem Auto und haste eilig in die Bank, da erblicke ich ihn – einen Obdachlosen. Offenbar hat er vor dem Regen Schutz gesucht. Ob ich mal „ne Mark" für ihn hätte, fragt dieser mich. „Mark?", lache ich, „damit werden Sie wohl nicht mehr viel anfangen können!" Ich krame ein paar Cents zusammen und drücke ihm diese in die Hand. Sie fallen auf den Boden. „Sie sind …" „Ach ja … ich bin ja tot!", beendet er den Satz. „Münzen mag ich immer noch!", sagt er verschmitzt. „Auch wenn ich damit natürlich nicht mehr viel anfangen kann!" „Warum sind Sie noch hier?", frage ich ihn. „Komisch, dasselbe hat man mich zu Lebzeiten auch immer gefragt. Wohl die Macht der Gewohnheit!", sagt er mit glasigem Blick. „Wie sind sie …" „Gestorben?", sagt er. „Sie müssen wissen, die Winter hier sind kalt, die Herzen der Menschen auch!"

Samstag und Sonntag, 20. und 21. Dezember 2014

Ich gehe mit Karsten ins Kino. Wir schauen uns den dritten und letzten Teil des „kleinen Hobbits" an. Den letzten Pärchensitz ergattert, kuscheln wir uns eng aneinander und genießen den Film, gestört lediglich von Karstileinchens Schmatzlauten beim Beißen in seine Käsecräcker. Aber im Laufe des Lebens lernt man wohl, die unwesentlichen Details auszublenden. Eine Nebenhandlung des Filmes ist die unglücklich ausgehende Liebesgeschichte einer jungen schönen Elfin und eines kleinen mutigen Zwerges. So sehr man auch für die Beiden bangt und hofft, der Drehbuchschreiber zeigt kein Erbarmen mit dem Publikum, der kleine Kili kratzt ab. „Wenn das Liebe ist – so will ich sie nicht!", sagt die am Boden zerstörte Elfin Elefanten-Tränen schluchzend. Ich tue es ihr gleich, ich kann den Tränenfluss nicht stoppen. Ein bärtiger sowohl dicker als auch dick bebrillter Mann dreht sich zu mir um und sagt: „Nun ist aber gut, junge Frau. Die Trulla kommt im Buch noch nicht einmal vor!" „Das weiß ich selber!", schluchze ich. Trösten kann mich das jedoch nicht. „Vielleicht muss die wahre Liebe ja tragisch ausgehen!", kommentiert Karstilein. So hat auch er letztendlich vor Ablauf meines Verfallsdatums noch einen schlauen Satz gesagt. Den hätte ihm kein Drehbuchautor der Welt besser in den Mund legen können!

Montag, 22. Dezember 2014

Mein letztes Mal Montag morgens in der Sauna. Ich halte nach bekannten Gesichtern Ausschau und erblicke Wolfgang und Rosi sowie Shari Shalimar Sharasavar Avasatru, der mir ein gähnendes „Gehe in Frieden, Schwester!" im Vorbeigehen zukommen lässt. „OK!", nicke ich lächelnd. „Irgendwie schaust heute traurig aus, Mädel!", sagt Wolfgang, der mit Rosi Händchen haltend zusammen auf der Holzbank vor der Sauna sitzt. „Das wurde aber auch Zeit!", antworte ich ihm, seinen Kommentar übergehend. „Wenn wir uns nicht mehr sehen sollten, so wünsche ich Euch beiden alles erdenklich Gute!", sage ich zu Rosi gewandt. „Aber wir sehen uns doch im neuen Jahr wieder!", lacht diese. „Ja klar!", sage ich mich weg drehend damit diese meine Tränen nicht sieht. Eilig entfliehe ich der Situation und springe ins Abkühlbecken. Ein äußerst unattraktiver Mann in den mittleren Jahren vom Typ „Midlife Crisis" starrt ungeniert auf meinen nackten Hintern. Ich atme tief durch. „Ich zähle jetzt ganz langsam bis Zehn. Danach drehe ich mich in Zeitlupe um und wenn Sie dann immer noch meinen Arsch anschauen sollten, dann muss ich das leider melden!" „Machen Sie!", lacht der Gaffer, „dann erzähle ich aber auch, dass Sie ins Becken gepinkelt haben!" „Mir so was von egal!", erwidere ich lachend.

Dienstag, 23. Dezember 2014

Ich sitze in der Sauna. Shari Shalimar Sharasavar Avasatru schlägt in Trance die Trommel. Plötzlich steht „der Beißer" in der Saunatür, bekleidet lediglich mit einem blau getupften Benjamin-Blümchen-Bademantel. „Ein Brief muss dieses Jahr noch raus!" „Klark, ich kacke ab!", erwidere ich flehentlich. „Nun kommen Sie schon!" Er zieht mich am Arm. Wolfgang und Rosi ziehen an meinem anderen Arm. „Aber ich bin nackt!" „Angst auslösende Situationen sollten nicht gemieden sondern direkt aufgesucht werden!", kommentiert Klark. „Da ist was dran!", sagt Shari Shalimar Sharasavar Avasatru, für einen Augenblick sein Trommelspiel unterbrechend. „Nur wenn der Nagelpilz weg ist!", ruft Andi aus der Ferne. „Nagelpilz – iiieeehhh!", rufen Klark Kleefisch, Wolfgang und Rosi und Shari Shalimar Sharasavar Avasatru im Chor. Ich reiße mich von Wolfgang, Rosi und „dem Beißer" los und renne raus aus der Sauna – direkt in die Arme des hässlichen Mannes in der „Midlife Crisis", der mich abrupt ins Abkühlbecken schubst und ein kopfschüttelndes „Böse Beckenpinklerin!" hinterher schiebt. Schreiend werde ich wach. Kühler Kakao tropft von meinem Kopf auf mein Kissen. „Kelly kucka, Mama lustich voll Kakao!", sagt Kris freudestrahlend.

Mittwoch, 24. Dezember 2014

Heiligabend und Oma Hennys 92. Geburtstag. Das ist aber auch schon das Einzige, was sie mit Jesus Christus gemeinsam hat. Wir feiern bei meiner Schwester Katrin. Wir, das sind die üblichen Verdächtigen: ich und meine beiden Kiddies, Volker und Katrin mit Kischan und der kleinen Karla im kolossalen bombastischen Babybauch, mein Bruder Kirk und Birte mit den Zwillingen Hanni und Nanni sowie Papa Peter, Mama Karola, Tante Jutta und natürlich Oma Henny. Die Kinder bewerfen sich wie üblich mit Kuchen und die Erwachsenen mit geistigen Erdnüssen. Aber alles in allem ein feines Fest! In irgendeinem Film habe ich einmal vernommen, dass es quasi die Pflicht der Familie sei, peinlich zu sein. Ich muss schmunzeln. Kirk, wie er unbeholfen auf seinen Rentierpulli krümelt, Birte - heute ganz in bananengelb, Katrin und Volker mit ihrer immer noch nicht überwundenen unerfüllten Jugendliebe – Katrin zu Robbie Williams und Volker zu Varg Vikernes, dem ehemaligen Sänger der „Black-Metal-Band" Burzum, meine Mama mit ihrer Doris-Day-Gedenkfrisur, mein Papa, der es Peter Pan am liebsten gleichtun und schnurstracks ins Nimmerland fliegen würde, meine Tante Jutta (die ist eigentlich fast normal) und natürlich meine Oma Henny – Realsatire pur! „Oh, wie werdet Ihr mir alle fehlen!", denke ich laut beim Verschenken meiner Gedenkgeschenke in Form von Strickwurstketten.

Donnerstag, 25. Dezember 2014

Mein letztes Weihnachtsfest. Ich verbringe es bei meinem Herzallerliebsten. Ich schenke ihm einen Hocker. Er schenkt mir ein Foto aus unserem Sommerurlaub im Sauerland – wie ich versuche, den Schwan zu umarmen. Ein Passant hat es wohl im Vorübergehen geschossen. Außer Flügeln und platschendem Wasser erkennt man leider nicht sehr viel! Gedanklich bin ich noch beim gestrigen Abend. Meine Mutter Karola hat das kunterbunte Kreisbild, das ich für sie gemalt hatte, angestarrt als sei sie selber ein Kreisel – na ja, nicht jeder besitzt Kunstverständnis! „Schatz, Du träumst schon wieder!", ermahnt Karsten mich. „Denkst Du immer noch an den Schwan?" „Ich denke eigentlich an nichts Besonderes!", beantworte ich seine Frage wahrheitsgemäß. „Gefällt Dir Dein Geschenk?" „Hervorragender Hocker!", lügt er lachend. „Komisch, ich muss gerade an den Kappes denken, den Du Anfang des Jahres erzählt hattest, von wegen Du müsstest sterben und so …", sagt Karsten. „Wieso?", frage ich verwundert. Er wird still. „Für den Bruchteil einer Sekunde habe ich gedacht: *Was wäre, wenn es wirklich stimmen würde?*" Eine Träne kullert Karstens Wangen hinunter.

Freitag, 26. Dezember 2014

Mein letzter Krach mit Karsten. Ich provoziere ihn absichtlich. Wenn ich eines in meinen achtunddreißig Jahren gelernt habe, dann wie man einen Mann binnen Sekunden aus ticken lässt wie ein kleines HB-Männchen. Warum den Abschied noch schwerer machen als er ohnehin schon ist!? Gehen wir doch lieber nicht im Guten auseinander, dann fällt das Ganze auch nicht allzu schwer – das ganze dumme Gefühlsgedönsegedingensgebummense da – das braucht doch eh kein Mensch! Denke ich, während ich von Tränen überströmt über die Landstraße nach Hause heize. Ein LKW kommt mir mit Lichthupe entgegen, dann noch ein LKW, dann noch zwei PKWs. „Was wollen die denn alle bloß!?", sage ich ärgerlich, im letzten Moment einem alten Manta ausweichend, dessen Fahrer wutentbrannt die Fenster herunter kurbelt und: „Mach' ma Licht an, Du Metze!" ruft. Erschrocken erleuchte ich blitzschnell mein Auto. Mit zittrigen Fingern betätige ich die Warnblinkanlage des Wagens und lenke diesen in eine Parkbucht, zu aufgelöst, um weiter zu fahren. Ich heule Rotz und Wasser. „Du hast gesagt, Du kommst erst Silvester!", rufe ich zornig in die Dunkelheit. „Bei so viel Dämlichkeit vielleicht auch früher!", höre ich den Engel.

Samstag und Sonntag, 27. und 28. Dezember 2014

Kurz vor Samstagmittag steht Karsten vor meiner Tür. „Das hast Du Dir wohl so gedacht, dass man mich so leicht los wird!" „Eigentlich nicht wirklich!", sage ich ihn vor Erleichterung seufzend in meine Arme schließend. Kelly und Kris umklammern vor Freude jauchzend seine Beine. „Ist mir scheißegal, ob das wirklich Deine letzten Tage sind oder ob Du einfach nur ziemlich verrückt bist, Fakt ist – wir werden sie in jedem Falle gemeinsam verbringen! Versuche nicht, mich davon abzuhalten!" „Das habe ich nicht vor!", antworte ich wahrheitsgemäß. Im Hintergrund tönt leise „Lieb' mich ein letztes Mal" aus meinem Radio. Karsten lacht. „WDR 4?" Ich werde rot. „Na ja ...", sage ich nickend. „Du bist mir schon eine!", sagt Karsten lachend während er kräftig die Wohnungstür hinter sich schließt. Der Rest des Wochenendes verläuft harmonisch – so wie man sich ein letztes gemeinsames Wochenende vorstellen oder wünschen würde. Ich frage mich, ob das Wissen um den genauen Zeitpunkt meines Todes nun eigentlich eher ein Segen oder ein Fluch war? Ich finde keine Antwort. Man lebt sicherlich intensiver und mit weniger Vorbehalten aber dafür halten einen auch alle irgendwie für bekloppt. Ob sich dieses in der Retrospektive ändern wird? Ich bin da ja eher etwas skeptisch bis wenig zuversichtlich.

Montag, 29. Dezember 2014

Ich lasse das Jahr vor meinem geistigen Auge noch einmal Revue passieren. Den Eiffelturm habe ich nicht mehr erklommen, die sieben Weltmeere auch nicht überquert, noch nicht einmal über sieben Brücken bin ich gegangen. Aber meine kleine Kelly geht endlich selbständig aufs Klo und mein kleiner Kris hat sowohl laut Kita als auch laut Kinderärztin (die im Übrigen im Endeffekt doch noch zugegeben hat, eine entfernte Verwandte von Klark Kleefisch zu sein) „alle Rückstände restlos aufgeholt". Wenn das nicht die zwei schönsten Nachrichten des Jahres sind … Und dennoch: ein bisschen Wehmut bleibt. Habe ich letztendlich alles richtig gemacht? „Frau Klomberg, man kann nicht alles richtig machen!" Erschrocken drehe ich mich um. Neben mir auf der Couch sitzt Kristel. „Wie kommen Sie denn … ach egal!" Kristel lächelt. „Dieses Haus hat einst mein Vater gebaut, wissen Sie! Ich bin hier geboren worden genauso wie meine sieben Geschwister, Gott hab sie selig! Und wenn wir eines von unserem Vater gelernt haben, dann das man niemals alles richtig machen kann, besser man versucht es erst gar nicht! Die Hauptsache ist, dass man glücklich ist! Sind Sie glücklich, Frau Klomberg?" „So absurd es klingt, ja!", antworte ich. „Dann können Sie auch mit gutem Gewissen gehen!", sagt Kristel mit einem Lächeln.

Dienstag, 30. Dezember 2014

Mich packt die Waschwut. Wie im Wahn wasche ich die gesamte Wäsche meiner Kinder samt Kuscheltieren – zweimal! Meine Waschmaschine wirbelt fleißig die Wäsche durch die Trommel, letztendlich hat die alte Gurke aus Osteuropa mich noch überlebt. Während ich diese liebevoll tätschele, fällt mir auf einmal ein Song aus einem alten Film ein und zwar aus „The sound of music" und urplötzlich habe ich einen Ohrwurm, der mich für den Rest des Tages begleitet: „When you know the note to sing, you can sing most anything" oder so ähnlich … Was geht in meinem wirren Kopf bloß vor? Wider Willen bekomme ich gute Laune, was in Anbetracht der Umstände nun überhaupt keinen Sinn macht. In rhythmischen Bewegungen hänge ich die Wäsche auf die Leine, dabei lauthals das Lied aus dem Film mit Julie Andrews singend. Ein paar kleine Kinder, die am Kellerfenster vorbeigehen und bereits die ersten Knaller feuern, zeigen mir einen Vogel. Ein Junge streckt mir die Zunge heraus. Ich muss herzhaft lachen. Laut eines sehr lustigen Professors, dessen Namen ich leider vergessen habe, unterteilt sich unsere Gesellschaft in zwei Gruppen: die Depressiven und die Hysterischen. Ich entscheide, dass es definitiv lustiger ist zu letzterer Gruppe zu gehören.

Mittwoch, 31. Dezember 2014

Da mir inzwischen aufgrund Azraels sich annähernder Abholung verständlicher Weise komplett die Worte fehlen, möchte ich diese ganz und gar aus dem Film „Gravity" aus Sandra Bullocks Mund klauen, könnten sie mein Befinden doch nicht trefflicher beschreiben: „Ich werde sterben, oh mein Gott! Sicher, sterben müssen wir alle, das weiß jeder Mensch. Aber ich sterbe HEUTE! Schon komisch, das so genau zu wissen! Obwohl es ganz klar ist, habe ich solche Angst! Ich habe solche Angst! Niemand wird um mich trauern, niemand wird für meine Seele beten! Werden Sie um mich trauern? Werden Sie für mich beten? Oder ist es zu spät? Ich würde ja für mich selber beten aber ich habe in meinem ganzen Leben noch niemals gebetet, also es hat mir nie jemand beigebracht!" Mit dem Unterschied, dass Sandra Bullock in dem Film auf fast unfassbare Art und Weise überlebt hat! „Ich nicht!", denke ich traurig und streiche meinen schlafenden beiden Kindern zum Abschied über ihre Schläfen und gebe Karsten einen flüchtigen Kuss auf die Stirn. Ich atme noch einmal tief durch und mache mich bereit für Azraels Abholung.

Donnerstag, 1. Januar 2015

„Azrael, Azrael!", schreie ich in die dunkle Nacht. Die letzten Knaller sind bereits vor Stunden geflogen, mir wird kalt und ich werde müde. „Azrael, ich bin bereit!" Der Engel verpasst mir einen Flügelstupser. „Ich stehe doch schon neben Dir!", sagt er zwinkernd. „Ok, fliegen wir direkt vom Balkon aus los? Bringen wir es bitte schnell hinter uns, ich habe nämlich tierische Höhenangst!" Azrael gibt keine Antwort. „Wir fliegen gar nicht!", sagt er auf einmal seufzend. „Bitte WAS?" „Das war doch nur so ein Silvesterscherz, den machen wir Engel manchmal mit Euch!" „WAS?" Ich schüttele den Kopf. „Du hast mich EIN Jahr, ein GANZES Jahr in dem Glauben gelassen, dass ..." „Hat es Dir geschadet?", schneidet er mir das Wort ab. „Ich komme mir gerade vor wie der gute Mensch von Gelsenkirchen, fehlt nur noch, dass Du auf einer rosa Wolke davon schwebst ..." „Och nö, jetzt nicht auch noch Bertolt Brecht!", lacht der Engel. „Ich muss jetzt auch mal so langsam los, es dauert eine ganze Weile bis wir uns wiedersehen!" Die Arme verschränkend drehe ich mich weg. „Noch was ... " „Ach ja?" „Höre bitte auf, Dir ständig selber hinterher zu jagen! Sich selber kann man nämlich niemals einholen!", ruft er lachend, sich in die Lüfte schwingend und hinfort fliegend. Ich starre ihm mit offenem Mund hinterher, als dieser sich noch ein letztes Mal aus weiter Ferne zu mir umdreht und zum Abschied mit den Flügeln winkt, die nun tatsächlich rosa zu schimmern scheinen.

157

Freitag, 2. Januar 2015

Nach sechsunddreißig Stunden Schlaf wache ich auf. Eine Nachricht liegt auf meinem Nachttisch: „Ich bin mit den Kindern noch einmal um den Block zum Knallen! Dein Karsten." Erleichtert, jetzt keinen Menschen oder Geist sehen zu müssen, mache ich mir einen Kaffee, dabei noch einmal über Azraels abrupten Abgang sinnierend. Meine anfängliche Wut hat sich im Schlaf verflüchtigt. Engeln kann man wohl einfach nicht wirklich böse sein! Ein Lächeln macht sich auf meinem Gesicht breit. Ich muss nicht gehen, ich darf noch hier bleiben! In diesem Sinne muss ich einfach einen Satz verwenden, bei dem sich mir ansonsten eigentlich die Fußnägel hoch rollen würden: „WIE GEIL IST DAS DENN!?" Ich stürze auf den Balkon. Die Kinder, die Anfang der Woche durch mein Kellerfenster gelugt hatten, gehen gerade mit ihren Großeltern spazieren. „Oma, guck mal da oben! Das ist die, von der ich Dir erzählt habe!", zischt eines von ihnen. „Pssst!", flüstert diese zurück. „Ein frohes neues Jahr!", rufe ich ihnen lachend zu. „Auch so!", rufen diese eilig weitergehend. Es kümmert mich nicht. Warum sollte es auch!? Die Sonne lacht, der Himmel ist blau, die Vögel zwitschern. Wieder ist ein neues Jahr angebrochen. Und es wird nicht mein letztes sein …

Ende!?

Wer weiß das schon so genau ;)